清末

小說的生產與傳播

激昂沉潛的時代悲歌

李彥東 著

崧燁文化

目錄

序論

「清末小說」是日本學者比較習慣使用的一個詞彙。在中國，與之對應的有晚清小說、近代小說（中間一部分）或者是二十世紀中國小說（最前面的一部分）。儘管這些概念之間有相互包容和互相覆蓋之處，但由於預設者的理論思路各有不同，由此便會帶來深入研究細節上的差異。而與這三者相對應的，都有著相對完整的文學史觀。

對這三個概念略做分剖，有助於明瞭本書使用「清末小說」的語境。

▌一、從何說起

歷史總需要有一個時間限定，這設定不見得是純自然的時間。

當社會事件或者文化變遷在某一點上成為某種常識時，該時間常常成為一種研究，乃至一門學科的起訖點。在近代文學、晚清文學和二十世紀中國文學這三個概念上，其起點各不相同，預設的思路也各有異趣。這三個概念的提出背景各不相同，而最近二十年，最為風靡的莫過於「二十世紀中國文學」。

將「二十世紀中國文學」這一命題的起始時間上溯至清末，其目的自然是為探討中國文學現代化的開端及其可能緣由。在最初的構想中，錢理群等人將「二十世紀中國文學」視為「一個由古代中國文學向現代中國文學轉變、過渡並最終完成的進程，一個中國文學走向並匯入『世界文學』總體格局的過程，一個在東西方文化的大撞擊、大交流中，從文學方面（與政治、道德等諸方面一道）形成現代民族意識（包括審美意識）的進程，一個透過語言的藝術來折射並表現古老的中華民族及其靈魂，在新舊嬗替的大時代中獲得新生並崛起的過程」。

「近代文學」一詞本身就具有評估和反思的作用，這只能透過現代文學與古代文學的比照，方能顯出其意義，而近代的意義正在於能將現代人聲稱的某種「必然性」，在漫長的古代中尋找到可能存在的延續。在陳獨秀的《文

學革命論》裡，我們能輕而易舉地找到「元明劇本，明清小說，乃近代文學之粲然可觀者」這樣的說法。這位宣稱要推翻「三種文學」的人，其實並非對古代完全不理會，他同樣希望能從中發現某些現代的資源，而「近代文學」便由此而設定。當然陳獨秀與寫作《白話文學史》的胡適一樣，強調的是白話在中國文學中的價值，其概念也更偏於橫向的並置，而較少問津於縱向的對應。

但公元一九二〇與公元一九三〇年代的中國學界確實已對「近代文學」的意涵進行了深入的探討，並有相應的論述和專著問世。胡適的長文《五十年來中國之文學》雖屬給申報館的「應制之作」，但他將這一時期的大致輪廓都描繪了一番，並慧眼獨具地將嚴復和林紓的翻譯納入了文學轉型的環節當中。此後，陳子展的《中國近代文學之變遷》和錢基博的《現代中國文學史》，都是從文體演變的軌跡來探討「近代文學」。陳子展顯然深受五四文學觀念的影響，在敘述上基本採取進化的模式，近代文學的過渡和終結意義在此書中在所多見。而錢基博的《現代中國文學史》則有意設定「古文學」和「新文學」的上下編，而上編的篇幅幾乎是下編的兩倍，如此迥乎尋常的寫法也展示了近代文學特有的張力，許多在五四文學觀念中被逐步邊緣化的人物或文體在此書仍舊享有一席之地。

這一時期的研究已逐步將「近代文學」，限定在戊戌前後至五四前後這一時間段上，但此時的歷史敘述尚無明確的重心和主題。如果說胡適為新文學的由來提供了一種歷史想像力，那主要是表現在語言運用和文體演變的層面，而錢基博對「古文學」的充分論述，其實更像是為各種傳統文體所書寫的輓歌和衰亡史。他們更願意從橫斷面上，用並置的方式談論近代文學的諸多問題，這與他們在寫作《白話文學史》和《中國文學史》時注重連續性的態度大為不同。儘管這跟論題本身有關，但也跟兩人對「現代」的理解差異有關，由此也造成了選擇上的絕大差異。在胡適眼裡，「活文學」是接近於啟蒙的、通俗的乃至於白話的，而錢基博所論述的「古文學」幾乎都成了胡適所說「死文學」的範例。錢基博在寫作《現代中國文學史》時，是針對「執古」和「鶩外」兩種論史弊病，他其實是用「文苑傳」的方式來寫當代文人。歷史時間的起訖在此時，尚無一個特別明確而合法的理由。

到了公元一九五〇年代，大學文學史的編排使得「近代文學」的意涵和範疇再次成為一個問題。而政治史和革命史的思路此時被原樣複製，並傳遞給了文學史，從鴉片戰爭到五四運動這一段同樣被看成了「近代文學」的明確時間。這一概念的過於專斷是顯而易見的，而且「反帝反封建」的主線也經常與像「宋詩派」、「報刊文學」這些特別的概念發生衝突。許多論者本不乏在專題中的深入研究，但總是需要將其對應於具體的歷史事件，並藉助於當時的「歷史結論」，以此彰顯略顯虛妄的「時代精神」。當然，如此探討近代文學也並非一無是處，至少它將文學的外部研究拓展得很充分。閱讀這一時期的近代文學史著，不僅能看到重大歷史事件的跌宕起伏，還能看到從龔自珍到梁啟超對思想史線索有趣的闡發。但略顯遺憾的是，我們就是無法得知它與現代文學，尤其是與古代文學有何區別。這些闡發與同時期的臺灣、美國的許多歷史研究者有異曲同工之處，都是探討中國歷史的各種可能性，只不過言說和立論大為不同而已。文學研究固然可能，或者非常有必要為歷史敘事提供某些環節，但這並不意味一定要讓歷史敘述（而且是由特定理論推導出的、置於一尊的敘述）主宰文學史敘述。許多文學的內發性邏輯在「近代文學」這一概念中變得模糊不清了，它的存在僅有「填補空白」的意義。除了那些人所熟知的歷史事件，它與古代文學和現代文學其實沒關係，更遑論獨特性和過渡意義。

與「近代文學」相比，「晚清文學」的概念其實更複雜，也更加言人人殊。許多有鮮明學術個性的學者都更加喜歡使用「晚清」一詞，因為其彈性要更大。言說「晚清」，既可以從戊戌前後說起，也可從公元一八五〇、公元一八六〇年代說起，當然還可從更早的時間說起，這都全憑研究者自己的切入角度。在「晚清文學」的名義下，其實早已產生了一些迥異於「革命史觀」的理路。這其中最引人注目的莫過於兩方面，其一是「晚清文學」何以成為一個獨立的單位。「晚清文學」自然不能僅等同於晚清的文學，它與此前存在的「魏晉文學」、「唐宋文學」等的命名方式類似，但其意涵卻由於古典與現代之別，而截然成為一分水嶺。文學中的「晚清」，其實已不只是作家與作品的累積性增長，也不單是某一文體、文類的勃興或者名家輩出，它主要是提供了一套全新的表達機制。此種機制由報刊興起，並確立了新的表達

途徑和言說方式，又由於時局國事的動盪，報刊便能在吸引公眾的注意力上大顯身手。由此表達機制所引發的焦慮感，很容易成為整體性的，而對一些西方學說、思想的介紹已將「現代」逐步擺在公眾面前。文學作為「晚清」整體的一部分，它開始實踐對晚清體驗的種種定位甚或命名。文學中的「古今之爭」並不是在任何時代都有相同的意義，當某時段的文學尚不能提供某種特別機制，並表達該時段的整體性時，它僅是標籤式的某時段文學而已。其二是「晚清文學」的評估問題，最易引發人們興致的其實是它與現代文學的關係，而不是與古代文學的關係。於此便會出現對其價值的認定。如果按進化的模式或者「進步」的觀念來衡量，不用研究也可說它有別於古典文學，但又稍遜於「五四文學」，屬於「進步的階梯」。但如從其提供的各種表達資源以及開拓的眾多表達方式而言，是否又得重估其價值？

阿英自然不是最早涉足「晚清文學」的學者。在他之前，錢基博、胡適等人的著述已對晚清文學有專論。但「晚清文學」作為一個有特殊意涵而又相對獨立的整體被研究探討，則自阿英開始。由他編輯的《晚清文學叢鈔》系列，確定了他心目中的晚清文學範圍，這一範圍至今仍是學界研究晚清文學的最通常涉及範圍。他撰著的《晚清文藝報刊史略》提供了新興媒介環境中的文學生態，而他著名的《晚清小說史》則將晚清最具活力、最有代表的文體擺到了歷史敘述的前台。由於這幾部書的編選、撰著時期不一，內中存在不同側重，「晚清」並沒有明確的歷史時間限定。譬如，在撰述《晚清文藝報刊述略》中，是從申報館開始；而在《晚清小說史》一書中，則主要是從「小說界革命」後說起。儘管沒有明確的時間界定，但阿英所言說的「晚清文學」，是有主流、有呼應、同時有相對明確和完善的敘述觀念。《晚清小說史》最為完整地呈現了阿英的文學史觀，這部著作的歷史觀念其實很簡明，就是用社會變遷史的思路去尋找文學中的對應。

在此書中，舉凡在晚清有影響的運動、思潮或事件，都進入到小說史的敘述當中。在十四章的篇幅中，其中有十章是在論述社會現實在小說中的反映（或是小說如何反映社會）。而剩下四章論述的卻是小說理論、小說雜誌及翻譯小說等問題，這些問題在事後看來，似乎比另外十章更緊要。但這裡並不是想說阿英的理論設計有何不妥，晚清小說的社會性雖不是唯一值得關

注的方面，但肯定是特別重要而無法迴避的環節。《晚清小說史》其實是對魯迅和胡適觀點的具體回應。魯迅用「譴責小說」來概括清末小說，多少有點屬於印象式的批評，而胡適強調《儒林外史》與晚清小說的關係，則主要側重形式層面的考慮。阿英開始用「社會性」這一思路來重新整合魯迅和胡適的觀點。魯迅對「譴責小說」的發現，只是強調作者意圖與社會現實在小說中的共振；而阿英則從作品、作者、讀者以及小說，這作為啟蒙工具的四方面來構建晚清小說的全貌。

　　胡適主要是從文體風格的角度看待晚清小說，《儒林外史》也成為埋伏在舊傳統中的先鋒之作；而阿英則用新聞業與生活內容兩方面去反駁，兩者都是在社會生活發展的前提之下。《晚清小說史》的敘述方法不僅僅是反映論的具體展現，同時也是對梁啟超等人小說理論的進一步提升。嚴復、梁啟超等人的幾篇重要文章，幾乎成為了《晚清小說史》內發的理論淵源。阿英雖只在《晚清小說史》的首章中點到這三篇論文，但全書的選題、立意乃至謀篇布局無不深受其影響。梁啟超等人提出了小說影響社會的假設，而小說史家阿英則「反其道而行之」，從社會現實中尋找相應的小說。出於這一原因，一些著名小說被歸結到「晚清社會概觀」中，而其他的小說則被歸入到重大事件的鏈條中，《文明小史》也由於更為全面地反映晚清社會，而取代了《官場現形記》的位置。在小說與社會互為因果的背後，還隱藏著一個「進步史觀」。「進步史觀」應該是占據十九世紀歐洲重要位置的歷史敘述觀念，嚴復、梁啟超等人都深受其影響。在阿英的敘述中，「進步」是以反叛和對抗的姿態出現，章節命名中有「反華工禁約運動」、「反買辦階級」和「反迷信運動」，而在行文敘述中則熱衷於對社會矛盾、種族矛盾以及國家矛盾的發掘，甚至在一些小說演變的結論中也受此影響，譬如在《晚清小說之末流》一章中，他將「吳語小說」的墮落完全歸咎於帝國主義的侵略、半殖民地化的結果。

　　阿英在小說史的論述上自然頗多商榷之處，但如果明瞭其歷史觀念後，自不難看清其得失。與小說史家相比，作為選家的阿英，對「晚清文學」的影響可能更為潛在深遠。由於阿英在晚清文學史料上的深厚功力，使得後繼的晚清文學研究者常試圖在他編選的材料中尋找問題，這不僅使新發現越來

越少，也逐漸忽略了在這些材料背後的文學史觀。阿英自己曾說過：「文選家也是一樣，沒有統一的觀點，獨特的眼光，其結果是必然的失敗，選文絕對不是一件輕而易舉的事。」卷帙浩繁的《晚清文學叢鈔》不僅留下了許多罕見的晚清文學史料，也留下了阿英歷史觀念的細節展現。扼要簡明的《晚清文藝報刊述略》不僅體現了阿英對晚清文學環境的敏銳觀察，也為晚清文學展示了另一種敘述可能。遺憾的是，阿英出於歷史觀念的影響，沒有對這一環境深入地論述。《晚清文學叢鈔》是以小說為主導，還包括《傳奇雜劇卷》、《說唱文學卷》、《俄羅斯文學譯文卷》、《域外文學譯文卷》等。都於公元一九六〇年代初刊行。這套叢鈔作為《中國近代反侵略文學集》的姊妹篇，它選擇的標準大致與後者相類。《小說》共分四卷（小說理論與戲曲合為一卷），收錄李寶嘉、吳沃堯、梁啟超、黃小配、陳天華等十七位作家的二十二種小說，反映了晚清社會生活、政治鬥爭，以及思想啟蒙運動。《傳奇雜劇卷》收錄筱波山人、吳梅等人劇作二十八部，附卷錄李慈銘等二人作品三種，大都是反映愛國主義、民族主義、改良主義運動、民主革命運動，以及婦女解放主題的傳奇與雜劇。《說唱文學卷》為晚清通俗文學專卷，包括歌曲即時調與歌謠、彈詞十一種，戲文（即地方戲）十八種，卷後補遺三種。所錄作品也屬於愛國、民主和科學啟蒙的主題。這部叢書雖說是提供資料，但其客觀效果是使《晚清小說史》的論述方式，在小說以外的文體中產生作用。

　　阿英並非沒有注意到晚清文學的不同層面，但「社會決定論」的思路使他不斷地將報刊或文學翻譯等問題，簡化為社會發展的必然結果。當錢理群等人提出「二十世紀中國文學」時，一個關鍵的轉折點是引入「世界文學」。表面上看，它似乎是對前此文學史語境的一個縮小。當阿英等談論近代文學時，似乎要將歷史發展的動力都包納進去，但由於「社會」處於決定性的地位，便不可避免將很多的線索簡化。相形之下，「世界文學」似乎只是談論世界範圍內的一種知識類別，而不牽涉此一類別與社會的直接連繫。但實際上，「世界文學」在為文學內在性提供保障的前提下，也無形擴大了文學史的語境。不僅道德、政治這些話題仍被討論，而且像美學意識、語言藝術等層面都被兼顧到了。「世界文學」這一略顯理想化的概念，在此次文學史語

境的轉換中造成了意想不到的作用：「社會決定論」的論述方式被一種理想化的假設所取代，多元化的論述也由此源源不斷的產生。

晚清文學從何開始已逐步變得不重要，重要的是它如何成為現代中國經驗的開端。

▋二、報刊

從公元一八一五年馬禮遜在馬六甲出版了第一份中文期刊《察世俗每月統紀傳》後，近代化的報刊開始介入到中文表達中。儘管直到十九世紀中後期，中文報刊才在香港、上海等地逐步繁榮起來，但它也漸漸為文學提供了另一種產生環境，或者說文學的生產工具開始產生了變化。文學環境的變遷本是相對模糊、經常也是長期的過程。但在清末這一特殊的階段，報刊卻以一種快速迅捷的方式開始滲透、介入到文學表達之中。在傳統的書冊經營之外，報刊已經成為清末最有特點、也是最有變數的文學表達媒介。它的意義不僅僅在於豐富了文學的表達方式，更在於它可能反向影響到文學的諸範疇。

很多論者其實早就注意到，晚清新聞業與文學傳統之間的相互作用。錢基博在梁啟超的報章文中看到了八股文的痕跡，而阿英則在《晚清小說史》中強調，彼時小說的繁榮是由於「新聞事業的發達，在應用上需要多量產生」，但對於兩者之間的深入連繫，尤其是新聞業對文學的影響卻常只是「點到為止」。這並不是說缺乏必要的材料（像阿英本人曾編過《晚清文藝報刊述略》），主要是很難突破由知識、學科分類所帶來的限制，進而很難找到恰當的理論角度。

在探究晚清報刊與文學的關係時，最容易生發的隔閡是緣自於新聞學與文學兩門學科之間的複雜關係。對新聞的認知雖在王韜、梁啟超等晚清人士的文章中多有論及，但將其作為一門學科系統加以研究，可能還是要從戈公振的《中國報學史》一書開始。此書探究的是「中國報紙之發達歷史及其對於中國社會文化之關係」，但在古代報紙（以官報為主）與現代報紙之間的敘述方式並不一致。對於《邸報》、《京報》等古代報紙，戈公振主要是從文獻學意義上進行考證辨析；而從外報介入到中國報業以後，戈氏方採用西

方新聞學的觀點對其加以分析論證。因此這部書雖統一在「報學」的名義之下，但其關注點和理論內涵卻並非一以貫之。但自此書之後，中國新聞史卻出於時代、連續性等多方面的考慮，往往從邸報，甚至更古老的、傳說中的「斷爛朝報」開始，一直敘述到現代、當代的報紙。在此過程中，中國報紙便是從很長時段的官報，突變為現代意義上的報刊。

報紙與新聞之間的界限被完全模糊，而且報紙與傳統書冊經營之間的重大區別也很難再被認真思考。由於模糊了此種界限，很多新聞史家在面對晚清報刊時，總是坦然地將其看作新聞紙，然後用過於現代的眼光去看待這些報刊上的內容以及形式，而忽略了晚清報刊與西方新聞觀念上可能存在的差距。

在文學研究一面，對新聞業的重視可能存在下述一些方式。首先，是將新聞與出版連繫在一起，認為它加速了發行、傳播的速度，給文學文本的產生提供了一種新型快捷的媒介方式。阿英的論著中多次強調這一點，但與文學相比，報刊總處在一個附庸地位。其次，是報紙近「俗」的特點，使得「報刊文學」展現出前所未有的生機，它復興或催生了許多新的表達。魯湘元在《〈申報〉與中國近現代報刊文學》一文中，用「報刊文學」的概念來重新認識報刊的重要作用，甚至重新規劃晚清文學的進程。雖然這兩者立論相異，但都可算作文學的外部研究。

也有論者從報刊發行的機制上，考察其對小說敘事的滲透，如陳平原的《小說的書面化傾向與敘事模式的轉變》一文，便可能是溝通外部研究與內部研究的最有益嘗試。不過由於該文的立論重心是在小說敘事一面，故而重視的主要是報刊刊載和發行的問題，然報刊對文學的影響其實遠不止這些。譬如，報章文體與文學傳統的相互滲透和借用、報刊特性對書冊經營的衝擊、晚清報人經常兼有的雙重身分對其寫作的影響等等。

新聞史家經常利用文學傳統來描述不太清晰的報刊形式，而文學史家則習慣用文學社會學的方式看待報刊。報刊不僅會有文學不太善於處理的時事內容，也完全可以有自己的形式，它並不必然依賴於文學傳統，甚至還經常

扮演文學革命者的角色,故而報刊的形式自然不像文學體裁那樣涇渭分明,反而常是相互交錯,雜亂無序。

更為緊要的是,由於讀報者對現代報刊的關注,是出於瞭解新聞的心理動因,因此雖受其形式的影響,但關注的主要是其內容。但新聞紙從一開始就不是只報導具有重大意義的新聞,也可能牽涉到一些不尋常凡人小事的「雜聞」。而後者可能更具文體上的馳騁空間,也更可能與文學產生對話。羅蘭‧巴特曾將其歸屬於一種不可歸類的類別:「它是一些未成形的新聞構成的無條理廢物;其本質是否定的,只在那種無名的、不屬於任何已知類別(如政治、經濟、戰爭、戲劇、科學等)的地方存在」。這些「未成形的新聞」並非僅提供訊息或知曉某一事件,它在心理學上實際也反映了「人類對生存以及個人在日常、社會秩序內部地位的一種質疑。有些事件將平庸與例外混雜在一起,不僅向讀者展示周圍的世界,同時滿足了讀者貼近並理解控制人類生存神祕法則的慾望。雜聞的功能並非提供訊息或是知曉某一事件,而是滿足廣大公眾的壓抑本能與最暴力的衝動。媒體對生活的曝光正巧對應了人們渴望探祕的好奇心。」當十九世紀小報對城市犯罪競相披露之時,偵探小說也逐漸盛行;而當二十世紀一些超現實主義者力圖用非常規的方式表達夢想、瘋狂和慾望時,雜聞再一次以剪切或拼貼的方式出現在新文本中。這些事例都說明:雜聞的形式逐步在文學文本中被進一步昇華和固定,而新的文學形式已無法迴避雜聞表達所帶來的相關問題。

當我們將視線轉回中國近現代報刊的發展情況時,會發現儘管報刊的形態不一,但都開始逐步接受西方的一些新聞觀念。但在接受的同時也有了一些改變,西方近現代報紙在其問世之初,便與書籍出版互不關聯,按一般的說法,公元一五六六年出現於義大利的《繕報》(Notizie Scritte)為近代報紙的先驅,而公元一六一五年德國創辦的《政府報》是近代報紙的濫觴,基本特點是蒐集當代社會發生的各種事件,以一定時期印行,而這與中國古代的官報極為相似。但在清末中國的報界,卻存在著一種特別的情況,報紙、期刊和書籍的出版非但不涇渭分明,反而經常融為一體,又以英國人美查所創辦的申報館為之最。在申報館裡,不僅能看到西方新聞觀念是如何在中國本土落地生根,更能觀察到報刊是如何與傳統的書冊經營進行競爭和相互借

用。早期《申報》固然強調其作為新聞紙的特性，但也不忘它是與書冊出版的競爭者而出現，繼起的《瀛寰瑣記》等刊物，則是調節報紙與書冊各自優點的一個試驗。這些期刊是純然商業性的，它既非同人雜誌的思考宣言，也不是出於啟蒙宗教的考慮，而是將報紙的新聞特性同書冊的耐讀性結合在一起。只有在此情境下，「報」與「刊」的並稱方是恰如其分的。此外，申報館的書籍出版也不可低估，它不僅開始出版了一系列翻譯書籍，還將一些古舊孤本進行翻刻重印。

新鮮的鉛印方式降低了書冊的成本，而報刊代銷的方式也使其銷售遍及全國重要城市。申報館沒有套搬西方辦報的經驗，而是將報紙、刊物和書籍全面地結合在一起。不過此種作法也並非唯一的案例，曾樸等人開設的小說林社，是將雜誌與小說的出版結合在一起的範例，而商務印書館則不僅在書籍、刊物上大顯身手，甚至還短期介入過電影業。儘管如此，申報館卻可能是唯一將新聞生產的思路，放在其產業規劃的中心位置。小說林著意於小說，商務印書館則更側重啟蒙讀物的生產。

如果首先將報、刊乃至書籍出版，作為一個整體來考慮，那有關新聞業的具體影響則可能更為明晰一些。因為此時新聞不再等同於報刊，而報紙的部分因素早就有朝向雜誌、刊物，甚至書籍過渡的可能性。像《瀛寰瑣記》上刊載的翻譯小說《昕夕閒談》，不久就為申報館作為單行本而出版；而《點石齋畫報》後幅的「奇書」刊載，本來就是朝著書冊的方向發展，魯迅就曾從《點石齋畫報》上收集過王韜的《淞隱漫錄》。這是從兩者的物體界限而言，至於在形式上的相互滲透則更是不勝枚舉。早期《申報》上經常存在的詩詞唱和、猜謎行令，常為一些正統新聞史家所「扼腕嘆息」，其實這些手段未嘗不是復活了過去書冊經營中的邊緣文類。至於喜歡登載「可驚可愕之事」，用《聊齋》式的筆法記述雜聞，則十足展現了文學傳統在新型媒介中強大的生命力。當新聞業以報刊的方式影響和改變中國文學時，它首先是以接近或取代書冊經營的整體方式來介入，並非是以新聞的事實性、時效性、通俗性等耳熟能詳但空洞無物的概念來影響。

在目前的媒介研究中，至少有兩種理論是跟晚清文學及報刊研究大有關係。一方面是尚·布希亞有關消費社會的假說，即將已成熟的媒介方式作為分析對象，並強調傳媒所具有的心理學功能。這些功能應該是探討一種起源性的問題，它也存在於早期的中國報紙當中。就拿早期《申報》為例，它對社會新聞的強烈關注已顯示出某種滿足公眾窺視欲的傾向，但此種行為在此前的野史寫作中早已存在，只不過關注對象從帝王將相變化至日常生活中的人。而《申報》中對社會新聞的關注，其實又與晚清上海的城市特性大有關係。在華洋雜處、中西文化觀念劇烈碰撞的上海，許多新聞故事其實還沒發生，早就有人在等待著書寫。另一種則是法國學者皮耶·布迪厄在論述法國文學與出版關係時，提出了一個關鍵概念——「文學場」。在「文學場」中，「文學生產」已開始取代文學創作等強調個人行為的說法，它主要考察的是出版情境的文學。用「生產」的概念，來清理從報到刊到書籍出版的過程，可以免去一些對作者主觀創造性不必要的追問。而報刊的環境也逐步被內化到當時的文本當中。尤其是在李伯元、吳趼人等知名小說家的小說文本中，其出入於小說傳統固然讓人心有戚戚，就是在小報間的穿梭，連綴話柄的本事也令人嘆為觀止。

應該說，這兩種理論都會給清末報刊的形式研究帶來啟發，但都需要略加限定地使用。尚·布希亞描述的媒體消費情況，多屬晚期資本主義的範疇，而清末報刊中所產生的消費意識，則可能是書冊經營中一些邊緣文類的復甦，同時一些知名文本被作為原料和素材而被利用。像文虎、燈謎、笑話等文類由於遊戲性過重，在印刷和出版相對不易的書冊經營中，自然處在一個邊緣的位置。但在報刊業發達後，它們由於篇幅短小，更加能引發讀者的參與意識而大受歡迎。這些文類的復甦不僅為報紙增添了趣味性，更主要的是它可能會重新反饋到書冊經營當中。不但出版者可能會對這些文類的彙編大感興趣，也有著作者從中得到靈感，進而影響到文學形式的變化。譬如，吳趼人就曾在《新笑林廣記》裡提出過「笑話小說」的概念，儘管此說並沒有在當時引起更大的注意，但確實可能對小說敘事產生了一些影響。在一些邊緣文類被歸化到文學文本的同時，也有一些知名的文學文本以「戲仿」和「拼貼」的方式被利用。像〈歸去來辭〉、〈出師表〉、〈討武曌檄〉等著名的古典

篇章，都被紛紛利用來表達一些時事題材，新聞被填充入耳熟能詳的文本當中。當文本逐步變得跟消費品一樣時，它可能會帶來一組對立的方式，那便是文學形式的新聞化，和新聞形式的文學化。前者可能是熱愛嚴肅文學的人極不願意看到的情況，因為融合形式與內容的文學變成了許多可替代、可置換的文本，獨一無二、無與倫比的感受將從閱讀中慢慢消失。但新聞形式的文學化卻可能給文學帶來許多新鮮的變化，它不僅能在淺層上滿足報刊讀者對文章美感的要求，更可能在同樣屬於書寫的領域裡，為寫作或閱讀帶來深刻的變革。就如達尼埃爾・格羅伊諾夫斯基所言：「報紙的版面，採用了不同的世紀先鋒們曾不停追求的創作形式。現代的詩人、小說家、畫家或是電影工作者，曾嘗試透過剪切、拼合、組合的方式對『同時敘述法』進行研究，報刊對此並不陌生。」皮耶・布迪厄的「文學場」概念，是對文學經典神話的現實還原，這從他對《情感教育》的社會學分析中大可看出，他要質疑的是普魯斯特對偶然或作家個體的過度讚頌，但他並不是要否認《情感教育》的經典地位，而是要尋找一種經典產生的社會學邏輯。

在布迪厄論述中的作者、批評家，乃至出版商都像是一些精明的人，他們很清楚文學史的邏輯，並有耐心等待滯銷書變成具有「象徵資本」的暢銷書。這一理論主要是將文學中的結構，也演變成充滿經濟和政治糾葛的權力結構，「場」的存在和運動更在於區別和判定作品的等級。如果以此視線去觀察清末報界中的文人，會發現他們也同樣置身於一個由文化傳統和新聞表達所虛擬出的「場」，姑且可以稱作「新聞場」。像在香港辦報的王韜，早期《申報》的何鏞、韓邦慶等人，都是在科舉上失敗，但在區域型的文壇上享有盛名者。當他們投身到新聞寫作時，固然會深深地感受到「懷才不遇」，而他們所撰寫的新聞文本自然也會有別於其他相對無名的報章寫作和編輯者。而且在此過程中，由報章文轉化成書冊固不在話下，一些以著述為目的的作品也能很容易透過報紙進行傳播。王韜的《普法戰紀》就輾轉於香港、上海兩地的報端，其影響力甚至遠至日本。「新聞場」的存在，使一批在科場中失敗、在傳統學問研究中不見長者，甚至在古文、詩詞等主導文體中也沒有特別優勢的文人，變成了文學史上的最終勝利者。

　　在以上兩種理論的基礎上，可以為晚清報刊的整體研究提供一個能夠深入的假設。首先，報紙、期刊和書籍並沒有處在不同的範疇當中，至少在晚清，它們經常隸屬於一個產業實體。新聞並不必然以報紙的形式出現，文學也不必然就與書籍對應。這就方便扭轉了從前研究中過於濃厚的「單行本主義」，而報章雜誌背後那更為廣闊和複雜的文化環境將被考慮進去，文藝期刊或報刊文學的說法，都很容易將新聞或文學觀念帶入到研究中。其次，新聞的形式絕不只是文學形式在報刊上的轉移，它有可能是對文學形式有目的利用，也可能引發文學形式內部的變革。最後，可能存在的「新聞場」，將有助於改變文學史發展的靜態邏輯，它能夠進一步明晰新聞業對文學的影響，尤其是在文類運動等結構性變化的方面。

▌三、小說

　　小說可能是言說晚清，乃至二十世紀文學最方便、也最不容迴避的文學樣式。晚清小說與前此的中國小說最具差異者，可能便是西方經驗的加入。在回味十九世紀以降的中國小說時，西方已成了一個不可或缺的參與者，這裡所說的還不僅僅是小說翻譯的問題。

　　早在公元一八一九年，第一部傳教士小說《張遠兩友相論》的問世，就開始了西方人對中國小說的介人。此種傳播方式也逐步進入到中國小說的閱讀和寫作當中。而到戊戌前後，小說的重要性被一些社會改良人士有意利用，並掀起了一場「小說界革命」。這一革命最顯著的效果是將小說變成了「文學之最上乘」，其影響力至今猶能感受到。至於如何變成「文學之最上乘」，則成為了此後敘述小說史演進的根源性問題。此外，當一些後設的理論（如「現代性」）介人到晚清小說的變徵時，「小說界革命」也不見得就是確定的分水嶺。不僅《孽海花》、《老殘遊記》等著名小說的意義會被重新思量，甚至一些早在十九世紀中葉就產生的小說文本（如《蕩寇志》、《花月痕》），也需要在新框架裡被重新估價。

　　在中國人開始有意識的將小說作為文學來翻譯之前，西洋小說的介紹或被利用，主要是透過傳教士和報刊。正如韓南研究表明的那樣：「基督教傳

教士認識到小說是一種深得人心的形式，希望用它來傳播教義。他們擔當起最初譯介的職責。最早的『基督教小說』始於公元一八一九年，從那以後至該世紀末，傳教士及其助手們致力於寫作和翻譯具有濃厚宗教主題的小說，至少有二十部傳教士小說出爐。最早一部為米憐所作，並在十九世紀和二十世紀早期多次被基督教出版社再版。最多產的作家是郭實獵，他在公元一八三〇年代寫了七八部小說。其中一部，郭實獵自己化身為一個中國人角色來敘事。然而影響最大的傳教士小說，卻是李提摩太為貝拉米的小說《回頭看紀略》所做的摘要。它並非是一部具有特別傳教精神的作品，但與李提摩太『大眾啟蒙』的目標相符。」

儘管傳教士小說最早是以宗教傳播為起點，但在具體傳播過程中卻引發了翻譯模式、表達方式以及對社會問題的介入。也就是傳教士在利用中文小說深入人心時，一種合作口述與筆譯的方式產生了。口述者負責講述其大概意圖及故事情節，而中國筆錄者則寫出中國讀者能接受的形式。這種雙重合作的方式，在清末的小說翻譯中不乏後繼者，最著名的如林紓的翻譯。

最初傳教士在表達方式上，也力圖使用中國傳統小說的方式。但隨著基督教在中國內地的廣泛傳播，傳教士小說也開始使用外國小說的寫法，這對此後中國小說家的敘述也不無影響。翻譯模式和表達方式都屬於文本之間的轉換問題，而對社會問題的介入，則可能是傳教士試圖影響中國人意識形態的一個舉措。甲午戰敗之後，傅蘭雅曾舉辦過一次小說競賽，他藉此機會抨擊了危害中國社會的三弊——鴉片、時文和纏足。儘管這次小說競賽不可能產生傑出的作品，但它所培植的道德義憤感，卻幾乎成了未來「譴責小說」裡共有的基調。當李伯元、吳趼人等人義憤填膺地表達他們對現行社會的不滿時，我們似乎不能忽略此種立場所受到的西方影響。

傳教士利用小說來達到其宗教和社會目的，而早期報刊中的小說翻譯，則開始了對異域文化的想像。申報館早期出於「增廣見聞」的目的，將《昕夕閒談》等小說作為異域文化的見證而予以翻譯。韓南曾在〈論第一部漢譯小說〉中，考證出該書是對利頓小說《夜與晨》的翻譯，並提出了翻譯中的「保存」與「同化」：「『保存』的意思是，只要有可能，就盡量嘗試透過重複

讀者的語言來保留原作（以及原文化）的特徵。『同化』的意思是，盡量改造原文本（以及原文化）的特徵，以使讀者感到熟悉。」這一區分很好地解釋了最初西方小說進入中國的情形。但除此之外，還有必要補充的是，同一位英國通俗小說家利頓，在與中國接觸的同時也被日本翻譯，但卻引發了日本明治初年政治小說的熱浪。而在中國，政治小說的發現已經是梁啟超受到明治文化影響之後的事。這一接受上的落差，並不能說是中國讀者不善於從通俗小說中發現「微言大義」，而只能說編譯者是從新聞的角度去翻譯西洋小說。出於同樣的原因，史威夫特的小說最初才會被置於志怪小說的框架中所接受。在小說翻譯正式作為不同文學的交往方式之前，外國小說其實已透過上述方式存在於中國人的讀寫經驗當中。

在傳教士和早期報刊的作用下，中國小說內部已開始發生了一些變化。但這些變化到了「小說界革命」後，就使得傳統小說面臨的種種問題進一步細緻化和深入化了。「新小說」開始以一種高蹈的姿態出現，既有完整的理論闡述鳴鑼開道，也有相應的作品推波助瀾，更有新型的媒介——小說雜誌作為其後方支援。這一切都使中國的文類等級產生了實質性的變化，中國小說開始由邊緣向中心移動。引發「新小說」產生的原因自可歸結到政治、社會等方面，但若具體分析「新小說」演進的主要動力，則可能是域外小說的輸入。陳平原先生的《二十世紀中國小說史》第一卷，其實就是闡述域外小說如何具體影響到「新小說」，以及在此過程中的中國傳統小說乃至詩文，如何嵌入到「新小說」的血脈當中。他認為「新小說家對域外小說的借鑑，先是主題意識，其次是情節類型，再次是小說題材，最後才是敘事方式。並非把這種藝術借鑑分解成各自獨立的四步，而是強調這種借鑑逐步從小說形式的『外部』向『內部』轉移。新小說家從啟蒙角度切入域外小說，最先感受到的是鮮明的民主、自由、獨立、權利等思想意識和強烈的愛國之思。如果說晚清譯介進來的政治小說教會新小說家發議論，偵探小說和言情小說教會新小說家更好地講故事，而社會小說則將教會新小說家如何發掘新的小說題材。對於新小說家來說，最艱難、最關鍵的變革不是主題意識，也不是情節類型或者小說題材，而是敘事方式。中國小說敘事模式的轉變，新小說家只是開了個頭，作了一系列很有意義的嘗試，這一轉變得初步完成，是在

五四作家手中實現的。」《二十世紀中國小說史》第一卷應該算是《中國小說敘事模式的轉變》一書的擴充和完善。在《中國小說敘事模式的轉變》一書中，上篇主要是對敘事學的調節運用，用敘事時間、敘事角度和敘事結構三個板塊，重新規劃了約三十年中中國小說的變化；而下篇主要是採用文體學和主題學的研究方法，對中國文學傳統在新小說中的延伸進行梳理。儘管敘事問題當然是該書關注的中心，但其實敘事所牽涉的問題還不單是小說史的變遷，還包括對小說史敘述，乃至歷史敘述觀念的整體思考。歷史敘事問題可能是上世紀中後期最受關注的問題之一，正如海登‧懷特所說：「敘事遠非僅僅可以塞入不同內容（無論這種內容是實在的還是虛構的）的話語形式，實際上，內容在言談或書寫中被現實化之前，敘事已經具有了某種內容。人們已經認識到，敘事不僅僅是一種『可以用來、也可以不用來』再現發展過程方面真實事件的中性推論形式，更重要的是，它包含具有鮮明意識形態，甚至特殊政治意蘊的本體論和認識論選擇。許多現代歷史學家認為，敘事話語遠不是用來再現歷史事件和過程的中性媒介，而恰恰是填充關於實在神話觀點的材料，是一種概念或偽概念（pseudoconceptual）的『內容』。」《中國小說敘事模式的轉變》應該是對兩種歷史敘述觀的融合。

上篇展示的是費正清式的「衝擊——反應」，新興的小說觀念或翻譯小說，對中國小說的敘事時間、角度和結構造成了強烈衝擊，並引起了相應變化，這些變化逐步在五四作家中明確化。下篇則可以讓人想起林毓生的重要著作《中國傳統的創造性轉化》，中國文學傳統也以一種新的姿態，像思想資源一樣，逐步內化於小說史的變化當中。在小說敘事這一前提之下，這兩種歷史觀念的融合其實是為一種連續性的歷史敘述做準備。這種連續性的歷史暫時抽掉了晚清與五四不同的意識形態內涵，在一個較為「純淨」的小說敘事環境裡觀察其變化。在此前的研究中，小說史的連續性受到政治史或社會發展史過多的干涉。阿英的《晚清小說史》儘管有很深的社會反映論色彩，但他還是希望建構一個獨立的環境來重估「晚清小說」的價值。但由於對歷史時間的限定，使得「晚清小說」雖能自成一家，但難免「畫地為牢」，它不可能與五四小說展開更為深入的對話。一直到《二十世紀中國小說史》第一卷，著者用「新小說」的概念來取代此前最為盛行的「晚清小說」，為的

就是讓晚清與現代能夠真正對話。「新小說」無疑是一個置身於歷史話語中的理論性概念，它強調的是二十世紀的中國小說，如何從一種文體轉變為一種極具內容的形式。透過對「新小說」展開的論述，二十世紀中國小說便以一種全新的整體出現了。

在連續性歷史的基礎之上，對晚清小說的價值重估，其實是對五四以來主流文學話語的質疑。在王德威極富影響的文章〈被壓抑的現代性——沒有晚清，何來五四？〉中，晚清文學（主要是晚清小說）所展現的「現代性」至少需要從三個方面提問，它們分別是文學傳統、文學史論述和文藝實驗。王德威覺察到，晚清小說中的西方經驗並不始於「小說界革命」，也不完全是文學翻譯帶來的問題。他認為在《花月痕》、《蕩寇志》等小說中，已有了與未來對話的潛在可能性。在對四種小說類型（狹邪、公案俠義、譴責、科幻）的分析中發現，它們在「西潮湧至之前，大有斬獲。而這四個文類其實已預告了二十世紀中國『正宗』現代文學的四個方向：對慾望、正義、價值、知識的形式化思索。奇怪的是，五四以來的作者或許暗受這些作品啟發，卻終要挾洋自重。他（她）們視狹邪小說為慾望的汙染、俠義公案小說為正義的墮落、譴責小說為價值的浪費、科幻小說為知識的扭曲。從為人生而文學到為革命而文學，五四的作家別有懷抱，但卻將前此五花八門的題材及風格，逐漸化約為寫實／現實主義的金科玉律。」

正因為察覺到晚清小說的「有名無分」，第二個提問才尤顯關鍵，那就是「五四以來的文學及文學史寫作的自我檢查及壓抑現象。在歷史進程獨一無二的指標下，作家勤於過濾文學經驗中的雜質，視其為跟不上時代的糟粕。這一汰舊換新工作的理論基礎，當然包括（卻未必限於）佛洛伊德式的『影響的焦慮』，或馬克思式的『政治潛意識』影響。佛洛伊德與馬克思的學說，在解放被壓抑的個人或社群主體上，自有貢獻。但反諷的是，這些憧憬解放的學說被神聖化後，竟成為壓迫或壓抑主體及群體的最佳藉口。於是中國文學現代性的發展反愈趨僵化。」文學史論述本就屬於一種選擇和淘汰機制，它固然會發現文學傳統中的值得稱述者，也有可能對不符常規的文學實驗產生壓抑。但晚清和五四的結合處，也常常是文學史論者想像中國文學現代性的起點。因此，像李歐梵、王德威（甚至也包括強調張愛玲重要性的夏志清），

他們力圖發現一些從前「名不見經傳」的作品，其目的顯然不單純是為其「藝術」所感染。更緊要的是，賦予文學現代性以多元的可能，希望能在盡可能多的理論典範下，勾勒出混沌喧囂的晚清文學聲音。

「清末小說」無論是產生的情境或樣態上，都有其獨特的地方，這都是可資著力之處。本書將報刊、印刷以及社團等要素予以考慮，力圖從生產和傳播的角度，發掘小說發展中一些別樣的因素。

有幾篇文章曾經在期刊上刊出，感謝《天津社會科學》、《現代中國》和《南京師範大學文學院學報》，惠允將曾刊發於該刊的拙文收入此書當中。

石印小說小論

儘管中國的石印小說存在時間不超過一百年，其產生約從公元一八六六年上海文宜書局石印的《鏡花緣》開始，其終止大致在公元一九四〇年代初。

當然在小說石印停止之後，石印書籍還間有出版。日本學者丸山浩明曾對中國石印版小說做了開拓性的工作，他在公元一九九九年發表了《中國石印版小說目錄》，計有八百多部石印版小說。公元二〇〇二年丸山又發表了《中國石印本小說的特徵和地位》，進一步闡述了他對石印小說的理解，他將其作為一種文化現象，是古代通俗小說的延伸，提供了新小說單行本出現前的準備。

對於石印小說來說，單作出如上解釋自然是不夠理想和完整的，甚至會讓人懷疑研究石印小說的「合法性」。此種懷疑其實有很多的理由。首先，石印小說是以一種印刷形態來劃分小說的類別，這自然會引出鉛印小說、版刻小說和銅活字小說等等的相關類型，而如果以此劃分研究的話，最後難免存在印刷決定論的傾向。書籍的形式固然跟其內容有一定關係，但很少能說得上決定性的關聯。其次是，石印小說跟其他石印書籍的關係，或者說石印小說最值得關注的特點何在？為何不研究其他石印類書籍，一定要是小說（在石印業繁榮的階段，石印史書和石印工具書都曾經占有過更多的份額）？

當然最後還有一個價值認定的過程，石印小說究竟是一種暫時的文化替代品，還是具有其不可替代的文化特性？對它的估量究竟是對某種印刷文化的重新估量，還是對「歷史垃圾」的分類歸納？

▌石印：閱讀還是收藏

作為一種新興的印刷術，石印與鉛印一樣屬於中國以外的印刷傳統。在歐洲的人文語境中，它確實可能會破壞班雅明所說的「氛圍」，會損壞藝術不可複製的特徵。但對於中國石印術的傳播來說，這不見得是一個根本的問題。在石印之前，中國的雕版印刷已經有了很長的歷史發展，而且很多藝術品本身就是與版刻結合的產物，明清之際的一些知名畫家（如陳洪綬、蕭雲

從）的名聲，很大程度上便是來源於版畫。在書的方面，刻書業的發達和校勘的精工，已使得宋以後的刻本比抄本更讓人信賴：「凡書市之中無刻本，則鈔本價十倍。刻本一出，則鈔本咸廢而不售矣。」當石印業進入中國之時，複製自然不是書賈和讀者考慮的問題，他們關注的是石印與前此印刷不同的效果。

石印書籍出現後，其實存在著或褒或貶兩種聲音。對於從事石印書業或與此相關者，自然是極力讚揚。按一般的說法，上海土山灣最早開始了中國的石印出版，但僅限於宗教布道書。而真正開始商業牟利的是點石齋書局，而點石齋書局與申報館同屬英國人美查所創辦。基於這一層特別的原因，《申報》上曾有專文論及石印書的好處：

「石印書籍肇自泰西，自英商美查就滬上開點石齋，見者悉驚奇讚歎。既而寧、粵各商仿效其法，爭相開設。而新印書不鉤心鬥角，各炫所長，大都字跡雖細若蠶絲，無不明同犀理。其裝潢之古雅，校對之精良，更不待言。誠書林之奇觀，文林之盛事也。近又有殷商某君（按指李盛鐸）出資甚巨，向外洋購定印書火輪機十數張，擇定英會審署前，朝北舊房數十幢，不日興工重新改造……先印大部要書數種，必須善期盡善，精益求精，駕乎各家之上。其餘諸種祕笈待印者，何止數百部，均須次第付石。」

這幾乎是表述石印優點最為凝練的敘述。但與之相比，批評書籍石印的聲音也很多，最為集中的焦點無非是兩點，一是書印太小容易傷讀者的眼睛；二便是版本上存在諸多通病。石印書的「小」似乎是當時人士的一個「共識」。汪康年的《莊諧選錄》稱：「近年石印書盛行，然業此者射利為主，貪縮小則書少易售，遂至小如絲縷，因此傷目者多矣！」《上海彝場景緻記》中也說：「所印各種縮本，極為精巧簡便，唯嫌字跡過於細小，殊耗精神；蓋久視則眼花，若用顯微鏡，又易於頭眩，且難經久，為經書家所不取，是亦美中不足耳！」

由於這兩則評述都是當時人士的感受，因此很容易被泛化為一種通論。其實具體到時間限定，書籍類型這些問題，石印並非是單一的面相。在早期的石印書籍中，工具書和書譜、畫冊占了一個相當的比重，尤其是康熙字典

的印製，幾乎成了石印書業發達的一個里程碑。《北華捷報》的這則記述也常被引用：「康熙字典售價各種版本不同，自一元六角至三元，字很小，木板大字的售價自三元至十五元。購買石印本的人，大半是趕考的舉子，年青目力好，他們不需要寬邊大字，而喜歡旅行便於攜帶的小書，舉子們需要趕路，又喜歡帶書。」這裡說的其實主要是針對科舉中人，而對更為廣泛的閱讀階層其實沒有更多涉及。書籍的主要用途是被閱讀，但對於喜歡書的人來說，閱讀遠遠不是唯一的功能。許多藏書家熱愛書籍的形式更甚至書籍的內容，只要略為翻揀一下那些著名藏書家的題跋，多半談論的是版本，而非文本。當石印業進入中國後，首先受惠的肯定是書畫的複製與收藏。對於擁有這些藝術品的人來說，真跡當然是最好的，其次自然是不爽分毫的原樣複製。

另外一個石印書籍的「致命傷」似乎是版本問題。錢基博在《版本通議》中，曾對徐潤同文書局招股印製的《二十四史》提出過嚴苛的批評：

「徒以所得非初印木，字跡漫漶，乃延人描使明顯，便於附印；又書手非通人，遇字不可解者，輒改以臆，謬誤百出。尤可笑者，自言所據乾隆四年本，而不知四年之刻，固無舊五代史，又未見乾隆四十九年殿本，輒依殿本行款，別寫一通，板心亦題乾隆四年，書估無識，有如此者。然世乃以字跡清朗，稱為佳本。竹簡齋印二十四史，遂用同文書局本，故錯字一仍其舊。」

如果純從版本的角度看，這樣的批評肯定是沒有問題的。不過考慮到在太平天國運動之後，江南一帶的藏書遭遇過前所未有的厄運，這也使得英國人美查在翻印出版古舊書刊時大有作為。當美查藉助《申報》的便利刊載出《古今圖書集成》的招股訊息後，立即引起了很大的響應。而作為晚清實業家的徐潤來說，他除了創辦開平礦務局等實業外，在書業經營中也有廣百宋齋和同文書局。廣百宋齋是以鉛印為主導，而同文書局則是以石印為主。前者刊行的主要是一些經世之書，偶有小說，但多屬不習見之本；而後者則大量刊載圖文版小說，著名的《聊齋志異圖詠》即出於此局。此外便是刊印大部頭叢書，尤其是像《古今圖書集成》、《二十四史》這一類的書。在製作這一類書的時候，徐潤不僅僅是用以弋利，有時還會用來作為與朝廷官員聯絡感情的工具。其實在公元一八九〇年代，徐潤曾經用石印的方式製作過

一百部《古今圖書集成》，用現在的話應該可對應於限量本。這些套裝並非用於市面流行，而是用來贈送相關人士。如果以此複雜的背景回到版本問題上，不見得是「書估無識」，有可能是「撫古而諱之」。對於精通版本的人來說，乾隆四年有沒有刊印舊五代史固然是一個大關節，但是對於一般的書籍消費（不做精深研讀）來說，古老的版本總是一件值得炫耀的事。即便是藏書家，不也常常會產生「佞宋」之習？

相形之下，葉德輝的說法較為通達：「海通而後，遠西石印之法流入中原。好事者取一二宋本書照印流傳，形神逼肖。較之影寫付刻者，既不費校讎之目力，尤不致摹刻之遲延。藝術之能事，未有過於此者。」當藏書家繆荃孫、傅增湘等人同張元濟合作，將《四部叢刊》陸續印出時，這對於當時出版者堪稱盛事。而石印的價值正在將刻本、鈔本中可能存在的短頁闕文彌合起來，讓有心的讀者在互相比照中，逐步接近最為原始的實際版本。這一思路其實也正是張元濟刊出《百衲本二十四史》的一個用心所作，而石印（影印）最為不易的，便是將人為認知的誤差降到最低。對於書畫藝術品的保存、複製乃至臨摹來說，形似當然是最重要的。對於書籍來說，能夠最大限度地接近原本，當然也是最理想的狀態。石印在技術上跨越了詮釋的陷阱，但與此同時，石印技術也可能為原有的書籍帶來一些新鮮的因素，譬如圖畫的添注。如果說古籍的重新翻印，能讓當代人重新領略到古本的「原汁原味」，那大批新鮮石印小說的生產，則十足展現了技術在文化消費中的魅力。

▌石印小說的圖文策略

中國素有「左圖右史」的傳統，不過在版刻時代，由於生產成本的緣故，圖書的製作畢竟是有所限定的。要麼是確實有圖像存在的必要，如《山海經》、《三才圖繪》一類的書，要麼純粹是因玩賞之需，如《唐詩畫譜》一類。至於與小說並行的圖，則分繡像和插圖兩類。繡像多取書中人物繪成全帙置於卷首，而插圖則衍故事情節穿插回目之間，最通常的做法是每回兩圖。明代刻書業和套版技術的廣泛使用，使得大量章回小說都有了自己的「形象參照」，而且不少刻本都由名手繪圖，成為歷代藏書家的珍愛之物，內中不

乏有《三遂平妖傳》這樣的佳品（其實若論小說的文字價值，未必能在小說史上大放光芒，但其圖像則允為其時傑作）。如果將明清數量眾多的通俗小說，粗略分為文本系列和版本系列的話，前者中的佼佼者當屬「奇書」系列，這些作品受遇於李卓吾、袁中郎等知識菁英階層；而後者中的特出者，則是一些圖像極為優秀的作品，而這往往會成為藏書家們樂道津津之所在。

當石印被運用於圖書製作後，自然能在上述兩種小說的傳播中，發揮便利性的優勢，可謂「煽其焰而揚其烈」。在白話章回小說中，公元一八六六年文宜書局石印的《花月痕》是目前所知最早的石印小說，但這部小說的圖像特徵並不明顯。真正使石印小說的圖像色彩大彰於世的，是從清人李汝珍的《鏡花緣》重新被製作生產開始。這部書在道光年間曾由芥子園四次刻印，此後諸多版本跟芥子園本大有關係。當點石齋書局將這部小說重付石印時，王韜的序言十足點出了當時小說翻印的一個新動向：「特有奇書，而無妙圖，亦一憾事。予友李君，風雅好事，倩滬中名手，以意構思，繪圖百，繪像二十有四。於晚芳園則別為一幅，樓台亭榭之勝，具有規模。誠於作者之用心，毫髮無遺憾矣。」這段話如果僅當一般小說序言的客套之辭，自無太多可關注的地方，但如果放在點石齋書局，乃至《點石齋畫報》發行的背景下，則別有深意。《點石齋畫報》刻意發掘當下生活中的「可驚可愕之事」，製作新聞畫報娛樂當時的媒體消費者，而古老的「奇書」也不斷在重印和翻刻中借屍還魂、復甦更張。《鏡花緣》一書在晚清被重新發掘也並非偶然之事，其《山海經》式的經驗不僅遠通史威夫特的《格列佛遊記》（《申報》上已片段譯出），更與當時人士關注西洋地理的風氣互為表裡。不僅此也，《鏡花緣》裡飽含的科學色彩，更被認為是中國科學小說的先驅之作，對女性才慧的讚揚也適足成為近代女性解放的一種「資源」（王韜的同篇序言中已無心言及）。奇書固然珍貴，但「妙圖」在此時已不完全是可有可無的點綴，甚至王韜還一定要點出「晚芳園別為一幅」的小細節。這也適足表達，小說生產者尤其樂意借題發揮，望文生義，使得閱讀的消遣性和玩賞性色彩更為濃厚。

點石齋書局發掘了《鏡花緣》中類似「風景明信片式」的圖像潛力，而校經山房則著意在繡像傳統的餘蔭下另闢新局。小說中的繡像與插圖並不衝

突，只不過互有「專攻」，繡像更側重形象和精神，而插圖偏於敘述和展示。畫師謝葉梅在《繪圖鏡花緣序》中這樣寫道：「古者見堯於羹，見舜於牆，後人豈嘗親炙之哉？要其精神所注，結而成象，遂有曠千百世相遇者。」對虛構人像的揣摩，成為一種溝通讀者與作者的手段，也正是這些積思結想的繡像，使得石印小說同版刻時代的繡像產生了直接的連繫。繡像本身有時甚至單獨出來，數量眾多的繡像便可能成為介於小說與藝術之間的藝術品。道光年間改琦繪製的《紅樓夢圖詠》允為佳構，而到了點石齋書局那裡，便出現了王墀繪製的《增刻紅樓夢圖詠》。是書與改本相比，最大的區別自然是圖多了，而且價格相對便宜了不少。也正是在製圖成本大幅降低的情況下，才出現文言小說重要作品《聊齋志異》的圖詠本。在同文書局的精心製作下，四百四十四幅圖像對應著長短不一的聊齋作品。

由於圖像的介入，閱讀方式便自然會發生一些變化，那種解經索沽式的理解可能會被無形解構。當讀者暫時忘卻文字中的狐氣陣陣、鬼氣森森，則時不時能看到畫師們充滿娛樂性的想像靈光乍現。當然在繪製時，畫師也要考慮風化問題。《聊齋志異》中有不少涉穢之作，於是像〈伏狐〉便被捨棄，而顯然不可能出現的事也被捨棄（卷十五〈夏雪〉）。圖畫作者們盡力做到「每圖俱就篇中最扼要處著筆。嬉笑怒罵，確肖神情。小有未洽，無不再三更改，以求至當。故所畫各圖無一幅可以移置他篇者。」

儘管如此，讀者們還是能挑出不少毛病，當同文石印本《聊齋志異圖詠》流傳後，就有讀者對其畫法提出批評意見：「又卷十五〈畫馬〉一則，其文曰尾處為香炷所燒。翻刻本於圖中將馬尾加長，大失畫理。凡畫中人物全在面目傳神。翻本遭劣工描過，輒將人面放大一圈，便與身材不稱。此校描草率也。」這些「枝節」或「花絮」足以說明當時圖像被閱讀的狀況。而《聊齋志異圖詠》出現的意義還在於，它將各種藝術能事（詩、書、畫等）彙集在一起，它的圖像完全可以脫離文字而獨立存在。就拿名篇〈嬰寧〉為例，它的圖像包含了傳統藝術中的詩、書、畫和印四個部分。詩云：「拈花微笑欲傾城，情到濃時轉不情。一味天真何爛漫，只宜呼作太憨生。」書則為飄逸流蕩的行書，畫中描繪了嬰寧伏於牆頭，嬌憨萬端，而西家子舉手致意，醜態畢露，旁有垂柳假山相屬。印則是將嬰寧置於題款處，篆書表達。在此

方寸之間，中國藝術的各種類型交相輝映，而小說成為一個原材料或是待加工的半成品。如果一味從縱向的小說史上尋找突破，則文言小說被歸納的各種可能性，確實有可能到《聊齋志異》方被窮盡。但如果轉到文學與其他藝術表達的橫向聯合上，則許多「藝之能事」尚處開放和實驗階段。《聊齋志異圖詠》之所以能開闢如此一個表達傳統，在於其中各種藝術傳統都已經到達了非常成熟的階段，而當他們綜合在一起時，既能讓讀者沉醉於對藝術的體認和品味，更是對綜合型藝術的拓展。

如果不是對小說故事層面的爛熟於胸，如果不是對書畫藝術的略知其詳，這樣的藝術表達放在其他時代，不但不可能帶來巨額的商業利潤，甚至連理解和領會都不太可能。

各種藝術形式的發展並不均衡，但當某種時機成熟（往往是在藝術品產生的最後一道工序中發生革命性變化）時，「取長補短」的嫁接就有可能產生。在某個著名藝術作品身旁會衍生出若干枝節藝術品，這些枝節藝術品如果以本身的範疇標準來衡量，不見得是佼佼特出之作，但在一個新的消費情境下，卻有可能成為被追捧的對象。

石印小說本身似乎已不能再用小說史的範疇去綁定，因為它已進入更為廣闊的藝術製品生產邏輯當中。

▌上海背景與文化消費

如果將絕大部分現存有關石印小說的資料整理比照後，不難發現，「上海」一定是一個高頻出現的詞彙。大量的石印書局都產生於上海。儘管在中國其他地區也存在著石印書局，或者上海石印書局的分支機構，但上海無疑是最為密集的區域。有不少談論石印書業的文章，乾脆就在前面加上上海的前綴，這也足以說明其代表性。

近年關於城市文化的研究已多有碩果，而關於上海文化的研究論文和著作也在所多見。這裡想先設定一個文化消費的模型（當然是從大量的閱讀中

擬想），然後再藉助對應石印小說的發展情況稍加衍生，不擬對更為廣泛的文化消費提出一般性的架構，是為界限。

在靜態的文學生產中，暢銷書（或者準確說印數多的書）通常可能是由「常銷書」和最近流行的「主題書」構成。「常銷書」往往是古典作品的重印或者重校本，不見得每次重印都會改變或者添加什麼要素，但每當這些「常銷書」被重新生產一次，有可能就會帶來一個龐大的讀者群，在這些讀者中，有可能產生別有深意的批評家，將書籍的類別或者意義重新調整或闡述一次，而這將對未來的整體文化發展有不可低估的影響，也有可能產生一個傑作的仿作風潮，這又會使某種文化心理再一次積澱下來，慢慢地甚至會成為同一文化的審美情結或典範。通俗文化的「面相」可能與實驗文學有著不太一樣的地方，但其層進之處有可能在整個文化的印刷中得到彌合。而最近流行的「主題書」則可能很快就會在時間中流逝了，它們所引發的問題是不斷變更流行文化的風向，看某個時代的流行主題，其實就是貼近某個時代的共有心理。

當靜態的文學生產在某一城市活躍時，它在「常銷書」上的表現，可能更在於它折射了該城市整體的文化素養，而「主題書」的出現，則關係到該城市當下的熱門話題或者眾人心之所繫。上海的印刷文化到公元一八七〇年代左右已經是新舊雜陳，鉛印、石印最早的陣地其實不在於書籍，而是報刊。報刊本身也可算作廣義文學生產之一種，它與靜態文學生產的差別，是要將紙上的世界引入到現實生活中，或者反過來，要將現實生活直接引到紙上來。哪怕再現實主義的作品，也很難做到報刊那種「熱衷」而又「無動於衷」的態度。報刊熱衷於將每天每時的事像萬花筒一般地展示出來，然後等著明天再發生稀奇古怪的事，新聞的新鮮性無疑是充滿麻木的新鮮感和鈍化的教誨性。早期的中國報刊無疑離傳統的文學生產更近，但其追逐新聞的本質已慢慢成為文化消費的一個品性，逐步滲入到文學生產中。於是，動態的文學生產就可能牽涉到類型主題的選定、新聞媒介的介入、讀者的按圖索驥、「理論連繫實際」等環節。

　　就拿「冶遊」主題為例,它在清末上海的消費文化裡肯定占有一席之地。很多「主題書」的重印和重新創作,也都跟此消費語境有很大關係。明清之際的各種「畫舫錄」,在申報館的「慧眼識珠」下一一出版,而當時的名士王韜,更是將其半虛半實的冶遊經歷寫成《淞隱漫錄》、「倩名手繪圖」,逐期登載在《點石齋畫報》的附張上,成為了空前的「畫報小說」。而藉畫報的傳播,文采風流、花叢逸事也在讀者中形成了不小的影響,公元一八八七年《申報》更是刊出了《淞濱花影》的銷售廣告,乾脆變成了「豔照集」。當上海的各種遊戲小報發展成熟後,對於女校書們的想像再一次從現實比照轉移到故事娛人上。石印小說《海上名妓四大金剛奇書》最早便是刊載在《消閒報》上,而有論者認為,這部小說傳達了小說與新聞之間的互文關係。及至《九尾龜》等書出現後,魯迅認為其是「嫖界指南」,也確實看到了這一類小說的癥結。但這類小說也經歷了一個長時段的生產和循環過程,像《揚州畫舫錄》一類的書主要是透過追憶來寫成,而《淞隱漫錄》的大部分章節也屬追憶,而由於畫報的介入,使得閱報者容易從文采的期待跨越到形象的期待,《淞濱花影》則完全是用類似新聞攝影的方式,將現實中的校書置於案頭。當近距離的觀賞發展到一定階段後,抽象化或者寓言性的故事敘述又會再次熱門起來。就「冶遊」的主題來說,不同階段的推陳出新,展現了在都市語境中主題書系的不同側重和不斷變遷。石印小說的不斷生產和傳播,也驗證了這一輪輪消費循環的過程,成為城市消費文化的見證物之一。

清末小說的生產與傳播：激昂沉潛的時代悲歌
《繡像小說》中的「繡像」

《繡像小說》中的「繡像」

從命名上看，《繡像小說》之重視「繡像」是必然的事。但如果深入探究《繡像小說》之「繡像」，則並非容易之事。它必須與同時期的雜誌插圖照相略做比較，必須考慮到已受畫報影響的讀者群體，必須回應明清盛行的小說圖像方式，甚至還有必要回應更為古老的圖書傳統。在此過程中，還隨時可能犯望圖生義、隨意歸屬的錯失。

《繡像小說》編輯繡像是一以貫之的。從發刊直至終刊，大多數小說的回目都配有繡像，雖然每期刊圖數量有逐步減少的趨勢，但其圖像量之大在同時期的小說雜誌中仍是力壓群雄。該刊刊載的章回小說，無論自著還是編譯，都配有相應的繡像，在全部七十二期中共採用了八百多幅。而且在商務印書館內部，還專門為繡像小說設立了製圖的機構，這從某些圖像的裝訂空隙可以看到。如此做法，足見商務印書館對繡像的特別重視。

「繡像」一詞如以現在的理解方式，可以借用黃可的一個界定：

「用單線白描的繪畫手法，透過藝術再創造，對文學作品中先後出場的人物，逐個地加以個性化地描繪出來，一幅一幅列於文學書籍的正文前面，使讀者首先對故事中的人物有一個形象化的印象，然後在閱讀文學作品時，隨著故事情節的發展，加深對人物的理解；同時，繡像也裝飾、美化著文學書籍。」

但如果對繡像的歷史稍加追溯，則會發現它與書冊的「結緣」頗為曲折，而且與繪畫（尤其是版畫）的關聯是較晚才確立起來的。繡像最初本是造型藝術，這可以從沈約的文章或者《法苑珠林》裡看到相關記述。它是對佛教偶像的一種膜拜方式，是以絲的方式編製佛教中的傳說人物。清人徐康曾對繡像書籍有過一段重要記述：

「繡像書籍，以宋槧《列女傳》為最精。顧抱沖得而翻刻，上截圖像，下截為傳，彷彿武梁造像。人物車馬極工拙，相傳為顧虎頭繪。元槧則未之見。明代最為工細。曾見《人鏡陽秋》及《鄭世子樂史》、《隋煬豔史》。

元人百種曲首、《水滸傳》首本、《隋唐演義》首，皆有繪畫。國朝則《萬壽盛典》、《南巡盛典》，首袞圖像，係上官竹莊山水，皆石谷子畫。即《圖書集成》中有圖數十冊，悉名手所繪。」

從這一段記述中至少可以證明，繡像到宋代已與書籍印刷出版連繫在一起。更為重要的是，繡像書籍被收藏家所看重的，是其在藝術上的精粗美惡，而與解釋文字部分的功能無關，這就與「左圖右史」的圖書傳統有所區別。鄭振鐸曾將「宋板《列女傳》的出現」，當做「開始了文藝書裡插圖的風氣」，從此之後「元明兩代的戲曲、小說和故事書裡的插圖，就大為盛行了，甚至，如果有一部小說或戲曲而不附插圖，卻可算是例外的事。」

戴不凡批評清代的小說插圖在整體品質上有所下降，理由便是它們從《無雙譜》、《芥子園》等處抄襲，他的基本思路是，當時的小說插圖缺乏了名手的參與，又少了獨創性，便比此前的插圖有所退步。這顯然是誤將繡像等同於插圖，又進而將插圖當作版畫藝術的體現，而忽略了插圖的基本功能本是作為書籍的裝飾或補充，而並非一定要承擔版畫藝術的重任。

明代印刷業的繁榮造就了書籍插圖的全盛，也使得「上圖下文」的構局有所改變，出現了只畫人物的「繡像」和表現故事的「全圖」。

繡像通常只畫人物本身的神態面貌，外加一點必要的道具，一般不會去渲染背景和環境，而會被放在每部書的卷首。由於版刻的限制，人物造型很容易產生雷同、臉譜化的傾向，如果不是繡像下標有人物的名字，讀者是很難識別的。在《封神演義》的繡像中，蘇妲己與姜皇后之間幾乎沒什麼區別，這也無怪周作人會有如此印象：「最先看見得自然是小說中的繡像，如《三國演義》上的。但這些多畫的不好，木刻又差，一頁上站著一個人，不是向左看便是向右看，覺得沒有多大意思。我還記得貂蟬的眼睛大而且方，深感呂布之入迷殊不可解。」

插圖則主要是表現故事情節，雖名為「全圖」，但由於圖像表達與語言表述的分別，它自然不可能表現出故事的全部。許多插圖其實是對某一情節的特別理解，挑選出最有代表、最富意味的地方去表達。但在明清的小說出版中，繡像與插圖的概念常被混用，標明「繡像」的小說也常常會附帶一些

插圖。但有一點是固定的：只要有「繡像」存在的小說，其繡像必然是擺在書首，不會進入到書籍的插頁中。

周作人所說的印象固然不錯，但其評價體系太「現代」了，而且其審美眼光也有其自己的偏好。他也主要是從繪畫的角度看待繡像，而不太關注繡像在出版中一直存在的心理效應。繡像與插圖的最大區別還是在於其功能，插圖更多偏於解釋，當然也有不少著名的例外，像《西廂記》、《三遂平妖傳》的精緻插圖向為收藏家所喜，他們看重的肯定不是其解釋的功能。小說繡像提供的則是一種公共性的想像場所，有時類似於宗教的膜拜，有時可能變為高雅的展覽。

在類似於宗教崇拜時，它培植的是對小說人物的信念，這與民間對關公、隋唐英雄等的崇拜是連為一體的。儘管繡像的情境從宗教轉移到了小說世界，但在藉助形象去接近偶像這一點上，是毫無分別的。很多讀者是憑藉那肯定不真實（小說人物大多是虛構的）的繡像，去接近他們想像中的英雄或者美女。與膜拜相比，作為展覽的小說繡像，則在小說圖詠本出現後遂成為必然。在圖詠本中，文字已非唯一主宰，甚至被擯棄在外，圖像在此已逐漸取代了其地位。當然，圖詠本的出現，必須是在原文本家喻戶曉的前提下，譬如清代中後期出現的《聊齋志異圖詠》和《紅樓夢圖詠》。這兩部圖詠本的意義在於，將圖像的重要性最直接地表達出來。《聊齋志異圖詠》雖然同樣是故事畫，但它已並非處於插頁的插圖，而是置於文字之前，文字在此時反而成了其補充和說明。《紅樓夢圖詠》則完全將《紅樓夢》的文字文本排除在外，精美的人物像上還有不少當時名家的題畫詩詞。這足以說明，繡像成了眾多文人想像交匯的最佳場所，從圖詠本這一事例可以看出，繡像即便沒有變成宗教式的偶像，卻可能變成雅緻想像的交匯地，而絕非是迎合普遍民眾的趣味。

在《繡像小說》問世時，繡像的意義和價值，其實已受到來自畫報和攝影兩方面的衝擊。畫報雖在十九世紀中葉才於西方興起，但《點石齋畫報》的出現已使中國的圖像認知多了「畫報」這一新類型。《點石齋畫報》引出的問題紛紜複雜，但說到對傳統繪畫或者圖像製品的衝擊，至少有以下幾個

層面。首先，是石印對版刻的影響。雖然石印同樣可以用在書籍印刷上，但顯然它對圖像的影響更大，許多可複製的藝術品由此源源不斷地產生。版畫與繪畫相比，是可複製的，但與石印術相比，又不能夠大量複製。當《點石齋畫報》被上千份地印製，並培植了大批熱衷觀看時事畫的觀眾時，它對版畫的打擊不言而喻，也連帶影響到繡像。其次，儘管《點石齋畫報》是以故事畫為主，但它也為肖像畫留有篇幅，像劉永福、曾紀澤等人的肖像都曾在其上刊登過，又由於畫報本身的時事性，使得這些肖像主要體現在政治上的即時展出，更多是以「真」為第一要義，而較少對「美」加以措意。出於對真實的渲染，《點石齋畫報》甚至刊了一幅日本元首的肖像，希望有志者去刺殺他，這都說明了繡像可能產生的氛圍，正逐漸被新興的印刷術和媒介所壓迫。

而更大的威脅則來自攝影和照相在報刊中的廣泛應用。如果說畫報會改變觀眾觀看的情境以及期待視野，那攝影則是將圖像變成各種話語的最直接展示手段。就如蘇珊・桑塔格所言：

「圍繞著攝影影像，人們又建立起了一種新的關於訊息的觀念。照片乃是一則空間和時間的切片。在一個由攝影形象支配的世界裡，所有的界限儼然都是專斷的。一切事物都可以與其他事物分割，可以被切斷。所需要的只不過是將事物以不同的方式框起來。（反過來，任何事物也可以使之與任何其他事物毗連。）攝影強化了一種社會現實的唯名論觀點，認為社會顯然是由無數個小單位所組成——由無限個可以被拍攝成照片的事物數量所組成。這個世界透過照片而成為一系列互不相關、獨立的粒子；而且歷史、過去和現在，成為一套軼事和社會新聞。照片自己什麼也不會解釋，但它會不倦地邀請人們去進行演繹、推測和想像。」

在清末刊行的眾多雜誌中，很多都設有專門的圖畫欄目。從圖畫的構成而言，既有傳統的畫像，也有新興的照片。大多數圖畫是放在雜誌的刊首，也有雜誌將圖畫放在插頁中，如著名的《東方雜誌》。在圖畫的使用中，作為增添雜誌美感的中外風景圖、字畫在所多見，也有部分有關時事的圖畫，已開始將一些熱門話題用圖像的方式組合展示，如《東方雜誌》陸續刊載的

有關日俄戰爭的圖片。但在清末雜誌的插畫中，人像占有著最顯赫的位置。班雅明曾說過：

「在照相術中，展覽價值開始全面排擠膜拜價值。不過，膜拜價值並不是毫無抵抗地退卻了，它還有最後一道防線，這便是人像。人像在早期照相術中占中心位置，絕非偶然。對遙遠或已逝愛情的回憶性膜拜，是繪畫膜拜價值的最後避難所。在人臉轉瞬即逝的表情中，氛圍最後一次——在初期照相術中——起著作用。這便是照相的憂傷、無與倫比的美之所在。」

當然，在清末雜誌的插畫中，更多表現的不是回憶性膜拜，而是藉膜拜進行的當下性建構。班雅明主要探討的是繪畫向照相的過渡，但在清末雜誌這裡，繪畫與照相是可以並存、相得益彰的。它們共同開始構建某種想像的族群，而被挑選的人像往往是楷模或者典範。譬如，在《女子世界》雜誌裡，不僅登出了南丁格爾、聶隱娘等女界楷模，還結合當時女學興起的背景，刊出了務本女學校攝影、廣東女學堂學生攝影、天津淑範女學堂攝影、常熟競化女學校攝影等多幅有關女學的照片。而《國粹學報》則從孔子、老子像開始，大凡對中國學術產生重大影響者，都以繪像的方式見諸於讀者；《新世紀》則將普魯東、巴枯寧、克魯泡特金等無政府主義者的圖像，刊於其學說介紹之前。這些人像的羅列就是在建構一個族譜，而每一個人像都是在確認和說明該群體的重要性。

被說成與「群治」最有關係的小說，自然不會缺乏其虛構的族譜。

在《新小說》、《月月小說》等小說雜誌裡，圖畫欄目也同時採用畫像與照片。從《新小說》開始，一大批中外小說家都以畫像或照片的方式出現在圖畫欄目中，這些圖像的出現鄭重其事地宣告了小說作者的在場。內中不僅有托爾斯泰、雨果等為歐洲文壇景仰的大師，也有中國傳統小說家的代表人物施耐庵，甚至還將吳趼等當代小說家的照片也放在圖畫欄目。如此編排和設計，很自然地突出了小說雜誌的獨特性，也突顯了小說作者的地位。在梁啟超等人的文字論述中，西洋小說家的重要地位屢被提及，而透過小說雜誌的圖畫欄目，這些作者的「形象」也被安排成為一個特別的系列。如此安排，不僅僅有增加雜誌美感的效果，同時也暗含著突出作者的意圖。在梁啟

超等人對西洋小說救國救民的說法中，經常強調那些寫小說的作者是「公卿碩儒」，算是藉助作者的身分地位來提高作品的重要性。在《新小說》的圖像介紹中，托爾斯泰被稱做「俄國大小說家」、囂俄（雨果）被稱為「法國大文豪」，擺倫（拜倫）是「英國大文豪」，合路拉（席勒）被稱作「歐洲大詩人」，覓打靈（梅特林克）被稱為「比利時大詞曲家」等等。在這一系列的命名中，「大」字幾乎是一個不變的前綴。固然從文學史的眼光看，以上諸人都能當得起一個「大」字，但在《新小說》的編輯者那裡，使用如此稱謂自然是為了引起讀者更多的關注。有時為了讓讀者有一個清晰直接的瞭解，編者往往喜歡用中國的文體類屬來對西洋作家分類，難免會產生一些「有趣的錯誤」，就像梅特林克被當作大詞曲家。《新小說》、《月月小說》等雜誌的圖畫欄目，已不僅僅停留在語言敘述層面，而將「小說界革命」推廣到更深不可測的圖像層面，小說家的群星也像學界的眾賢、女界的眾楷模一樣，進入到各自話語的自我確認當中。

以此背景來衡量《繡像小說》的圖像層面，則可能發現一種自反的立場。明言是「繡像」，但卻不是單個人像，而更像是故事畫。不少論者都為此問題進行過有趣的猜測，如郭浩帆認為：

「李伯元等人打著『繡像』的旗號大量登載插圖，恐怕與小說在期刊上連載，以及大多數作品採用鏈條式結構、沒有固定的主人翁有相當密切的關係。與單行本相比較，期刊連載小說有一個很大的弊端，就是：由於受刊期的限制，它將本應由讀者控制的閱讀時段強行肢解成若干段落，使讀者處於曠日持久的被動閱讀狀態當中。如果遇上刊物延期出版，或者連載有始無終，那情況就更為糟糕。因為閱讀單元變得相當零碎。所以為引起讀者的閱讀興趣，在作品的每一回前插入反映該部分內容的圖畫，遠比在第一次連載時將全書人物繡像全數刊出，而後再也看不到任何圖畫效果要好得多。畢竟閱讀單行本的繡像小說，讀者可以隨時欣賞卷首的人物繡像，並與正文、插圖對讀，而閱讀連載繡像本則要相對麻煩得多，這還得以這位讀者恰好存有第一次連載的那期刊物為前提。另外，清末的許多創作小說大多採用鏈條式結構，《繡像小說》上刊登的作品，如《文明小史》、《負曝閒談》、《市聲》、《活地獄》等，大多數也是如此。對於這類作品，如果在期刊上給每一個人

物都配上繡像顯然是不必要的,而且也很難完全辦到。但用插圖的方式就好多了。」

郭的分析適用於所有的小說雜誌,但對於《繡像小說》而言卻可能並不到位。他強調小說刊載與單行本配圖的差別,是以第一期或人物的不集中為關鍵,但很多小說在刊載不久後便集結成書了,《文明小史》和《老殘遊記》都是如此。一旦集結成書,那第一期或人物的不集中並不成為其大問題。須知,清末讀者的閱讀習慣尚未完全從書冊轉向雜誌。另外,說鏈條式結構影響到配圖的麻煩,那也只是部分情況而已。《老殘遊記》如果以傳統繡像小說的做法,則完全可以挑出幾個主腦或中心的人物,而不少編譯的外國小說、戲曲則大多不是鏈條式結構,這似乎也無法說明《繡像小說》一定要將故事畫當作繡像來看的原因。

《繡像小說》沒有以傳統繡像來建構小說人物的形象參照物或膜拜對象,也沒有以專門的「小說」文類來發掘一個小說家的族譜,而是以「繡像」的名義,將虛構人物變成現實圖景的組成部分。畢樹棠早就發現了「繡像」與時事的關聯:「然而因為故事的背景是社會時事,是今日新時代的前幕,很可以按圖索驥,回想初倡維新時期形形色色的景象。這些寫實畫,與才子佳人、文官武俠式的小說繡像,滿含著的低級浪漫意味不同。」小說繡像在此便是沿著「時事畫」的方向發展,它造成彌合虛構與現實的作用。值得注意的是,只有小說雜誌方能使此「亦真亦幻」的效果發揮到最佳。當《文明小史》以單行本小說出現時,所有的圖像都被擯棄了。這一事例道出了:小說繡像終究不是時事畫,因為一旦進入「小說」的名義之下,「太實」總是一大忌諱,哪怕是圖像。它也說明了《繡像小說》的圖像在製造著一種虛構與現實交融的氛圍。

《繡像小說》的繡像應該是「小說界革命」中最為特殊的表意方式。它沒有像《新小說》等圖像欄目彰顯小說家的價值,而是將介入現實的決心透過圖像表達出來。在圖像層面上,《繡像小說》已將讀者拉到了習見的現實場景中,繼而其後的小說敘述則從虛構的角度,將這些背景提升為一個個具

有觀點的故事。《繡像小說》的圖像策略與其文字敘述中的「文明意識」一樣，是消解虛構與現實的嘗試，也是將小說置於更廣闊話語背景的努力。

新聞生產中的小說傳統

——以早期《申報》文人對《聊齋志異》的接受和轉化為例

　　小說傳統無疑是小說史的中心問題之一，但它的模糊性和不確定性是顯而易見的。由於前設理論和論述框架的差異，小說傳統可能會有不同的譜系。但在通常情況下，小說史都只是傑作小說的排列史，至於那些「二、三流」或「準一流」的作品，卻常只能側身於受影響之列，與那名著分享著微不足道的篇幅。當然有慧眼獨具的論者，給那些從前評價較低的作品一個相對較好的位置，但這樣的變化往往是漸進、添加式的，但在小說傳統裡，連續性和價值都是不容迴避的問題。也正是出於這一原因，對於晚出作品的價值認定便會朝著「復興」或「競爭」的方向發展。T·S·艾略特的名篇〈傳統與個人才能〉雖主要是談詩，但其表達的「復興」觀念同樣可能被用於小說傳統的思考上，如魯迅在《中國小說史略》中專門提出過「擬話本」、「擬晉唐小說」的概念。與之相對的是，像哈羅德·布魯姆等人則強調晚出作者肯定會處在「影響的焦慮」當中，唯有與前輩作者進行「競爭」方可以取得合法位置。所謂「復興」和「競爭」，自然是指處於相同的傳統和語境當中，但隨著媒介方式的變化，也會出現一些例外情況。例如一些晚出作者在「復興」或「競爭」的背景下寫作，但其價值認定往往已不純粹在小說傳統的內部進行了；又譬如在新聞生產中，一些著名小說所受到的「發掘」和「挑戰」，都將會給新聞傳統和小說傳統帶來一些新的問題和坐標。

　　早期《申報》文人就是這樣一個特殊的群體。他們大多是江浙落第文人，在上海投身於陌生的新聞業。他們深受傳統的濡染，對傳統小說的瞭解要比新聞多得多。在早期新聞訊息量相對匱乏、編撰多於記述的情形下，他們時不時流露出的小說家趣味，或展示「傳奇」筆法自在情理之中。更值得注意的是，當他們在撰著小說時，新聞業的影響已依稀可辨。在王韜、鄒弢和韓邦慶等單一作者的身後，有著一個集新聞、出版及印刷為一體的申報館。正是由於早期申報館運營方式的整體性，方使得報紙刊行能與「書冊經營」同

位存在並等量齊觀。而王韜等人穿梭於小說撰著與報章表述之間不僅毫無窒礙，而且還得心應手。

在王韜等人寫出的文本中，小說傳統自然是一個重要的參照物，尤其是《聊齋志異》這部小說。曾有〈滬城竹枝詞〉云：

《聊齋志異》簡齋詩，信口吟哦午倦時。

底本近來多一種，匯抄《申報》竹枝詞。

這首竹枝詞記述了當時申報館文人特別的文學趣味，放到他們的寫作中也很容易得到證實。王韜的《淞隱漫錄》在發行後不久就被冠於「後聊齋志異」的名目；鄒弢曾親到蒲松齡的故里憑弔，並撰有相關遊記和傳記；而韓邦慶的《太仙漫稿》更是為了超越《聊齋志異》而作。儘管如此，當魯迅將王韜的作品放在「擬晉唐小說」的支流中時，其在小說史上微弱的意義僅靠「擬晉唐」來維繫（鄒弢、韓邦慶等人在文言小說上的意義幾乎不被提及）。而當戈公振慨嘆早期報紙喜歡「談狐說鬼」，類似「稗官之別派」時，他已用了過分現代的新聞觀念去衡量當時的報章寫作者，王韜等人在小說史上的被邊緣化與在新聞史上的被誤解，絕非偶然。早期申報館提供了一種可能的新聞生產方式，它有現代新聞觀念的種種潛質，但同時仍與各種書冊傳統進行著對話，而在王韜等人的作品（或文本）中，正展示了新聞生產對小說傳統的深入影響和改變。

▎都市記憶與歷史情懷：王韜對《聊齋志異》的借用

王韜與《聊齋志異》的關係無疑最為人所熟知。早在他的《淞隱漫錄》於《點石齋畫報》連載後不久，味閑廬（書坊）就以《後聊齋志異圖說初集》的名目刊行問世。王韜本人也在《淞濱瑣話》的自序中，提到他與《聊齋志異》的關係：

「夫荒唐之詞，發端於漆園；怪誕之說，濫觴乎洞冥。虞初九百，早以是鳴。降及後世，益復工已。余向作《遁窟讕言》，見者謬加許可，江西書賈至易名翻板，藉以射利。《淞隱漫錄》行世至再至三，或題曰《後聊齋志

異圖說》，售者頗眾。前後三書，凡數十卷，使蒲君留仙見之，必把臂入林，日子突過我矣，《聊齋》之後有替人哉！雖然，余之筆墨，何足留仙之萬一。即作病余呻吟之語，將死遊戲之言觀可也。」

　　王韜主要以自己的三部書為例，說明自己的寫作與《聊齋志異》的關係。魯迅在《中國小說史略》中提到王韜小說與《聊齋志異》的關係時，也謹慎地選擇這三部為例，大致評價是「狐鬼漸稀，而煙花粉黛之事盛矣。」儘管魯迅沒有明說王韜用青樓女子代替蒲松齡筆下的花妖狐魅，但基本思路可以轉化成「用傳奇法，而以青樓」，側重點仍然是「傳奇法」，而非「青樓」。魯迅所進行的推證是將「擬晉唐」的特點進一步細化區分，從而使王韜的小說真正成為「擬晉唐」的支流。

　　在這一論證過程中，王韜小說寫作中的特點被簡化了，而他的其他作品卻被排斥在分析視野之外。其實，這三部小說與他的其他作品有著密切的連繫。《遁窟讕言》在《申報》的廣告中被說成「書中所記述者，大抵時事居多，誠足與漢唐諸小說家齊驅，而不僅為《聊齋》、《消夏錄》之後勁」，這與他的另一部作品《甕牖餘談》在突出時事上有類似的地方。《淞隱漫錄》和《淞濱瑣話》以上海作為表達空間，延伸了王韜搜奇志勝的想像，卻也不是說跟上海本身毫無關係，此前他曾寫過著名的《瀛壖雜誌》，而對上海青樓的記憶也見諸於「海陬冶遊」系列。「煙花粉黛」的表達趣味也不見得是從狐仙鬼魅中脫化而來，王韜在《海陬冶遊錄》中自承：

　　「夫《海陬冶遊錄》何為而作也？將以永既去之芳倩，追已陳之豔跡；寄幽憂於香草，抒舊念於風懷。滄桑變易，麻姑見而傷心；開寶繁華，宮女說而隕涕。撫今追昔，寫怨言愁，則使經過曲裡，尚識舊人。搜輯閑編，猶傳逸事；傷紅顏之已老，嗟黑海之多驚。誰肯買俊骨以傾囊，孰不談劫灰而變色哉！則此編也，聊作寓言，附諸野史，非故為妖冶之詞，甘蹈泥犁之罪也。顧或謂昔趙秋谷《海謳小譜》、余曼翁《板橋雜記》、西溪山人之《吳門畫舫錄》皆地當通都，其事可傳，其人足重。」

　　很明顯，「畫舫錄」式的表達也是王韜小說寫作的一個重要來源。《淞隱漫錄》中的大量青樓事跡與他「海陬冶遊」系列和《花國劇談》有著直接

淵源。如果將王韜的小說寫作從傳奇或志怪「非此即彼」的理解前見中脫離開來，他的小說與地域、時事，乃至與傳播方式間的關係，都足以提供不同的視角，而此番種種又是如何與《聊齋志異》相遇，也很是引人入勝。

王韜一生中的大半時間，都在香港和上海兩座城市度過。上海是他科舉受挫後另謀生路的開始，而香港則是逃離政府迫害的避難所。對於香港，王韜並沒有留下太多記述。而對於毗鄰蘇杭的上海，王韜則不僅有記述上海地方風俗人物的《瀛壖雜誌》，有記述海上青樓事跡的《海陬冶遊錄》、《海陬冶遊附錄》、《海陬冶遊餘錄》，還有藉上海作為表述空間的《淞隱漫錄》和《淞濱瑣話》。

《瀛壖雜誌》一般是被當作筆記著述。不過對於才情洋溢的王韜來說，寫筆記時自然不太追求紀昀提倡的「雍容淡泊」，而搖曳筆墨之處在所多見。《瀛壖雜誌》算是信實程度很高的作品，但一寫到錢蓮仙的幽婚（卷五），不免要設定「荒草茫茫，月殘斗轉」的陰森鬼趣；在描述了昱坐化後（卷四），會寫「室內生香三日不散」。「海陬冶遊」系列是借用了《板橋雜記》、《吳門畫舫錄》等書的表達，「澆傀儡以舒胸，況複界盡山川，致仿《華陽郡國》；景詳節物，體兼《荊楚歲時》；風流嘔噱，且軼《板橋雜記》之編」，而《淞隱漫錄》更是直接與《聊齋志異》連繫在一起。在王韜虛虛實實的寫作中，上海已經成了一個記憶和想像的生發地。

《滾瀛壖志》在王韜的「上海系列」中成書最早。王韜是在香港寫作這部上海的地方志，雖然是對舊作的重新編排，但也算是對青年時代、對墨海書館時期的一種追憶。《瀛壖雜誌》中的上海可謂新舊雜陳，纖毫畢具。由於是雜誌，王韜得以突破方志寫作中偏於簡略的特點，內中不僅有地理環境的陳述——「滬瀆瀕海，而賈舶往來」，也有時代背景的說明——「和議既定，海禁大開」，還借引當時各類人士的詩詞歌詠、書札往還，來說明所見所聞的新奇。沿著新奇的視角，順便就將西洋的各種器物、娛樂乃至好尚引入到上海的環境中：有機械層面的火器、輪船，有娛樂方面的影戲、馬戲，自然還有與他關係密切的印書館、新聞紙。在有詳有略、相互對應發現的記述中，上海顯得面貌多樣而又具體可感。王韜既會從大處著手作簡略概述，

如「上海居南吳盡境，古為禹貢揚州之域」，也會專門描摹「西人好犬，大者高三尺許，項繫金環」的城市風貌。

《瀛壖雜誌》中所呈現的是全景式的上海，而「海陬冶遊」則是王韜記述上海的一個專題和特寫。王韜本人有著豐富的冶遊經歷，早在蘇州的時候，就曾「勾留白下」，到上海墨海書館後不久，「稍作綺遊」便「狂名頓著」。他寫作的「海陬冶遊」系列不僅與自身經歷關係密切，也與「畫舫錄」的表達傳統大有關係。

按嘉慶時人吳錫麒的溯源，「煙花之錄，拾自隋遺教坊之記，昉於唐作。一則見收於史，一則並附於經，似乎結想蛾眉，馳音桑濮，偶然陶寫，何礙風雅。」在其後孟元老的《東京夢華錄》等書中也有對「花月新聞，水天閒話」的記錄，不過並非以「妓家」為中心。明末清初的余懷，在《板橋雜記》中十分明晰地將冶遊主題分成「雅遊」、「麗品」和「軼事」三類，分別從記遊、記人和記事三方面，將紛繁豔跡與十里秦淮勾連起來。余懷融黍離之悲與名士風流為一爐，從「妓家」的視角，觀察一個都市在時代變遷中的興衰。繼它之後，《續板橋雜記》、《秦淮畫舫錄》、《吳門畫舫錄》等書紛紛出現，共同以青樓事跡為主題來感慨時移物換，人事變遷。「畫舫錄」的表達雖是以「妓家」為中心，但自然少不了活躍於其間的文人雅士，也正是他們的存在，使得詩酒風流能在一定的場所、一定的時段展現出不凡的魅力。

對於王韜來說，上海無疑是他馳騁「畫舫錄」想像的最佳場所。

青年時代的冶遊、嘉道，降諸名流會集、上海雅集唱和的事跡、太平天國事件的影響，這些都容易使他延續「畫舫錄」的表達傳統，為上海傳神的寫照。不過，上海畢竟與秦淮、吳門等地還是有所區別，上海並不像秦淮、吳門等地有重要的歷史背景和文化淵源，雖然受到了太平天國事件的影響，但它所受到的文化摧殘遠不及江南各古老城市。

當時上海的娼家也難比「秦淮八豔」在棋琴書畫上的才藝，並不人具備「其事可傳，其人足重」的條件。儘管有《板橋雜記》、《吳門畫舫錄》等書作為參照，王韜要想「譜申江之新聲」來超越「續板橋之舊豔」也絕非易事。

「海陬冶遊」系列最大的特點，是重點發揮了「畫舫錄」表達中的「軼事」一項，給青樓事跡加上了大量的鋪敘和點綴，用王韜自己的話是「淡粉輕煙，豈無點綴，本非實錄，有似外編。」各種「畫舫錄」中的「軼事」儘管不乏傳奇色彩，但用筆簡略，較少鋪敘和點綴。王韜的冶遊寫作則不同，常常使用鋪敘和點綴。最典型的是在《海陬冶遊錄》中對廖寶兒的記述。作為作者的紅粉知己，王韜不僅在單列的條目中數次提到寶兒，而且還在中卷專門有〈附廖寶兒小記〉。

在這篇記中，不僅記述了寶兒的飲食起居，喜好性情，還不斷穿插小事，以傳其意態神情。並將一天內的閑情逸事、對白舉動都付諸筆墨，這是在此前的「畫舫錄」表達中很難找到。王韜在《海陬冶遊錄》中所引出的「創格」和「破例」，無疑是結合上海本身的特點，實現「與其高談愂聽，毋寧降格求真」的目標。對於上海，要在縱向的文化淵源中找尋風流寄託其實不容易，王韜的冶遊寫作碰到的問題是都市的差異性，上海本身濃重的商業氣氛與「揚州舊夢」的風流寄託有一定的距離。所謂「海濱紛麗之鄉，習尚侈肆，以財為雄。豪橫公子，遊俠賈人，唯知揮金，不解文字。」故而王韜在將「畫舫錄」模式移入到「海陬冶遊」時，不能不考慮對原有模式的變通使用。「雅遊」並無太大問題，王韜也會中規中矩地介紹上海的各處勾欄；「軼事」突出了鋪敘和點綴；而「麗品」的品花談豔則屬於事後的追懷，它與身處其中，品評花榜還不一樣。在《板橋雜記》中，像董小宛、卞玉京等人早已見諸冒襄、吳偉業等著名文士的筆墨中，屬於「其人可傳，其事足重」的範疇，余懷需要做的只是連綴贊語即可。王韜所要表達的「麗品」則需要他的筆墨發揮，「滬上名妹，其冠絕一時者，皆邀月旦之評，而登諸花榜，一經品題，身價十倍。其不得列於榜中者，輒以為憾事。」在《海陬冶遊附錄》中錄入了〈花品〉、〈丁丑上海書仙花榜〉、〈滬北詞史金釵冊〉等多種花榜，雖屬事後收錄，但王韜本人也參與其間，與「畫舫錄」中的「麗品」表達有所區別。

王韜的冶遊寫作到了《花國劇談》出現了一個轉折，從對「畫舫錄」的變通運用，轉向了刻意為文。在自序中，他交代了這一轉變過程：

「予輯《豔史叢抄》，凡得十種，皆著自名流而聲騰藝苑者。不足，因以舊所作《海陬冶遊錄》三卷附焉，嗣又以近今十餘年來，所傳聞之綺情軼事，網羅薈萃，撰為附錄三卷，餘錄一卷，而後備徵海曲之煙花，足話滬濱之風月。顧有地非一處，人非一時。芳綜勝概，足以佐談屑，述遺聞，為南部侈繁華，為北里表俠烈。其事則可驚可愕，其遇則可泣可歌。宜匯一編，以傳於世，《花國劇談》即以此作。蓋此不過為文章之外篇，遊戲之極作，無關著述，何害鈔胥。以期筆底之波瀾，供我行間之點綴，不亦快歟！況乎刪其繁蕪，乃能入彀；潤以藻采，始可稱工。」

《花國劇談》是對「海陬冶遊」的一個延伸。它完全放棄了「雅遊」、「麗品」和「軼事」的寫作格局，每篇都專門圍繞一個女校書而寫，開頭無一例外都是名字，籍貫和幾句贊語，如「影娘，吳門名校書。丰度娉婷，舉止嫻雅」，「月珍，右浦人，體骨妍媚，眉目如畫」等。表面上看，似乎是「麗品」的變相，但其實清人楊曉嵐在《白門新柳補記》中就有所辨析，他認為《白門新柳記》本身是「記事」，而不是「品花」，並不強調色藝的優劣，又由於「傳聞異詞，愛憎異性，難免參錯稗官小說」，其結果只能是「遊戲之作，不得以信史責之。」王韜在《花國劇談》中的表達更接近於《白門新柳記》，而與《板橋雜記》等「典範」的畫舫錄有區別。他在序中所提出的選材思路是「其事則可驚可愕，其遇則可歌可泣」，其後被《淞隱漫錄》一脈繼承下來。《花國劇談》也可以當作王韜從畫舫錄的表達，朝向小說寫作的一個內在過渡，而申報館最終促使了王韜的冶遊寫作融入到小說表達範疇。

申報館很早就介入到「畫舫錄」系列的出版，在《淞隱漫錄》問世前，已出版有《白門新柳記》等7種「畫舫錄」。在《吳門畫舫錄》的出書廣告中，申報館稱：

「本館近又擺印《吳門畫舫錄》及續錄投贈一書，其中寫名士之風流，美人之月旦，以及言情紀豔之篇，感久懷人之作，洵足為青衫增色，紅粉寫生，與前所印之《秦淮畫舫錄》固異曲而同工，而互為瑜亮者也。苟於花晨月夕之時，展誦一過，則金間虎阜，如在目前，而景象之承平，間閭之樂易，亦宛乎身親見之矣。」

申報館強調的是「畫舫錄」對都市形象的塑造，而出版這批畫舫錄顯然受到了王韜等人的影響。王韜早年就曾將《板橋雜記》等書輯錄成《豔史叢抄》，還為前人所寫的「畫舫錄」增添補遺，《吳門畫舫錄》中「杜宛蘭」的事跡即是王韜所補，公元一八七九年申報館重新出版的《白門新柳記》也附有王韜寫的跋。而對於上海本地的豔跡芳蹤，蔡爾康也早有留意：「曩滬上鏤馨仙史，有擬刻春江花月志啟，原思廣為網羅，以張豔麗」，《申報》專門刊登過《擬刻春江花月志徵諸同人品題著作小啟》的告白，只不過剛開始「卒無好事者，贊成其事」。申報館為秦淮、吳門等都市出版「畫舫錄」的同時，自然也期待對上海風月的開拓。王韜的「海陬冶遊」自然已經具備對上海風月傳神留真的功能。

　　但對於都市上海而言，單從「畫舫錄」走向都市內在，只是將它與蘇杭等傳統都市連繫在一起，而上海最顯著的亮點、與現代都市的關係，以及吸納和接受的特色卻難免有所遮蔽。《淞隱漫錄》的出現即是在不同表達傳統的融合中，貼近上海的都市特點。《淞隱漫錄》與此前的冶遊寫作之間存在著十分明顯的連繫，作者在《二十四花史》寫到李巧玲時曾加補述：「余《海陬冶遊錄》中曾記巧玲事，大抵相同」，而像〈申江十美〉、〈二十四花史〉、〈三十六鴛鴦譜〉明顯是在記錄當時花榜。在「海陬冶遊」與《淞隱漫錄》之間，存在著上下文的關係。在冶遊寫作變得有所寄託，「畫舫」視角變得多元的情況下，王韜選擇了《聊齋志異》作為自己效仿和借用的對象。

　　同樣是記述煙花事跡，在「海陬冶遊」及《花國劇談》等書中，一般是起於鋪敘，止於點綴，很少有借題發揮和議論之處。《淞隱漫錄》中則突出了事後評述的作用，常模仿「異史氏曰」，在故事敘述結束時來一個「天南遁叟曰」。除了描摹「南部煙花，北里嬌娃」，《淞隱漫錄》的不少篇章是套用了《聊齋志異》的表達。從命名上看，多以人名為篇目，而〈仙人島〉更是《聊齋》中既有的篇名。從故事的慣性思路來看，也時常能夠看到「一生獨坐，夜半遇豔」的情節。王韜甚至還模仿了〈狐夢〉中特別的敘述視角：蒲松齡〈狐夢〉中的狐三娘要借聊齋主人的筆墨與青鳳一較高低，王韜的〈朱仙〉則在記述朱赤文事跡後，同樣將《淞隱漫錄》作為故事人物，成為一個有趣參照。在如此細膩的技術細節上，王韜已對《聊齋志異》深有心得。不過，

這些並不能將《淞隱漫錄》簡單地劃歸到小說史的靜態描述中，畢竟在借用《聊齋》的同時，他也在利用「畫舫錄」的表達傳統。可以說，在《淞隱漫錄》的文本構成中，同樣存在著「一書兼二體」的問題，而這兩種體式已不是一個小說史內部的問題。《聊齋志異》在此成為了一個表述框架，供王韜填充進不同性質的「可驚可愕之事」。

與蒲松齡在小說寫作中突破「志怪」與「傳奇」的藩籬一樣，王韜也在《淞隱漫錄》的表達中結合了《聊齋》和「畫舫錄」兩種表達體式。《點石齋畫報》的存在無疑是促使二體並存的一個重要原因，如果沒有《點石齋畫報》片段刊載的存在，僅是以書冊的形式集結出版的話，王韜完全可以將「花國事跡」當作獨立的專題，不與小說寫作混在一起。但正因為對於《點石齋畫報》來說，不管文章與「花國」有無關係，只要是「可驚可愕之事」皆歡迎刊載，而王韜豐富的閱歷，斐然的文采都足以使畫報後幅增色不少。故可說，若沒有《點石齋畫報》有側重、無專題的刊載支持，王韜也許只能起於「畫舫」，終於「花榜」。而對於上海來說，《淞隱漫錄》回應了都市本身的特點，它既保留了與傳統都市一致的冶遊趣味，也引入〈海外美人〉、〈橋北十七名花譜〉這些異域事跡來滿足畫報消費者的好奇，同時它還兼顧了文人讀者重溫一下《聊齋》式故事的慾望。在《淞隱漫錄》的表述中，「可驚可愕之事」作為一個表達支點，既容納了冶游寫作，也兼顧了傳奇表達。尤其是加入了上海、畫舫之外的奇聞異事，使上海成為了作者寄寓其間的表達和發揮空間。在《淞隱漫錄》的表達中，不僅能看到小說史在縱向發展上的一個接受和傳承，同樣也會碰到，不同表達傳統在一種新型刊載方式上的相遇，而這些都成就了王韜小說中的上海，或者說上海融合了王韜寫作中的不同趣味。

王韜引起當時人士的關注，與他的近事、時事寫作大有關係，尤其是他的《普法戰紀》，不僅深為曾國藩、李鴻章等人士所稱道——「湘鄉曾文正稱之為未易才，合肥相國李公許以識議閎遠，目之為佳士，豐順丁中丞則謂具有史筆，能兼才識學三長」，而且也在東鄰日本產生了重要影響。《普法戰紀》成書於同治十年（公元一八七一年）六月，在輾轉連載的過程中，新聞傳播無疑造成了最重要的作用。在王韜之前，南懷仁、艾儒略等西方人士，曾有過介紹西方風土的作品問世，但多是憑一己印象而鋪敘，難免會讓人認

為「西人言西事，失之誇誕」。稍早於《普法戰紀》的《海國圖志》、《瀛寰志略》雖為「外史之巨」，但美中不足的是「詳輿地而略記載」。《普法戰紀》則是以兩國戰爭為主線，詳細勾勒歐洲格局的變化，是典型地以小見大的寫法。儘管在事後可以驚嘆王韜的如炬目光，但在他寫作此書時也得先擁有一個材料來源及充足的事前準備。紙上「談兵」本非易事，再加上身居中土，要談論西國之戰更有種種不便之處。

由於西方新聞紙的存在，置身事外者也能對戰爭的細枝末節有靡細無遺的瞭解，王韜寫作《普法戰紀》就受益於西方報紙在香港的傳播。《普法戰紀》作為歷史著述，其才、學、識從一開始就備受稱道，但它的史料來源更為獨闢蹊徑。除了王韜網羅搜採的十分之二三外，主要都是透過新聞報導加以剪輯編修。在《普法戰紀》的形成過程中，王韜的述史才能固然是一大關鍵，但不可忽略的是張芝軒、陳藹廷等人的重要作用，他們是一群居住於香港，最早透過新聞紙來瞭解世界大勢，並深受西方新聞紙影響的人士。《普法戰紀》首先受到《中外新聞七日報》的影響，其後又在《香港華字日報》上登載，都跟陳藹廷有關。張芝軒的口譯也為王韜提供了一種特別的著述方式，這比林紓和魏易的合作要早了二十餘年。在《普法戰紀》的著書過程中，香港的新聞紙傳播成了這部名著最初依託的背景。又由於王韜和錢昕伯的特別關係，《申報》也介入了《普法戰紀》的傳播鏈上。透過同樣的傳播背景，《普法戰紀》能由香港而到了上海，並在內地取得影響力應首先歸功於《申報》。儘管《普法戰紀》在事後看來意義重大，但《申報》在介紹它時同樣是放在「增廣見聞」的欄位裡。

如果僅僅是為增廣見聞的話，王韜《甕牖餘談》中關於西洋人物風土的部分可能更為適合。《甕牖餘談》的構成比較龐雜，按鏤馨仙史（蔡爾康）的說法：「夫紀外疆風土者，《海國圖志》諸書尚矣；記逆跡者，則有《粵匪聞見錄》、《江南春夢庵筆記》諸作。若夫合兩事而成一書者，其唯先生乎！」

不過，《甕牖餘談》在記述外疆風土時，不僅與《海國圖志》等書注重「輿地」有所區別，也不同於《普法戰紀》選取重大歷史題材作為關注點，而主

要是記載一些西洋名人、古蹟等方面的見聞，如〈外國牙科〉（卷五）、〈英人培根〉（卷二）、〈西國造紙法〉（卷五）等。在記述過程中，王韜有時也採用別人的撰述，如講述聖女貞德的〈法國奇女子傳〉（卷二）就是出自蔣劍人的《海外三異人傳》，王韜做了一些增益而成。相比於《普法戰紀》的縱橫捭闔，《甕牖餘談》提供的是片段、零散的西洋見聞，更側重於文化層面的點滴記述，類似於他的旅外遊記《漫遊隨錄》。申報館也正好藉增廣見聞這一點，將該書同前此寫作的《普法戰紀》連繫在一起。

《甕牖餘談》最突出的主題是太平天國事件。不僅許多忠臣義士、節婦烈女的小傳都圍繞此事展開，王韜還專門用全書近一半的篇幅敘述〈洪逆顛末記〉。在此系列記述中，新聞紙仍然是王韜採擇史料的一個重要來源：「謝君稼鶴得之以目擊，言多確鑿。姚氏則薈萃邸報而貫串之，誠足以國史相表裡。近得忠酋親供，再證之以西人日報，參之與洪逆刊行之偽書，庶幾賊無遁情矣。」在這個按語中，王韜交代他的寫作並不以目擊或者官方邸報為根據，而是以李秀成的供詞、西人日報，與太平天國刊行過的書籍為素材。可知除了採錄時人的筆記野史外，王韜受益最多的是當時的新聞紙。

王韜憑藉報紙在細節上的描述，在〈洪逆顛末記〉中加入了自己思考的深度，並與其歷史觀念有著明顯的關係。從對歐戰與中國內戰的基本認識來看，王韜都是以「天道循環」的論調為兩次戰爭找原因，他想強調的都是「天命」與「人事」之間的相互決定作用。儘管他的這些觀點並非自己首創，但畢竟用相同的出發點將兩書連繫在「時事」的名目之下。《普法戰紀》與《甕牖餘談》在事後看來，可能會有不同的價值高下，在分類法中可能會存在歷史著述與筆記小說的分野。但睽諸其形成背景，則同樣受益於新聞紙，同樣根據作者的一貫主張進行剪裁，以及同樣屬於「時事」的特性是毫無疑問的。

在《申報》的出書廣告中，王韜的另一部重要著作《遁窟讕言》，同樣被稱為「是書所記述者，大抵時事居多」。之所以說它重要，是基於作者本人對他的高度重視。他為這部書寫過兩個自序，一個跋語，而且在申報館排印本行世後不久，王韜又重新增刪原書，透過刻本的方式問世。這部書在當時流傳甚廣，影響力也很大。王韜顯然是將《遁窟讕言》放在說部的傳統中：

「嗚呼！瀟陽消夏，敢上前賢；淄水留仙，編成異史。」《閱微草堂筆記》和《聊齋志異》成了他稱述的兩個典範。儘管從魯迅的《中國小說史略》開始，《遁窟讕言》由於筆法類同於「傳奇」就被當做「純為《聊齋》者流」，但該書與《聊齋志異》的相遇另有蹊徑。

儘管《遁窟讕言》中不乏〈說狐〉、〈鬼妻〉、〈鶴媒〉等篇章，但這也可能是模仿更早存在的志怪小說，並不能斷言說是受《聊齋志異》的影響。《遁窟讕言》中的許多事件平實而毫無波瀾，常常是為了表達對太平天國的切齒痛恨而選擇烈女節婦的故事，如〈趙碧娘〉（卷三）在講完趙氏為「東賊」所害後，「逸史氏」評贊強調「蓋於王月嬌、朱慧仙外，更添一節烈女子」。很明顯這些篇章，同《甕牖餘談》中的〈田玉梅小傳〉、〈夏廣文〉等圍繞太平天國展開的記述是類似的，故很難放在「傳奇」的分析框架中。

在《遁窟讕言》的文本著述過程中，申報館排印本與公元一八八〇年的重刻本之間存在著較大的文本差異，此後通行的《遁窟讕言》文本基本是以重刻本為底本。因此在《遁窟讕言》的版本中存在著兩系，即申報館本和其他通行本。一般而言，章回小說的版本差異對理解文本差異會有重大幫助，而文言短篇小說的不同版別雖然也會產生字句、段落，乃至篇目的不同，但一般不會影響到對全書的整體認識。

《聊齋志異》在流傳過程中也存在著鑄雪齋、青柯亭等不同的版本，但對全書的整體認識基本上與版本無關。《遁窟讕言》則有所不同，作者本人參與了增刪的過程，他在調整全書結構時有明確的意圖。如果將增刪前後的《遁窟讕言》互相比較，就能看到王韜對《遁窟讕言》基本構想的變化，甚至可以說全書的整體都有所變化。

重刻本在申報館排印本的基礎上增加了二十八篇，但這只屬於一般性的增補，王韜並沒有說出特別的理由。值得注意的是，刪去了卷十二的〈某女士傳略〉及附帶的《眉珠盦憶語》，王韜為了說明「唯卷末附〈某女士傳〉、〈眉珠盦憶語〉，則誠余之過也。重刻特刪之，然後大快」。〈某女士傳略〉與〈眉珠盦憶語〉本是一個整體，只是在傳略中，王韜稍做虛構：「某女士，吳門人，姓氏不傳，與華鬘生少即同里，甫有文字因緣。四年如一日，猝遇

亂離，鬱鬱以卒。」到憶語中，直接用「予」來代替「生」，如「予曾著《華胥實錄》，純記夢中與女士相遇之事，頗涉狎昵。」這是王韜對吳門初戀的追懷之作，體涉「香豔」自然難免。

王韜在重刻時堅持要將該篇拿掉，目的是不想在「異史」的表達中滲入「豔史」的成分。經過這一改變，首篇〈天南遁叟〉成為全書結構中最重要的篇目，它不僅以虛擬的方式重構了王韜從幼年到居住香港的主要經歷，也成為「異史」表達趣味的一個關鍵說明，與此後《淞隱漫錄自序》中的說明構成了一個有趣的呼應。王韜使用「天南遁窟」只是紀實的說法：「同治紀元之歲，余以避兵於粵，寄跡香海，卜居山麓。山樓一楹，僅堪容膝，曰天南遁窟，蓋紀實也。」並沒有逃禪出山的含義。〈淞隱漫錄自序〉中，也反覆強調他最不喜歡談仙說怪，聳動視聽，他寫作《遁窟讕言》，只是在鬼狐仙佛、草木鳥獸中尋求寄託，甚至又引出了美人香草、莊周曼倩的故典，為的是說明自己的著述態度是向「莊列寓言」的方向靠攏，而與「今人唯怪之欲聞」的志怪關係不大。

在《聊齋志異》中，蒲松齡的寄託一部分是透過其著名的「異史氏曰」直接言說出來，一部分則已完全內化於小說的本文，如〈絳妃〉即是對自身寫作處境的反思，而〈嬰寧〉中的「我嬰寧」常被眾多論者樂道。《遁窟讕言》在將自己的寄託內化於小說這一點上，有更為突出的表現，〈天南遁叟〉是最好的例子。將自己的名號擬成小說，這在此前的文言小說中是極為罕見的，王韜在該篇中更是完全將自己的經歷編成一個跌宕起伏的故事，比〈聊齋自志〉更進一步地將自己的寫作意圖完全故事化了，更像是〈葉生〉在科舉失敗時感嘆「半生淪落，非戰之罪。」

雖然王韜沒有像蒲松齡那樣終生困於場屋，但科舉的失敗仍對其生涯產生了不可低估的影響。他對蒲松齡的借用在很大程度上是同情的移入，也使得自己半生的故事成為這部「異史」的起源。王韜的小說與《聊齋志異》的相遇充滿了曲折，科舉失敗只是引發相同挫折感的一個原因，其實從個人經歷來看，浪跡天涯，縱論天下時事「如肉貫串」的王紫詮，自然與終身「困於場屋」、「愛聽秋墳鬼唱詩」的蒲留仙不同；交遊遍天下、狂放不羈的王韜，

也與「落落難合」的蒲松齡有著相當距離。將王韜小說當作志怪之變相更屬皮相之談，他在《淞隱漫錄自序》中強調「不佞少抱用世之志，素不喜浮誇蹈迂謬，一唯實事求是」，對於藉神道立教的志怪表達更是嗤之以鼻：「西國無之，而中國必以為有，人心風俗，以此可知矣」。

在國家歷史和個人歷史之間，《甕牖餘談》和《遁窟讕言》更像是一體兩翼。前者表達了王韜對國家安危、內亂時事的強烈關懷；後者則是對「少抱用世之志」，最終卻窮途末路的自我感慨。最初存在的〈某女士傳略〉雖是青年時代最為甜蜜的回憶，但對於有所寄託的小說《遁窟讕言》來說未免太實，對於「可堪追憶」的吳門舊事本身又未免太虛。它的存在與消失都顯示著王韜本人對《遁窟讕言》這一部「異史」的不同體認。

都市和時事是王韜小說中的兩個關鍵詞，二者不僅負載著王韜對日常生活的關注，也承擔著他對國勢人事的思考。在他的都市想像中，青樓一直占有重要的位置，這也使得「畫舫錄」的寫作在其筆下重現生機。面對與吳門、秦淮不同的都市上海，他的冶遊表達也出現了一些破體和創格。在《點石齋畫報》的特殊表達空間中，「花國事跡」與其他「可驚可愕」事跡一道進入「聊齋」式表達框架中，也將都市從一草一木、一磚一瓦記述下的現實空間，昇華至能容納各種記憶和事跡的想像空間。王韜的都市想像是由實到虛，而他的時事表述則是由大到小。《普法戰紀》的撰述者是「胸中有甲兵數萬」，而《遁窟讕言》的作者則展示了「倩紅巾翠袖」的一面。他與蒲留仙的相遇也是出於同樣的處境，「誠壹哀痛憔悴婉篤芬芳悱惻之懷，一寓於書而已」。在王韜小說與《聊齋志異》相遇的過程中，申報館無疑造成了不小的作用。沒有《點石齋畫報》的存在，王韜的都市想像不太可能將「畫舫錄」較實的表達，融入到「聊齋」式較虛的表達中；沒有申報館刻印說部的催促，《遁窟讕言》中最初存在的心曲，可能就在精心刪定中被掩蓋了。儘管純粹的「異史」可能更像《聊齋志異》，但缺少了與〈天南遁叟〉首尾相應的〈某女士傳略〉，王韜的個人感懷也不免遜色幾分了。

小說文本與新聞表達的同位：鄒弢的模仿意義

鄒弢的小說寫作主要包括《澆愁集》、《三借廬贅談》以及章回小說《海上塵天影》。《海上塵天影》一名《斷腸碑》，是鄒弢為追懷青樓知己汪媛而作。這部小說多處套用《紅樓夢》的情節模式，但自敘色彩過濃，與《青樓夢》等專仿《紅樓夢》的小說還不一樣。他的重要性還是體現在他對《聊齋志異》的認識角度和模仿方式上，而《澆愁集》和《三借廬贅談》是為代表。以下就主要從這兩部作品來探討鄒弢模仿《聊齋志異》所引發的問題。

《夜譚隨錄》、《螢窗異草》等書儘管都被歸在《聊齋》的影響範疇內，但它們基本是從「志異」的角度被說成沿襲《聊齋》。至於如何「志異」，則似乎又回到「用傳奇法，而以志怪」的起點上。因此如果說它們模仿《聊齋志異》，還不如說都同樣「用傳奇法」更為妥帖。與這些作品相比，鄒弢的《澆愁集》對《聊齋志異》的模仿和借用則常有作者自己的明言，這對瞭解一個晚出作家如何模仿典範之作，無疑更是有的放矢，一些篇目的寫作甚至是直接以書於《聊齋》後的方式出現，如卷一的〈易骨〉一篇開頭便寫：「余讀蒲留仙先生《聊齋・陸判》換頭一事，而不覺嘆其文字之奇，固已想入非非矣。乃不謂又有易骨之事，則更奇之又奇也。」

〈陸判〉裡面所牽涉到的各種離奇事件均有出處，蒲松齡的高明之處是將其組合成一個新的獨立完整的故事。該篇小說的本事來源極為繁複，據馮偉民的考證，至少與《幽明錄》、《雲溪友議》、《夷堅志》、《虞初新志》有關。「換心」和「換頭」是〈陸判〉故事發展的兩大關鍵，而這兩者都有各自不同的出處。到了蒲松齡筆下，「換心」連著「換頭」，不僅符合情節發展的正常順序，而且還穿插了一點士人得志後心態變化的插曲，使這些零碎荒誕的事件在一個新的故事結構中有了全新的面貌。蒲松齡在「異史氏曰」大談「移花接木」、「媸皮裹妍骨」云云，也可以看作他對改編重組各種怪異題材的會心之言。

鄒弢顯然沒有關注蒲松齡在故事整體結構上所做的各種改編和組合，而是將「易骨」的事件作為「換頭」的「驥尾」增補到《聊齋》之後。作為《聊齋志異》的讀者，鄒弢關注的是「文字之奇」；而作為《澆愁集》的作者，

他要寫的是「事件之奇」。鄒弢在此篇小說中便擁有了雙重身分，敘述也在與《聊齋志異》的對應中自然確立起來。在對應中，鄒弢確立的是一種遞進的敘述，是先有《聊齋志異》的「奇」，再有「易骨」之奇。儘管後者同樣是由文字敘述出來的「奇」，但對其可信度的要求已事先交給《聊齋志異》去承擔。如果讀者在閱讀《澆愁集》之前對《聊齋志異》毫無印象，那他所要表達的「奇之又奇」其實就落空了。

又如卷三的〈記勇〉也是同樣的例子：「余讀《聊齋・大力將軍傳》，而知英雄風塵而淹沒者，未嘗不三嘆而流涕也。」大力將軍吳六一的事跡也同樣見於鈕琇的作品中，在何鎮巒、但明倫等評點家看來，後者在記述的詳細程度上更勝於《聊齋志異》。不過，鄒弢顯然不是衝著記述的詳略去引用〈大力將軍〉的典故，他只是借用蒲松齡所表達的一種情懷，引出自己所要敘述的故事。由於《聊齋志異》在說部中的重要影響力，鄒弢的借用更像是踩在巨人的肩膀上，將自己的故事建立在一種已經存在的閱讀經驗中。

反觀蒲松齡對唐傳奇的借用，絕非魯迅所說的「殆撫古而又諱之也」。蒲松齡如果真要隱諱，大可不必在題目中用〈續黃粱〉，而在故事的評論部分使用「當以附之邯鄲之後」。在〈織成〉的篇尾也大段改編唐傳奇故事。值得注意的是，這些明言出處的例子有一個共同之處：它們都出現在蒲氏故事敘述完成之後，從來沒有像鄒弢在開頭便將自己的寫作當作閱讀後的補遺。蒲松齡儘管在撰寫《聊齋志異》時有眾多本事來源，但他無疑是採用完全虛構的方式另起開頭，最多只是在敘述完成後，在評語中加入對本事的說明。像〈續黃粱〉雖是以《枕中記》作為參照對象，但故事敘述是從「福建曾孝廉，高捷南宮時，與二三新貴，邀遊城郭」開始，它與《枕中記》的結果相似，但過程完全不同。〈織成〉的末尾附有大段柳毅的故事，但那只是給〈織成〉作一個附錄和補編，主體仍然是〈織成〉。蒲松齡在寫作中所表現的完全是「自我作古」，而鄒弢在《澆愁集》中展現的恰恰是其反面，盡量將自己的故事附在《聊齋志異》之後。《澆愁集》進入《聊齋》表達的範疇並非毫無意義，它至少開始使小說的敘述能透過先前的小說文本進行自我確認，展開由此及彼的循環往復。

　　蒲松齡在敘述時雖有眾多的本事來源，但他尋找敘述原點的方式無疑還是習慣於第三人稱的敘述，有時不免像造戶口冊。經常能看到「常州民李化」、「沂水居民趙某」、「柳芳華，保定人」這樣的開篇，胡適稱其為「某生體」基本還是指出了敘述方式的單一化。當然《聊齋志異》中有特別的例子會打破「某生體」帶來的程式化敘述。

　　〈狐夢〉（卷五）在敘述上就別具一格。這篇小說將〈青鳳〉當作典故，在自己的小說文本內部設定了一個自我確認的表達方式。有論者將其稱作「元小說」，即小說是為了解釋小說的自身而產生，沒有其他目的。《澆愁集》中〈狸蠱痴生（郎）〉（卷七）同樣具備「元小說」的特徵，而且在確立後又自行解構，比〈狐夢〉更進一步。這篇小說以第一人稱引入：

　　「余友張勛卿，吳庠生。工絲竹，善滑稽，尤愛讀《聊齋》、《夜譚》及《述異》等書。嘗謂人曰：世所言狐仙迷蠱者，皆空中樓閣耳。若果有此事，願得蓮香、青鳳而事之，終身願畢矣。」

　　張生的期待不久就變成了現實，狐仙果然夜訪寒舍，不過沒有蓮香、青鳳那麼溫文爾雅，倒像是《聊齋》中專事採補的胡四姐一流。

　　在故事推進過程中，張生並沒有體會到畢怡庵那樣的快樂。狐仙雖然出現了，但並不是理想的類型。在張生希望她變得跟《聊齋》中的狐仙一樣溫柔可愛時，狐仙果然變了，而且還會追問「妾較蓮香、青鳳何如」。等到狐仙照張生的意圖開始改變時，張生發現「亭亭玉立，秀色可餐。較之青鳳、蓮香，自謂不泰山邱、河海行潦矣」。此後張生為博得狐狸精的歡心，不惜下跪，並詆毀從前奉之若神明的青鳳、蓮香，說「青鳳、蓮香皆糞土也」。張生最初是由對青鳳等狐仙的結想神往而介入到故事，就像畢怡庵在讀〈青鳳傳〉後，「恨不一遇」。

　　在〈狐夢〉篇中，畢氏遇到了「青鳳之流亞」的狐三娘，而在〈狸蠱痴生〉中，張生遇狐後便揚棄了從前的參照對象蓮香和青鳳。

　　蒲松齡在寫作〈狐夢〉時雖然提出了一個新的敘述視角，將前在文本〈青鳳〉作為當下文本的參照，但〈狐夢〉與〈青鳳〉兩者的關係是相互映襯，

而絕沒有相互矛盾和似是而非的地方。〈狸蠱痴生〉則稍顯兩樣，首先是他不相信狐仙的存在，但「事實」證明確實能遇到狐仙，這是在第一層面上瓦解了他從前的觀念；其次是他想像中的狐仙都是蓮香、青鳳一類，不想「事實」又證明還存在與青鳳截然不同的狐仙；最後是等狐仙轉型後，「事實」再次證明與狐仙的遇合完全可以撇開《聊齋》的故事模式和人物特徵。在不斷建立與不斷瓦解的過程中，《澆愁集》與《聊齋志異》之間形成了一種特別的文本張力，「狸蠱痴生」已開始質疑《聊齋》故事的真實性，而它自己的真實性恰恰是因為借用了〈狐夢〉的表達結構。如果沒有《聊齋》故事作為前提和背景，那麼就不會存在上述幾種矛盾和困惑。

蒲松齡並非沒有寫出過具有強大內部張力的小說，〈書痴〉便是最好的例子。彭城郎玉柱一味相信「書中自有千鐘粟，書中自有黃金屋，書中自有顏如玉」的格言。在他孜孜讀書等待奇蹟出現的時候，奇蹟真的從天而降——應驗，不過是似是而非。先是發現了千鐘粟，但早已朽敗，不可食用。接著又發現黃金屋，但可惜是鍍金而非真金。最後他終於在《漢書》第八卷讀出了紗剪美女，不過，美女離開郎生的理由恰恰是郎生捨不得將書本完全拋棄。〈書痴〉以故事化的形式展示了語義與虛擬現實之間的相互建構與消解，而〈狸蠱痴生〉則將這種張力從小說內部轉移到文本之間，此時的矛盾與張力已存在於《聊齋》故事與虛擬現實的衝突上。〈狸蠱痴生〉在同時借用和解構著《聊齋志異》文本本身，它同時組合了〈書痴〉和〈狐夢〉的表達方式，將敘述帶入到對《聊齋》故事的認同與質疑上。在這一轉化過程中，文本之間的相互作用關係變成雙向的，而並非僅僅是《澆愁集》襲用了《聊齋》的故套。

鄒弢用「余讀《聊齋》」的敘述方式，將作者自己放在《澆愁集》的文本之內，這時他所代表的不是一個創作「某生，某地人」的主體，而是一個《聊齋志異》的讀者在蒐集同樣奇異的故事。《聊齋志異》也成為這部小說中部分作品的鏈條起點，它們是從對《聊齋志異》的閱讀和認知中開始寫作。當〈狸蠱痴生〉揭示了張生經歷同《聊齋》故事不太吻合時，《澆愁集》表現出它與《聊齋》文本互相指涉的一面，有重合也有裂縫。〈狸蠱痴生〉不僅重複著《聊齋》的故事，也在顛覆著《聊齋志異》所表達出來的虛擬現實。

　　《澆愁集》並非一部出版後等待批評的小說，它的閱讀與批評同步於小說的出版。在申報館首次排印《澆愁集》時，小說已經有了不少評點者和讀者的參與。在這部八卷本的小說中，參與評點者達十三人之多。除了俞達較為知名外，其他評者遠不如作者有名，他們主要是作者的朋輩和同志。在刊印過程中，秦雲和朱曼叔分別擔任過校字的勞役。俞達作為鄒弢的知交，不僅自己的《青樓夢》讓鄒弢評點，而且他自己也成為《澆愁集》的主要評點者，幾乎篇篇都有吟香子的評點。他的評點除了關注小說的敘述方式、故事的道德涵義，有時也會為故事內容提供旁證，如卷四的〈瓜異〉一篇，正文中寫道：

　　「癸酉之夏，余借寓於吳中水仙弄趙氏。偶以故至市，見眾人雲集，云是瓜異。今忽有一種，枝葉變作龍形。」

　　俞達在評點中加上「此瓜亦曾一見，但次日即為尚書第彭氏取去，伐斷其根」。由於俞達和鄒弢有著極其密切的交往，他的補充有一定的可信度，但也不能排除他與鄒弢在敘事上的共謀，力圖直接將述異帶入到可證實的經驗層面，為文本製造更為真實的效果。在他與作者之間，共同分享著觀看「瓜異」的經驗，這也使得寫作與評點的距離縮小了，都同時關注到「志異」敘述的可信度層面。由此引發的有趣問題便是，評點有時會縮小乃至填平小說文本與現實日常之間的鴻溝。

　　鄒弢在〈周氏奇緣〉（卷二）中寫自己在寓所裡做了一個夢，夢中遇到周慧娟女士。周氏仰慕他的才情，邀他到周家為其圖畫配上題詠，並詳細描繪了家中的陳設。鄒弢答應了並隨之即去，夢便醒了。故事本身無多少波瀾，但掃花仙使的評語卻十分獨特：

　　「掃花仙使曰：周慧娟女士，予姨表親戚也。夙秉痴情，愛才成癖。家臨村郭，園中草軒一楹，內外陳設景象，大約如書中所云。繡餘之暇，常琴書吟詠以自娛。為人落落大方，一洗脂粉習氣。軒中自製聯云：文字因緣，斯世何妨都作友；其中拘束，此身自恨不為男。觀此可見一班。」

　　鄒弢是在記夢，但掃花仙使的評語將夢境中的人物和背景一一坐實，將故事帶入到日常現實中。作者和評者面對的是不同的關係層面和細節選擇。鄒弢是在夢中與「素不相識」的周慧娟女士晤對，提到的是他自己所題的《瀟

湘侍立圖》；掃花仙使則說明自己在現實中與周氏為姨表關係，他提到周家亭軒中的對聯用以呼應鄒弢的夢境敘述。評點在此時已成為文本與日常現實的一個中介體，它同原文本一道將虛構的故事層面帶入到可經驗的現實層面。掃花仙使的評點是否屬實已很難查考，但有了他的評點，該篇的可信度大為增弢卻是不爭的事實。

《澆愁集》的特別之處就在於它的雙向指涉性，既有與《聊齋志異》文本之間的相互指涉，也由於評點者的參與，開始同日常現實產生相互指涉。這在模仿《聊齋志異》的眾多作品中極為罕見，而其溝通不同文本、溝通文本與經驗現實之間的作用和重要性，在《申報》對《聊齋志異》的借用中有更明顯的發揮。

鄒弢的《澆愁集》主要以《聊齋志異》文本作為寫作參照，儘管事後看來它產生了諸多意義，但在他的一些朋輩眼中並沒有另一部作品《三借廬筆談》出色。鄒弢的紅顏知己汪瑗更是明說：「《澆愁集》嬉笑怒罵，都成文章，但偶有習見之處，因少年之作，不足病也。」《三借廬筆談》又名《三借廬贅談》，它的成書時間不會晚於公元一八八一年，不過直到公元一八八八年才由申報館排印出版。該書共十二卷，出書廣告介紹說：

「古今說部，汗牛充棟，大率陳陳相因。求其運意遣詞，翻新領異者，曾不多見。鄒翰飛茂才，名下士也。著有《三借廬贅談》，其中網羅故事，蒐羅遺聞；俊句名篇，亦為擷入。雖未知與古作者何如，然其書既新，則閱者之耳目亦當與之俱新。」

申報館是把該書放在說部裡看待，但考慮到該書在「網羅故事，蒐羅遺聞」之外，還選錄「俊句名篇」，不免稍微加上點限定語，「雖未知與古作者何如」。由此可見，申報館儘管推崇該書推陳出新和翻新領異的特點，但對它是否符合說部體例還是心存疑慮。《三借廬筆談》在體例上確實顯得異常「駁雜」。如果按胡應麟小說六類的劃分，《三借廬筆談》可以說是「一書兼六體」。即便以筆記和傳奇這樣的大類區分，也很難說《三借廬筆談》就真能被劃在筆記體小說當中。

筆記體小說雖是一個大而泛的概念，但它的一般特點和著述目的還是可以把握的。它的一般特點是篇幅短小、敘事簡練，像紀昀的《閱微草堂筆記》，俞樾的《右台仙館筆記》、《春在堂隨筆》都可算筆記體小說中的典範。至於著述目的則不外乎勸懲和以資談助。前者像紀昀的作品常常側重於議論，如魯迅所說：「蓋不安於僅為小說，更欲有益人心，即與晉宋志怪精神，自然違隔；且末流加厲，易墮為報應因果之談也。」後者在俞樾的筆記寫作中表現更明顯。俞樾推崇紀昀，但不喜歡藉著述發議論，而且他對筆記寫作內部有更細緻的區分，像《茶香室叢抄》系列更近於學術筆記，《右台仙館筆記》的主題是記述異聞，《耳郵》偏於人事。《春在堂隨筆》略為複雜，既有時人志略，也有學術辨證，還有《小浮梅閒話》數則專門考辨演義傳奇故事。

俞樾是持一種較為中和的態度看待小說家依傍古人的現象，他的看法並非一個孤立的現象。平步青對《聊齋志異》的反感同樣緣於對本事的過分強調，他在《霞外裙屑》中專門論述到《聊齋志異》的抄襲：

「冥婚生子，事凡數見，皆似耳談王玉英事，〈畫皮〉本之《宣室志》。吳生姜劉氏，又見《鬼董》第四條〈吳生〉。〈天宮〉本之《虛谷閒抄》。說部沿襲，改易人地，不可枚數。……復卿曰，惜不令申報館聞之，紛紛排印，意在攫利耳。」

平步青顯然是對《聊齋志異》「舊酒裝新壺」的做法很不滿意。他對《聊齋》的批評與紀昀還不一樣。紀昀看到的是《聊齋志異》在體例上的「一書兼二體」，而平步青則對它的取材提出質疑。他認為《聊齋志異》抄襲了這些故事，但不註明出處，而是以「改易人地」的方法來冒充獨創，並將此說成是「說部沿襲」的通病。紀昀還可以承認「傳奇」與「傳記」的區別，但平步青顯然是根本不承認傳奇筆法存在的必要性。他所認可的只是事件本身是否是首次出現，而不在意敘述手法上的差異。自然他也對申報館紛紛排印的說部表示不理解，並以友人之口點明申報館藉翻印說部以達到牟利的目的。

鄒弢在《三借廬筆談》中顯然更喜歡「描頭畫角」，而不安於平實簡練的敘述。如〈楊耀卿〉（卷三）開頭便要用「某生體」的方式描述一番：「北平楊耀卿貳尹，綏臣觀察之胞弟也。風流蘊藉，有辨才。與余交最旋。」該

書勸懲的色彩很淡，但也不能完全歸為談助。卷一的〈張香濤先生奏疏〉引錄張之洞在索還伊犁時，上西太后的一份奏疏，長約六千字。〈花神議〉則在選錄俞樾的《花神議》之外加上自己的大段駢文，與《聊齋志異》中的〈絳妃〉類似。很難說他在選錄過程中單純出於「談助」的考慮。

從著述方式和表達目的上看，《三借廬筆談》很難歸入筆記或者傳奇的範疇。鄒弢的小說觀念，或者說他理想中的說部寫作應該如何便成為關鍵問題。鄒弢自己並沒有為《三借廬筆談》寫過「創作談」，但他對《聊齋志異》的認識角度還是很能說明問題。在《三借廬筆談》中，鄒弢同時記載了〈紀文達〉和〈蒲留仙〉兩則，前者停留在軼事傳聞的層面，而後者則關係到蒲松齡形象的重構。這則逸事儘管已成為研究蒲松齡的重要材料，但其可信度其實很低。蒲松齡寫作《聊齋志異》的過程持續時間很長，但並不總是在淄川老家，而是長年坐館於望族畢怡庵家，並非「為村中童子師」。在長年的塾師生涯和沉重的科舉壓力下，他根本不可能悠閒到每天在路邊「搜奇說異」的地步。早在《中國小說史略》中，魯迅就對此提出質疑：「至謂作者搜採異聞，乃設煙茗於門前，邀田夫野老，強之談說以為粉本，則不過委巷之談。」魯迅同俞樾、平步青一樣，認為《聊齋志異》的本事是在書本裡，而不是真正的道聽途說。不過區別在於，魯迅更強調《聊齋志異》與唐傳奇的關係，而不像俞氏、平氏將關注目光僅放在志怪上。

儘管蒲松齡在〈聊齋自志〉中曾有過「聞則命筆，遂以成編。久之，四方同人又以郵筒相寄，因而物以好聚，所積益夥」的說法，但這是套用白居易在杭州時與元稹等人唱酬的典故，更何況也絲毫沒有交代「聞」的方式。鄒弢驚人的想像力還讓他完全虛構了蒲松齡與王漁洋的關係。王漁洋在清初詩壇是處於宗師的位置，他與蒲松齡的交誼主要是出於鄉情和對蒲氏才華的賞識，早在《聊齋志異》完成前的公元一六八八年，蒲松齡在〈偶感〉一詩中就寫出了自己對王漁洋知遇之恩的感激：「窮途已盡行焉往？青眼忽逢涕欲來。」他在《聊齋志異》成書後不久便送給王漁洋，王漁洋並非是因為《聊齋志異》的緣故才想見其人。實際上，王漁洋用「姑妄言之姑聽之」的語氣為《聊齋志異》做序，正說明他對該書持「存而不論」的兩可態度，不見得像鄒弢所描繪的那樣推崇。

　　鄒弢虛構出這樣一段故事自然有些自傷身世的影子在其中，鄒弢在王漁洋與蒲松齡之間套用三顧茅廬的典故多少是為了給自己一點心理安慰。如果揆諸情理，這樣的事件根本不可能發生。鄒弢著意展現的是蒲松齡的才華和著述，但絲毫沒有提及科舉挫折對蒲松齡寫作《聊齋志異》帶來的重要影響。在他筆下，蒲松齡是一位專心致志的著述家，為了《聊齋志異》，他可以二十年如一日地辛苦工作。

　　蒲松齡寫作小說的方式也被充分戲劇化，他以道聽途說的耐心完成了傳世著述。

　　鄒弢的細緻描述之所以會顯得十分合乎情理，蓋因道聽途說或者彙編粉飾的做法，本身就對應著小說的著述方式，不過是有所區別的筆記和傳奇兩種。筆記體小說容許彙編，卻忌諱粉飾。紀昀的《閱微草堂筆記》中，就有專門的部分命名為〈如是我聞〉。俞樾留下了大量的筆記體小說，其中的一部分作品也是本著廣採博聞的宗旨寫作。〈薈萃編〉目的是要模仿唐代鄭虔的「采輯異聞」；以羊朱翁戲題的〈耳郵〉則是將道聽途說的驚心動魄之事記下來，「遇有近事告者，輒筆之於書」。不過，無論是紀昀，還是俞樾、平步青等人，在對待說部著述時，都力圖保持一個冷靜客觀的記錄者角色，而不願意過多鋪張粉飾。傳奇自然是以粉飾，乃至以幻設為文，但一般都不會採取彙編的方式，而多為另起爐灶的創造。應該說，鄒弢對蒲松齡形象的還原，無意中卻碰到了筆記與傳奇在寫作體例上的界限和壁壘，而他本人對「彙編粉飾」這種融合筆記和傳奇的做法大致是持肯定態度的。

　　〈蒲留仙〉一則有明顯的虛構和想像成分，它的意義自然不在史料層面上，而在於觸及到《聊齋志異》的形成途徑與表達方式之間的關係。俞樾和平步青則主要將《聊齋志異》看做是說部的依傍與沿襲，關注的是本事，至於具體的表達方式考慮不多。應該承認，同樣的故事在不同的作者寫來，結果會大不相同。〈蒲留仙〉的意義在於提供了一個觀察蒲松齡的不同視角，將「彙編」的形成途徑與「粉飾」的表達方式結合在一起。這自然給筆記體小說帶來濃厚的趣味性和可讀性，同時又與徵實保持著一定的連繫，不像傳奇體完全以虛構為主。《三借廬筆談》的整體特點也可以用「彙編粉飾」來

形容。既有〈人文蔚起〉（卷三）、〈曲園書目〉（卷八）等完全可以作為史料的篇目，也有出入於史料與傳說的〈小說之誤〉（卷四）、〈風流罪過〉（卷八）等篇。

《三借廬筆談》的存在對於筆記體小說本身來說，可能引發混淆界限的消極影響；但「彙編粉飾」的方式對於以營利為主的新聞紙來說，卻可能是一個福音。「彙編粉飾」的優勢正在於將筆記體中的「徵實」，與傳奇側重追求的趣味結合在一起。新聞紙雖然強調徵實，但一旦涉及到銷售量的問題，則不免要重視報章文章的趣味性和可讀性。

儘管「彙編粉飾」是鄒弢對蒲松齡寫作方式的後設想像，也正能說明為什麼是《聊齋志異》，而不是《閱微草堂筆記》等「崇質黜華」的筆記小說在新的傳播方式裡出盡風頭。

鄒弢對《聊齋志異》的認識角度和模仿方式無疑都包含了種種潛力，而其真正的生發不見得是在同時代的小說內部，俞樾、平步青等人的小說著述依舊有著明晰的界限和原則，但在新興的營利性新聞紙傳播中，鄒弢才顯得更為突出。

儘管新聞史家會惋惜早期《申報》在選材用筆上酷似《聊齋》，但如果考慮到該報營利的特性，則它與「聊齋」式的表達屬於不期而遇，絕非偶然。早在公元一八七七年，《申報》發行近五年的時候，《申報》的熱心讀者苑委山樵就有〈選新聞紙成書說〉的專文，此文很能反應最初幾年《申報》的報章文是以何種方式被接受：

「顧新聞雖取乎新，而積久複閱，其中亦自有可存之作。篇中崇論閎議以及可驚可喜之事，日數十條中，尚可選存一二。往往閱報之人，慮其久而散失，將日出之報裁疊裝訂，或一月成一卷，或數月成一卷。然板大不能改小，全訂不能選存，開卷茫然不獲。近有將歷年新聞紙選其中崇論閎議，與夫可驚可愕之事及文詞雜體，都為一集。計分十四卷，別類凡十二，名曰《記聞類編》。已在近數日成書出售，等告白於報之後幅。此書既可免抄摘之勞，而又多檢查之便。故此書一出，而凡閱新聞紙者，可愈知新聞之有益於人，而新聞之銷場更覺日多一日矣。」

在苑委山樵反覆提及的文章類別中，崇論閎議自然是對應頭版的論說，而文詞雜體則是對應當時文人的詩詞唱和、竹枝詞等作品。「可驚可喜之事」則是一個界限較寬的概念，他既可對應於時事中的「可驚可喜」，也可以是由不分古今東西的奇事異聞所引發出的「可驚可喜」。

在上述三種會被選擇成書的表達樣式中，論說一般由本館主筆所撰寫，文詞雜體則多屬於當時文人的唱和和投稿，也是被雷縉指責為「詩社變相」的部分，常常會有寫作者的筆名。至於「可驚可喜之事」，其來源並不單純，幾乎每出必刊的〈會審公案〉，都涉及到各地各種稀奇古怪的案件，多由《申報》的訪事者報導。《申報》對公案的關注既強調了自身揭露民情官弊的一面，像「包探」這樣的新式偵探名稱也在《申報》上出現，它也足以滿足觀者對各種刺激事件的窺視欲。此後，《申報》對楊乃武事件的報導大大增強了自身在輿論界的影響力，除去該案在當時牽涉到等級觀念、新聞媒體的介入，其事件本身也相當具有傳奇色彩和吸引力。能夠引起不同階層的持續關注自是情理中的事。

在公案之外，最大塊的題目就是記述各種奇事異聞，報導各種災異。這一類「可驚可愕之事」則不僅有《申報》編輯的自撰，也引錄香港新聞紙所刊載的內容，不時還會有投稿的加入。《申報》編輯們撰寫的奇聞異事不時會套用《聊齋志異》的情節模式，如〈狐女報恩〉篇中寫道「（書生）一日午餐散步寺外，見叢莽中有物前馳，數犬從後追之甚急。急亟往視，乃一狐已為犬所傷，毛血狼籍。書生憫之，乃持挺逐散群犬，而自抱狐歸，置諸室中。」這顯然是在套用〈青鳳〉中耿去病救青鳳的情節。鋪敘之外，也在事件中加入自己的判斷和論說。如同篇中要說「今之人有受人厚恩不思感激圖報，而反面若不相識者，其亦有愧於此狐歟。」而在〈瓊兒傳〉中，乾脆在敘事完成後，另起一行寫道「論曰：瓊兒，一湯漿女也。能百折不回，從容就義。如此視之楊柳隨風芙蓉經雨者，不足當一唾矣。嗚呼，亦奇矣哉！」藉奇異之事發表評論本不是蒲松齡的專利，紀昀做得同樣出色，但另起一行，對整個故事做一回顧和評述則是《聊齋志異》的一大特點。這說明《聊齋志異》不僅成為《申報》奇聞的一個粉本，其敘述論斷的方式也被《申報》編輯們學習和借用了。

早期《申報》奇聞的另一個來源是香港的新聞紙。如《刀筆孽報》錄自《香港中外新聞》，《仙媼贈藥》採自《香港近事來源》。這些篇目同樣是寓議論於奇事，證因果於異聞。在重視異聞、補充時事這一點上，《申報》與香港各中文報紙不謀而合，王韜在《循環日報》的編輯方針中同樣強調：「至於世態險惡、因果報應，亦間列一二，俾觀者得以感發善心，懲戒逸志，非有他意也。」雖然說的是「非有他意」，但實際也是為了有利於報紙篇幅的充實。由於發行週期短，報館編輯不可能每天都有真實而特別並值得報導的時事。當時雖然產生了類似於新聞記者的訪事者，但在採訪效率和傳送速度上都不可能滿足每日報章所需，這使得《申報》會與香港的中文報紙相互徵引，而新聞紙本身又會向此前的說部中尋找可借用的資源，《聊齋志異》自然會成為「眾矢之的」，鄒弢所說的「彙編粉飾」在此就大有用武之地。

　　除了本報館編輯的自撰、向香港新聞紙的借用，也會有一些作者藉《申報》的篇幅過一下「談奇說異」的癮。滬上閒鷗的《東鄉奇遇》就是這一類的作品。他所講的故事不特別，就是一次奇怪的豔遇而已，故事結尾說「得毋如《聊齋》所載鬼狐類哉，恐為所祟，因不復蹤跡云。」

　　很明顯，他又是在《聊齋》的故事框架中虛構自己的奇遇，而在該篇的補白中，他對此進行了說明：

　　「連日暑威稍退。於北窗揮汗時，偶憶前事，因援筆記之。事屬子虛，恐譏大雅。唯念貴館蒐羅近事，鉅細靡遺；擄拾奇聞，虛無不厭。時擲筆於空中，常怡情於域外。慷慨激昂，國俗之隱微悉得；陸離光怪，波斯之景狀親探。宜其不脛而走，無翼而飛，遠近士商，俱以得爭先得睹之為快也。拙記數百言，倘蒙附入驥尾，則僕之銘感奚似。」

　　滬上閒鷗寫的故事本身是《聊齋》的「驥尾」，但他卻藉《申報》「驥尾」的方式出現了。在博採異聞這一大前提下，《聊齋志異》經過眾多讀者的模仿與接受後，轉化到新的傳播方式中來，此種轉化由於與說部的產生環境不盡相同，其結果也與單向的說部沿襲不盡相同。

　　俞樾、平步青等學者喜歡考察說部沿襲的本事，但過於注重本事的思路常常將模仿中的變化窒息了。早期的新聞紙既可能被裝進《聊齋志異》的框

架中，《聊齋志異》又何嘗不會被裝進新聞紙的傳播思路中？在《申報》上，〈青鳳〉與〈狐夢〉、《澆愁集》與《聊齋志異》之間的文本指涉關係，已成為一種習慣思路，如「友人言：有書生讀書野寺，殊苦岑寂。素習聞狐女故事，心豔羨之，希冀或有所遇。」這與沿襲中譎言出處顯然不同，就是要讓讀者知道上下文之間的相互關係。在此基礎上，《申報》還會將新聞紙的傳播意圖鑲嵌到《聊齋志異》的借用上，如〈狐女知理〉的開篇就寫：

「子不語：怪、力、亂、神。是不語者，非必以為勿有也。況天地之大，無所不有，豈能囿於一隅之見耶？昨有笑和居士翻閱《聊齋志異》間，適友人過之。偶述數年前，江北有賈者王小圃，在途遇一女郎，豐麗異常，心忽動，尾之而行。』

在敘述過程中，《聊齋志異》成了一個引入故事的契機。在它之前有一個對怪力亂神的細辯，在它之後則引入「可驚可愕」的故事。表面上看「昨有笑和居士翻閱《聊齋志異》間，適友人過之」一句似乎過於瑣碎。按一般的志怪敘述，講完「有怪存焉」後就可以直接進入怪異的記述，完全沒必要說正在看《聊齋志異》時，突然又竄出友人的故事。此處牽涉到敘述者的不停切換。這篇奇聞並沒有署作者名，但顯然是先從一個對「怪力亂神」有所辨析的人開始，然後轉到笑和居士這一真名不可考的人身上，再由他的友人開始講述故事，而故事還並非發生在其友人本人身上，他只是住在江北，聽王小圃自己說的。整個敘述像鏈條一樣，一環扣一環，將讀者的目光從笑和居士身上一直引到王小圃身上。隱藏在幕後的敘述者應該為他製造出的真實效果而得意，在層層推進的過程中，故事文本與日常現實之間的溝壑已被逐漸填平了。讀者可能會懷疑王小圃遇狐仙的可能性，但一般不會懷疑笑和居士翻閱《聊齋志異》時碰到友人的真實性，後者出現的幾率要大得多，似乎完全可以驗證。不過，笑和居士是否真有其人，他是否真在讀《聊齋志異》時碰到友人，這也只是文字上的講述，比之俞達評點鄒弢的〈瓜異〉時，可信度還更小。

〈狐女知理〉在設定敘述障礙的同時，其實也是在完善和維護著《申報》刊行異聞的界限。《申報》儘管容納談異說奇的篇章，但其目的本不是搜神

談鬼，而是為了增廣見聞。為了吸引讀者，達到「雅俗共賞」的目的，又要與「典贍有則」的志怪小說有所區別，於是要選擇在志異上長於鋪敘的《聊齋志異》作為參照。

儘管《聊齋志異》本身不見得是「用傳奇法，而以志怪」，但《申報》在吸納和借用的過程中確實促成了這一結合的形成。在表現方式上盡量以生動活潑的鋪敘吸引讀者，而在表達目的上是朝著博物志的方向發展。由此而產生的各種異聞記述中，便在一般的上下文表達中多出了一層新聞紙的制約關係，我們可以將其稱為「中文」。

在志怪小說的上下文背景中，表達目的是博物志異，表達手段是簡約為文，不事誇飾；在傳奇小說的上下文背景中，表達目的是不求信實，表達手段卻是粉飾多姿。說部中的上下文關係在新聞紙傳播中，在新聞紙自身宗旨與經濟目的之間的權衡和制約中增添了文本的中層。新聞紙傳播中的《聊齋志異》正昭示了「用傳奇法，而以志怪」這一組合的出現可能，但此絕非小說史內部的單純運動，而與其在新的傳播方式中的接受與借用息息相關。

早期《申報》的文人大多不缺乏小說方面的才華，但他們對小說傳統的體認卻是迥異前人。無論他們有意還是無意，新聞生產已作為一種新穎的形式塑造著他們的作品（或文本）。鄒弢模仿《聊齋志異》的意義正在於溝通小說寫作與「雜聞」記述，從他的例子中不僅能看到新聞生產選擇《聊齋志異》的原因，也能夠明瞭筆記體與傳奇體、傳奇與志怪這些小說史概念在特定情境中產生融合的合理性。

新聞生產並非單向接受小說傳統提供的方便，它還會反向給予小說史一些驚喜。王韜的不少小說作品都深受新聞生產的影響，《淞隱漫錄》之所以會產生「畫舫錄」與「聊齋體」的融合，不僅僅是由於王韜對「冶遊」寫作的成竹在胸，對「傳奇」表達的心有戚戚，更為關鍵的推動因素是《點石齋畫報》。從《普法戰紀》到《遁窟讕言》，王韜對天下大勢的洞明和對個人情懷的燭微，也都在新聞生產的背景中跌宕交織。

不同時代的小說作者碰到的會是不同的問題和境遇，當他們試圖跨越那些難度和限定時，其實已在尋找小說傳統如何成為可供表達的方式。「復興」

或者「競爭」的說法與其說是一種真實存在的寫作處境，毋寧說是寫作處境的隱喻而已。當王韜等人在新聞生產背景下寫出「他們自己的《聊齋志異》」，再次回到小說譜系時，他們已給小說傳統帶回了與《聊齋志異》平行的作品，而不僅僅是某部著名作品的垂直延續。

在此情形下，新聞史家大可不必惋惜他們所寫所作不符合現代新聞的觀念。這不僅有「刻舟求劍」之嫌，而且還容易忽略了更為重要的問題，那便是中國現代的新聞傳統由何而來，其演化軌跡及其結構關聯何在。而對於小說史家或小說傳統的衛護者而言，也似乎可以先不必在「復興」或「競爭」等觀念中尋找小說的前途，畢竟小說的形成更多受制於其作者所處的「情境邏輯」。誠然，新聞生產或更往後的媒介方式（如影視或網路）並不見得對精雅的傳統有特別的好處，甚至常常會出現班雅明所說的「氛圍的瓦解」。但如果不能重構起碼的情境，則所謂「氛圍」或者小說傳統真的無處可以衛護了。

申報館與《儒林外史》

由英國人美查創辦的申報館不僅對中國新聞業作出了重要的貢獻，也對中國傳統小說的傳播有著其獨特的影響力。申報館重印刊行傳統小說的高峰時期，主要集中在美查主持的申報館時期（公元一八七二年至一九〇八年左右）。據周振鶴編的《晚清營業書目》顯示，申報館重印出版的章回小說大概有十二種左右，這些小說都有出版廣告。而除這十二種之外，大約還斷斷續續重印出版過二十多種章回小說。與同時期的一些著名書局相比，申報館的小說出版在數量上並不算多，但其作為一個複合型的出版單位，卻與一般書局重印章回小說有著不一樣的理路。在行銷上，常常是先在《申報》上刊登出廣告，然後透過《申報》的分銷點出售，這無疑對小說閱聽人的構成會造成影響。而其獨特的新聞傳播背景不僅給傳播層面帶來了變化，也讓看似不相干的新聞生產與章回小說出版，在一個更大的範疇裡產生融合的可能性。

舉例來說，《儒林外史》這部清代著名的小說，申報館在不到十年內三次印行出版。這使它免於被太平天國戰火埋沒的可能，且透過鉛印的新技術與精心的校勘，使這部小說流傳廣泛。再加上天目山樵（張文虎）的評點，足以使申報館的版本，成為繼臥閒草堂本、蘇州群玉齋本之後最重要的版本。不僅如此，申報館還將自己的新聞傳播方式，加入到該書的解釋情境中，對其定位、筆法的理解，乃至批評方式都產生了重大的影響。

▌一、報紙廣告與小說傳播

在明清的戲曲小說出版中，並不乏有書籍廣告類文字的出現，但它們往往是出現在該書的封面或者書尾上。應該說，這樣的廣告方式並不存在著任何時間差，即當讀者看到書本身時才可能看到廣告。而《申報》的存在卻使申報館有了一種製造時間差的便利，書籍廣告能事先在《申報》上刊登出來，引起讀者的期待心理：

「至如士人著述宏富，欲供諸同志以流傳四方者，往往求者不可必得，而著者無由遐布也。有新聞紙而告白之，而未見其書，先明其義。人人得而知之，其獲益豈淺鮮哉？」

《申報》的存在使申報館的小說傳播，一開始就將廣告從書冊載體本身抽離出來，並因此影響了具體文本如《儒林外史》的定位。在申報館第一次排印《儒林外史》時，出書廣告如此寫道：

「本館新印《儒林外史》一書，裝成八本。校勘精工，擺製細緻，實為妙品。其書中描摹世態人情，無不窮形盡相，活現毫端。如鄉紳之習氣，衙署之情形，名士之陋習，書生之痴，公子闊官之脾氣，娼妓幫閒之口吻，遊方把勢之身段。真同鑄鼎象物，殊可噴飯解頤。尤妙在雅俗皆宜，有目共賞。乃因原板久毀，都中活字板印者訛字既多，板身復大，於榻畔燈前、舟唇車腹中取閱殊覺不便，故特仿袖珍板式，以便攜帶，閱者諒之。」

這個廣告由於存在著如此多的「陳詞熟語」，以至於我們很輕易地看到了它同眾多《儒林外史》介紹者相同的地方。無論是閒齋老人，還是惺園退士，對「鑄鼎象物」技巧的讚揚是相似的。而到了錢玄同、胡適等人那裡，「寫實」這一西洋批評術語很「時髦」地代替了「鑄鼎象物」，儘管他們批評的立意是很不一樣的。

閒齋老人在為《儒林外史》寫序時，顯然是以明代「四大奇書」作為自己出發點。他認為《西遊記》談佛論道，容易成為「元虛荒渺之談」；《三國演義》不合正史；《水滸傳》和《金瓶梅》儘管筆法高超，章法奇妙，但是「誨盜誨淫」的書，有害世道人心。《儒林外史》則既不談虛論無，也不自居正史，同時能夠將筆墨才華用到維持風俗人心上。如此結論自然不高明，或者說相當地陳詞濫調，但在整個推證過程中，「四大奇書」始終是不停談論的對象。閒齋老人在推重《儒林外史》筆法的同時，重心仍是落在「善讀稗官者可進於史」。他將《儒林外史》作為最接近歷史的小說來看待，而認為「四大奇書」在這一點上顯然存在很多不足。

錢玄同在讚揚《儒林外史》的優點時是基於三個判斷。其一是「言之有物」，當然這一點包括了《水滸傳》和《紅樓夢》在內；其二是沒有淫穢語，

這一點不能算特別重大的發現。他最新穎的提法還是集中在「國語文學」上，他認為「到了《儒林外史》出世之日，可以說是中國國語文學完全成立的一個大紀元。」「國語文學」本身與「方言文學」相對，而兩者又都統一在「白話文學」的大名目之下。胡適將《海上花列傳》當作「方言文學」的先鋒，錢玄同則推崇《儒林外史》為「國語文學」的里程碑之作，是「白話文學」思路朝兩個方向發展的結果。他們重新尋找典範的目的，並非只是在小說內部另立山頭，而是期望由此生發出不同的文學路線。在臥閒草堂與錢、胡等人的表述中，有著清晰的歷史意識。

而在申報館這裡，《儒林外史》作為「典範」的意義，更在於它是一種表達模式和習慣思路，在公元一八七五年七月三十一日刊登的搜書啟事中曾說：

「啟者，本館置直活字版印書機器，於排印各種書籍較為便捷。如遠近諸君子藏有珍函祕帙，意圖壽世，盡可郵遞前來，以憑本館酌奪排版。一俟裝訂竣工，當持贈一二百部，籍申謝忱。或鴻才碩彥，好製說部等書，製成後亦可寄來代印。但書之體裁必如《儒林外史》之一氣相生，而又無淫亂語者為佳。若逐篇逐斷如《聊齋志異》者，概從割愛。至於如何酬謝，亦以印成之書一二百部奉送。」

申報館顯然是在廣義上使用「說部」的概念，而且重視的也不是《儒林外史》或者《聊齋志異》在各自傳統中的典範意義，注意的僅是文本結構上的表面特徵。

申報館所說的「一氣相生」，其實只能說是有章回的連綴，而並非特指文本布局上的謹嚴和連貫。《儒林外史》在結構上的相對鬆散是人所熟知的，胡適在批評《廣陵潮》和《九尾龜》時就說它們只學到了《儒林外史》的壞處：「體裁結構太不緊嚴，全篇只是雜湊起來的。」申報館的主要目的是為了推出當代作者的說部寫作，因此舉出《儒林外史》和《聊齋志異》的例子，只是為了讓那些想刊行小說的作者大致明白做法，並非是對具體小說的評價。在運用《儒林外史》作為參照時，申報館力圖表達的是一種橫向的結構意識，將其僅看作一種表達習慣性思路。《儒林外史》不再是比「四大奇書」還屬

害的「史書」，也並非「白話文學」的國故和遺產，供青年學子學習和師法，當代人同樣可以在此一試身手，甚至超越《儒林外史》本身。如果沒有申報館在傳播中貫徹的橫向結構，很難想像韓邦慶會在《海上花列傳》中以《儒林外史》作為特別強調的師法對象，並強調自己在小說表達上發明了「穿插和藏閃」；如果沒有《儒林外史》的前提，「穿插和藏閃」不見得是個發明，至少金聖嘆在批評《水滸傳》時早就提出了「草蛇灰線」的說法。曾樸也在《孽海花》重版時，特別強調自己的寫作是「珠花」式結構，與《儒林外史》等書的「直穿」式不同。由於《申報》的存在，使得出書廣告慢慢從簡單的小說介紹演變為一種樹立典範的行為，其結果是，《儒林外史》成為了許多晚清小說模仿的經典之作。在單行本的小說出版中，序言本身是作品的一部分，序言作者要突出的是單本書的類別、特點和意義價值。《申報》上刊登的廣告不直接進入書冊載體本身，而是在外圍重新設定章回小說的生產環境，在新聞傳播同位的背景下，章回小說的生產或再生產，強調的不是文類傳統的內在典範，也不是以面對遺產方式的重新整理，而是在一個開放的結構中，召喚新作者參與、誘發新作品與之平等的競爭和對抗。《申報》廣告的存在，使《儒林外史》的出版成為影響當時說部寫作的重要事件。

▌二、新聞報導與寫實筆法

　　從閒齋老人的「鑄鼎像物」到錢玄同的「寫實筆法」，《儒林外史》的寫實筆法常被稱道。「寫實」自然是從西方文學理論中移植而來的批評術語，這裡不擬討論何為寫實的問題，只著意於《儒林外史》常為人樂道的「寫實性」應如何被理解、被整合的問題。

　　申報館在初排《儒林外史》時，印數約在一千部左右，銷售情況卻很好，不到一年便全部售罄。在次年六月的第二次排印中，金和的跋語被發現了，申報館便在刊行廣告中，特別強調「並附以上元金君跋語，俾共知作者之姓名，而並知書中所寫之人，皆歷歷可考，非同憑空臆造也。」金和的跋語給申報館提供了另一個理解寫實的維度，即除去它能讓讀者享受「噴飯解頤」的快樂外，還能為《儒林外史》中的人物、事件與真人真事對號入座。值得

注意的是，申報館為《儒林外史》發掘的紀實性與閒齋老人所說的「善讀稗官者可進於史」觀點有所不同。閒齋老人將這部小說看作歷史的有益補充，並不關注於小說人物、事件是否與現實人物、事件的一一對位，而是看重它的道德教化功能類似於歷史。在閒齋老人的觀點中，《儒林外史》寫得像歷史，而金和跋語所提供的暗示則是：《儒林外史》本身就是歷史。這兩者顯然是無法劃等號的。

金和的跋語為《儒林外史》提供了三方面重要的訊息。最為確鑿和為世公認的，是他指明了《儒林外史》的作者是吳敬梓，這已成為定論；其次是他將書中人物與現實人物一一對應，認為「全書載筆，言皆有物，絕無鑿空而談者，若以雍乾間諸家文集細繹而參稽之，往往十得八九。」這一思路與《紅樓夢》閱讀批評中的「索隱」一派的做法很相似；最後便是他認為《儒林外史》只有五十五回。金和以作者只以奇數著述作為理由，本來只是一個不好證實的推斷，但他所引出的這一問題，對活躍文本意義的多元性功不可沒。天目山樵的新評點敢於向臥本的部分批評挑戰，在一定程度上是以金和的跋語做後盾，這在本次排印本的識語中交代得很清楚：「往讀《外史》，恨其『幽榜』一回大為無理；今得金君跋，始知果為妄人所增。」也正是金和的跋語，使得齊省堂在增訂《儒林外史》時，敢放膽竄改「幽榜」而持之有據。

在重排本和初排本之間，申報館對《儒林外史》的認識和介紹已經產生了差異。不過，這一層差異卻並不被重視。孫楷第先生在他的名著《中國通俗小說書目》中，只承認申報館分別在同治十三年（公元一八七四年）和光緒七年（公元一八八一年）兩次排印了《儒林外史》；而李漢秋先生則直接將公元一八七四年排印的叫「申一本」，把公元一八八一年排印的叫「申二本」，至於其他時間的排印本都分別隸屬於這兩種版本。如果只從版本的外在顯著差異來衡量，孫、李兩先生的說法自然無懈可擊。

可是，申報館自身認定的《儒林外史》排印卻至少有三次，除上述兩次外，還包括公元一八七五年的「重新擺印，詳細讎校」。孫楷第所說的兩次

排印顯然不確切，而李漢秋將排印本轉化為版本時，忽略的恰恰是申報館作為報館的特別性。

儘管申報館在逐漸發展中呈現出多元格局，但其基本傳播思路是以新聞紙為中心確立起來的。對於現代讀者而言，新聞與小說之間的根本差異，自然在於真實與虛構之別，由此而引出的閱讀期待便會有所不同。如果借用一下語言學家雅各布森的「隱喻」和「轉喻」這一對概念，更能具體說明這種閱讀期待的差異。

按語言學家雅各布森的理論，轉喻和隱喻是傳播意義的兩種基本模式。新聞報導在傳播意義時，通常會採用轉喻而非隱喻的方式。轉喻（metonymy），用某物的一個部分或一個因子來代表其整體。隱喻（metaphor），則是把未知的東西變換成已知的術語進行傳播的方式，例如，「轎車甲蟲般地前行」。轉喻和隱喻，是雅各布森繼索緒爾的「能指」和「所指」這一對著名概念後的修正和延伸，更強調語義在結構中的不同變化。轉喻更強調「鄰接性」，而隱喻則強調「相似性」。

當申報館介入到《儒林外史》的傳播時，難免會慣性地將新聞傳播的思路附加於上，再加上當時不少人閱讀小說時可能有的索隱心態，這些都使得金和跋語被特別點出：「並附以上元金君跋語，俾共知作者之姓名，而並知書中所寫之人，皆歷歷可考，非同憑空臆造也。」在說明《儒林外史》文本與現實的關係時，申報館強調人物本身就是真實的，而並非僅僅與現實中的人物相像而已。

同樣是金和的跋語，在齊省堂的增訂本中，齊省堂主人顯然更喜歡在「幽榜」的問題上大做文章，而對金和所說的小說本事頗不以為然。在公元一八七四年齊省堂出版的《儒林外史》例言當中，針對金和的說法有一段議論：

「竊謂古人寓言十九，如毛穎、宋清等傳，韓柳亦有此筆墨，只論有益世教人心與否，空中樓閣，正復可觀；必欲求其人以實之，則鑿也。且傳奇小說，往往移名換姓，即使果有其人，而百年後亦與茫然莫識。閱者姑存其說，仍作鏡花水月觀之可耳。」

這一說法強調的仍是小說道德教化的意義，並不在意書中角色與歷史人物的對應與否。閒齋老人也早就注意到，《儒林外史》描寫日常瑣屑上高度逼真，認為「合畫工化工一手」，但他同時為的是說明「善讀稗官近於史」。在閒齋老人和齊省堂主人那裡，小說的寫實筆法與它最後傳達的意義，存在的是隱喻性的關係，小說作為歷史的重要補充，是因為兩者以相似的方式而存在，而並非小說本身就處在歷史之中。

由於小說功能與筆法之間的隱喻關係，對《儒林外史》的批評，其實是將不同範疇的批評標準套用在同一部作品上。《儒林外史》被認為是好作品的原因僅僅是：它具備《水滸傳》、《金瓶梅》等小說在筆法上的長處，和一些道德說教作品在功能上所占的優勢，這樣的組合顯然只是對《儒林外史》優點的一種組合想像而已。在錢玄同給《儒林外史》做的新序裡，這一組合又一次重現。不過在筆法上，《儒林外史》變成了和《水滸傳》、《紅樓夢》同步，而它的功能卻變成了青年的教科書。

申報館在小說筆法和功能之外，注意到《儒林外史》的寫作方式，以及作品與作者、作者身邊世界的關係。這一轉折顯然脫離了其他序言中，功能和筆法二元構成的局面，為《儒林外史》的閱讀提供了一個新的心理暗示，即理解作者的意圖，而不僅是欣賞文章筆法或者感受道德教化。《儒林外史》的作者之所以重要，是因為他的生活世界與他的小說世界關係緊密，或者說，只有在重視章回小說具備紀實性的理解裡，作者的個體生活才可能成為理解作品的關鍵。在欣賞文章筆法或者看重道德教化的理解中，作者的個體生活是不可能受到關注的，批評者看到的只是文章的法則。金聖嘆所概括的「天地之至文」包括了不同時代、不同類型的著作，想要表達的正是「才子書」能夠在不同時間裡，將同樣偉大的天才展現在讀者面前，至於誰在寫作並不重要，或者說，只是一個天才在不同時期，用不同的文體寫作而已。同樣，在重視章回小說道德教化功能的理解中，作者也沒有絲毫的重要性。

申報館雖然將自己的傳播意圖鑲嵌到《儒林外史》的傳播中，但它引發的轉喻式理解還有待深入和發揮。金和的跋語不僅成全了申報館意圖的移入，也啟發了一位《儒林外史》的忠實讀者，一位後來成為《儒林外史》評點和

傳播史上的重要人物——天目山樵。他的出現不僅僅使《儒林外史》增加了一種新穎的評點，更為重要的是，他的闡發將讀者的注意力轉向理解作者的命意，以及各種本事的來源上。在臥本的評點中，不乏對文心的精巧體悟，但對作者的命意或本事的考證，卻是失之闕如的。也正是這一原因，張文虎對《儒林外史》的理解備受申報館看重，並因此出現了以天目山樵為主導的第三次排印本。

■三、申報館與張文虎

在《儒林外史》的評點中，天目山樵的評點一向被認為是臥評之外影響最大的《儒林外史》評點。天目山樵是張文虎的筆名，他早年在金陵書局從事校讎，深得曾國藩的賞識。約在同光年間，張文虎居留於上海，他為《儒林外史》所作的評點也開始於這一時期。他的評點在光緒年間就深受《儒林外史》愛好者的推崇和重視，不僅被艾補園、徐允臨等人輾轉抄錄，到公元一八八六年還專門由上海寶文閣刊出了《儒林外史評》的單行本。

張文虎並沒有主動介入到申報館的《儒林外史》出版中，他不太喜歡鉛印排版的方式，認為「字跡過細，大費目力」。不過其曾為申報館的排印本《西遊補》寫過序言，也為《海上奇書》中的〈段倩卿傳〉作過批語。熱心抄錄天目山樵評點的艾補園和徐允臨等人，也與申報館也有著密切關係。據李漢秋先生推測，艾、許兩人為申報館提供了《儒林外史》的天一評本。在申報館第三次排印（公元一八八一年）後不久，張文虎曾在識語中說：「舊批本昔日曾以贈艾補園，客秋在滬城，徐君石史言曾見之，欲以付申報館排印。予謂申報館已有擺印本，其字跡過細，今又增眉批，不便觀覽，似可不必。今春乃聞已有印本發賣，不知如何也。」這說明在申報館排印《儒林外史》的過程中，天目山樵的評點是逐步介入，存在著一個傳播圈。李漢秋先生曾經提出過一個評點和傳播《儒林外史》的「文化沙龍」，側重於地域，以南匯和上海為中心，強調的是從黃富民到天目山樵的評點，再到徐允臨、平步青等人的內在傳遞和演化過程。這裡所說的傳播圈，主要是以申報館引入張

文虎的識語和評點為中心，突出新的傳播思路如何與具體文本批評的相互結合和作用。

申報館在第二次排印時，就在金和跋語後，附上了大目山樵的識語：

「往讀《外史》，恨其「幽榜」一回大為無理。今得金君跋，始知果為妄人所增。又汪容甫《述學》有〈提督楊凱傳〉，敘野牛塘之戰甚奇，與《外史》湯奏事相彷彿，其姓名亦隱約相合，蓋其人矣。同治癸酉暮春天目山樵識。」

這則識語寫成於公元一八七三年，是現存最早的天目山樵識語。儘管識語的寫成早於申報館第一次排印本，但它最早是出現在第二次排印本（公元一八七五年）上，而不是像李漢秋所說的出現在「申一本」（公元一八七四年）上。原因是申報館第一次排印時，還不知道金和的跋語，而在天目山樵的識語裡明明提到了金和的跋語。這越發證明「申一本」的概念根本無法理順公元一八七四年與公元一八七五年兩次排印本的不同。應該說，在申報館第二次排印《儒林外史》時，張文虎的作用還沒有金和那麼突出，他的識語只出現在卷末，出書廣告中甚至根本沒有提到他。

申報館第三次排印《儒林外史》是在公元一八八一年，即通常被認為的「申二本」。由於天目山樵評點的加入，原來的每部八本，變為每部十本。新的排印本突出了天目山樵的作用，在卷首刊出了張文虎寫於公元一八七六年的識語：

「近世演義書，如《紅樓夢》實出《金瓶梅》，其陷溺人心則有過之；《蕩寇志》意在救《水滸傳》之失，仍酷摹其筆意，寫陳麗卿、劉慧娘使人傾聽而心知其萬無是事，九陽鐘、元黃吊掛蹈入《封神》甲裏，後半部更外強中乾矣。《外史》用筆實不離《水滸》、《金瓶梅》，魄力則不及遠甚；然描寫世事，實情實理，不必確指其人，而遺貌取神，皆酬接中所頻見，可以鏡人，可以自鏡。中材之士喜讀之。其有不屑讀者，高山《外史》之人；有不欲讀者，不以《外史》中下材為非者也。」

這則識語強調了不同文本之間的相互關聯，並將「筆意」作為一個批評術語提了出來。天目山樵所說的「筆意」可分為「用筆」和「命意」兩方面，前者自然與閒齋老人所說的「筆法」無分別，「《外史》用筆實不離《水滸傳》、《金瓶梅》範圍，魄力則不及遠甚」，突出的是章回小說在行文筆法上的一些共性。在臥評中，《儒林外史》的筆法已被閒齋老人說得足夠精彩，張文虎對《儒林外史》的用筆並不特別讚賞，因此在這一單項上只是對臥評進行一些細部的補充和增益而已。

　　天目山樵評點的獨特性是在於對《儒林外史》「命意」的還原與生發上。張文虎本人沒有單獨解釋過「命意」，但從他對《蕩寇志》的批評和對《儒林外史》的讚賞中可以看出，「命意」的成敗繫於虛實之間。張文虎之所以要批評《蕩寇志》後半部「外強中乾」，是因為在現實中根本不可能有類似的事件發生。他推重《儒林外史》「實情實理」，則強調它能提供一種可能存在的現實。儘管不必完全對號入座，「確指其人」，但其燭照現實，「可以鏡人，可以自鏡」的功能卻遠不是《蕩寇志》等作品所具備的。

　　張文虎並非泛泛說《儒林外史》的「實」，為了證明他對該書的總體看法。天目山樵利用不同的文本來證實《儒林外史》中的事件和人物，如為了將牛布衣與朱布衣連繫在一起，引用了大段的《江寧府志》，而關於王冕的事跡，更是旁徵博引了《明史》、《保越錄》和《廣輿記》等書。在不停引證的過程中，對「命意」的還原已逐漸變成不同文本的對照閱讀。《儒林外史》有時甚至會被放到一邊，如張文虎在評點莊紹光時，引了一段《小倉山房集》：

　　「據《小倉山房集．程錦莊墓誌銘》稱：『乾隆丙辰召試，有欲招之出門下者，正色拒之，以此不入選』。《外史》所言即此一事也。」

　　平步青便對此進行再批評，說「小倉山房程志無此四句，疑嘯山誤記他書」。平步青並不關心引文是否真與小說對應，他只關心出處是否確切。從理解《儒林外史》的角度看，平步青略顯「捨本逐末」。不過，這正是張文虎考證給《儒林外史》製造出的現實氛圍，他將《儒林外史》放到眾多文本的環繞中，用廣博的學識和如炬的目光指明其對應。天目山樵的評點雖沒有

達到「筆筆有來歷」，但《儒林外史》作品的現實性也在眾多文本與《儒林外史》的相互指涉中得以確立。

在張文虎評點《儒林外史》時，小說中的眾多人物事件即便曾經真實存在，也都屬於歷史，處在文本記述和口耳相傳的互相關聯當中。金和的跋語以知情者的身分，為《儒林外史》提供了眾多本事來源，而天目山樵的評點則圍繞對「命意」的發掘，將這些本事轉化為《儒林外史》的真正外延，不同的文本和傳說便像檔案一樣，記錄著人物事件在小說與歷史中的對應。

天目山樵的評點，從小說的外延一步步深入到其內涵，所謂「描寫世事，實情實理，不必確指其人，而遺貌取神，皆酬接中所頻見，可以鏡人，可以自鏡」，表述的正是從特殊到一般，從個別到典型的過程。「用筆」與「命意」的結合，也實現了文本外延與內涵的交融，而他的「筆意」也是對「筆法」與「功能」二分批評法的一個導正反撥。

張文虎將作者及本事巧妙的引入到筆法的探討當中，為讀者欣賞《儒林外史》提供了更確切的情境，而不是用一些隨時可以更換的「功能」來強加於其上。正是因為《蕩寇志》的作者混淆了「命意」與「功能」的區別，才會使得原本在《水滸》為人稱道的功能筆法，在《蕩寇志》中結合得不倫不類。張文虎想說明的是，為人稱道的筆法與為人讚賞的功能結合，並不能產生好小說，而這在閒齋老人或者其後錢玄同的思路里，卻恰恰是有一個好筆法＋好思路＝好小說的思維定勢。

申報館看重天目山樵評點的原因，也正是基於對他批評方法的認可。在新的出書廣告中，可以看到申報館對三次排印《儒林外史》的回顧和總結：

「《儒林外史》一書，久已膾炙人口。本館前曾照印數千部，今已售罄，而來購者猶踵趾相接。誠以此書於詼諧之中，寓勸懲之意，雅俗共賞，大可怡情。本館近又得天目山樵批本，於書中筋節處逐一指出，每回後又有總評。不獨作書者之命意，俾得顯豁呈露；即閱者，亦如觀僧繇畫龍得點晴。」

與第一次出書時盛讚筆法、第二次擺印時強調小說的本事淵源不同，申報館在第三次出版同一部小說時，它所採取的立場和態度更為平和折中。它

不僅容納了勸懲讚揚的小說套語，也沒有忘記一以貫之的「雅俗共賞」。自然，在這些必要的過渡和鋪墊後，天目山樵溝通作者和讀者的重要性就更為明顯，他的出現不僅使作者的命意得到再一次的展現，也使讀者彷彿能夠在百年之後，重新看到《儒林外史》如何在作者匠心之下，從一些實有的人物、事件中逐漸脫離出來，變得更有普遍性和共通性，讓人感受到「讀之乃覺身世應酬之間，無往而非《儒林外史》」的強烈效果。天目山樵透過精巧的本事考證，將一個個小說片段還原到可能存在的真實事件和人物當中；而他的另一面，即細膩地文心體貼，又促使他在本事還原的同時，不傷害讀者觀賞和領悟筆法的必要。於是在他的批本中，像閒齋老人一樣重視筆法的批評常有新見，而像平步青一樣考校本事的地方也隨處可見。正是這兩者的結合，使得他的評點能夠既回應了閒齋老人的評點，又能超出金和跋語的限制。

申報館在三次排印《儒林外史》的過程中，並非只是充當一個簡單而無變化的出版責任者。它試圖以「雅俗共賞」的出版理念作為對《儒林外史》文本的預設，從一開始出現，到第三次排印時仍然存在。不過在發現金和跋語，並在第二次排印時添加進去後，申報館不再人云亦云、不著邊際地談論筆法問題，而是將作者和本事當做新的關注點，因為這關係到《儒林外史》的獨特性所在。若明瞭前兩次申報館排印時的主觀意圖，便可知其選擇天目山樵的批本作為第三次排印本是水到渠成的事。在三種排印本的更迭中，不僅有商業上的考慮，更為關鍵的是，出版者的主體意圖在不同版本中的被組合、被完成，而潛藏其下的，則是對一部小說批評方式的改變。

「刊裡書外」：重論《海上花列傳》的風格及語言

　　《海上花列傳》儘管常被人論及，但一般都是集中在小說風格與語言上的探討。從魯迅開始，《海上花列傳》中的「寫實性」漸被看重。但在《中國小說史略》的論述框架裡，由於「狹邪小說」的前提限定，對於寫實並沒有進一步發掘。倒是胡適、劉半農等人對此書的寫實大加讚賞，並幾乎成為五四學者對此書的一個共識。小說風格本是相當模糊的概念，像「寫實」這樣的風格不單能在《海上花列傳》裡發現，即便在更早的《金瓶梅》中也能體會得到。關鍵是，很多五四學者在探討小說風格時，其實是要尋找中國小說的內在發展理路，這一點不僅是胡適等學者的研究預設，也是張愛玲等小說家屢屢稱道《海上花列傳》的原因。

　　而在小說風格之外，胡適又套用自己白話文學的思路，構建出一個「方言文學」的設想。在《白話文學史》中，胡適已開始刻意發掘一種歷史線索，來顛覆文言文學的統治地位。對於胡適而言，「白話文學」似乎仍有「大一統」的趨勢，「方言文學」則能更進一步表現分散的、區域性的文學，《海上花列傳》的發現可謂適逢其時。「吳語文學」與「京語文學」雖同樣是「方言文學」的範疇，但「京語文學」已逐步成為白話文學的代表或是正統，而「吳語文學」仍處在一個爭取話語優勢的處境。從白話文學再到方言文學，胡適力圖釋放不同形態下被壓抑的話語，這其實是不斷地尋找文學的「民間」狀態。

　　但這兩者又常處在一種弔詭狀態之中。對於寫實的強調者而言，歸屬於小說傳統是最最要緊的事，而其方言有時卻會成為某種「公共性」的障礙，於是才會有國語《海上花列傳》的出現；而對於強調方言意義的論者而言，《海上花列傳》雖屬吳語小說的開山之作，但論其方言的寫實性，則似乎不及晚出的《九尾龜》。於是，「寫實」與「方言」既可以是《海上花列傳》的兩大特點，也適足成為其進退失據的根源。如果重思《海上花列傳》形成的過

程，則斯時的報刊環境便不再單純是一背景問題，而可能成為整合「寫實」與「方言」的根源了。

一、寫實與新聞

韓邦慶對《海上花列傳》的「寫實」曾有過一段交代，在《海上奇書》刊登的例言中，他說：

「全書筆法自謂從《儒林外史》脫化出來，唯穿插藏閃之法，則為說部所未有。一波未平，一波又起，或竟接連起十餘波；忽東忽西，忽南忽北，隨手敘來，並無一事完全，並無一事掛漏；閱之覺其背面無文字處尚有許多文字，雖未明明敘出，而可以意會得之，此穿插之法也。劈空而來，使閱者茫然不解其如何緣故，急欲觀後文；而後文又捨而敘他事矣，及他事敘畢，再敘明其緣故，而其緣故仍未盡明；直至全體盡露，乃至前文所敘並無半個閒字，此藏閃之法也。」

從小說史的角度看，如此自陳家術的說法很能說明作品自身在小說發展中的脈絡。胡適便以此洋洋灑灑發揮了關於列傳寫法的議論，對於獨立完整的作品，強調「穿插藏閃」的新技巧固然沒錯，但對於連載形態下的章回，「穿插藏閃」的技巧就有待考慮了。閱者如果沒有作者在文本中的提示，很可能領會不到作者的深心。在「小說界革命」後產生的眾多連載小說，並非完全沒有注重「穿插藏閃」的作品，但《儒林外史》式「雖云長篇，亦同短制」的作品顯然更多一些。

導致這一現象出現的原因，雖然跟一些作者寫作的草率有關，但也不乏受到連載方式影響的人。正如陳平原先生所說：「清末民初各類報刊的崛起，以及報刊之兼刊小說，使得各種文體間的高低貴賤及各自的『邊界』都模糊不清，於是小說與其他文體的互相滲透成為了十分自然的趨勢。對清末民初小說集錦式的結構形式影響最大的，還是報刊所連載的長篇小說這一特殊文化背景。清末民初小說家大都直接參與報刊的編輯工作，而主要的長篇小說，又絕大部分是先在報刊上連載然後才集結出版的。這就逼得作家在創作時，

不能不考慮報刊連載這一傳播方式的特點，並對小說的表現技巧做相應的調整。小說的結構也因報章興起而為之一變。」

　　儘管韓邦慶也認識到報刊間斷性的特點，但《海上花列傳》並沒有走「集錦化」的道路，在寫法上，其又與連載的傳播方式存在著一定的不協調。單從《海上花列傳》本身自然很難解決這些困惑，但如果回到出版環境本身，申報館所給予的外部環境就顯得十分重要了。文學史上的時段考察本來具有相當大的隨意性，但有時也能拓寬某些問題的視野。就拿公元一八九〇年左右來說，此時的申報館已發展到一定階段，而上海的新聞業也有了很大的發展。將新聞環境置於此時的文學考察，不僅合適，而且非常必要。只要打開《申報》後幅，就能發現刊登廣告的出版物有《飛影閣畫報》、《海上奇書》和《海上青樓圖記》。

　　前兩種由於主事者吳友如和韓邦慶與申報館有著很深的淵源，他們製作的出版物是由申報館代為發售。三種廣告的側重各有不同，吳友如側重於書，韓邦慶偏重於說，而《海上青樓圖記》則著意為名妓寫真傳影。三者都對青樓表現出很大程度的重視。

　　關注青樓本身不是新鮮事，在《青樓夢》、《花月痕》等小說中，我們早就能看到文人想像的青樓。但在晚清上海的城市文化中，有關「青樓」的出版物卻可能不僅有想像的功能，還能直接介入到文人的城市生活中。申報館其實很早就注意到這一點，在公元一八八四年出版的《淞南夢影錄》中，黃式權就列舉了王韜、鄒弢、袁祖志等人的同類作品，並評價了各書的得失，像是一次小型的展覽。在此後數年間，文人、畫師對青樓的描述（繪）更見詳實和深入，新聞業在聯結藝術想像與城市生活上造成了關鍵作用，而兩棲於文壇與報界的文人們，也逐步在寫作中將此聯結明顯化。

　　早期的中國報業本身就有很強的區域化，它們除關心國計民生外，自然會對本地生活投入更多的關注，而對於晚清的上海來說，青樓肯定是報紙最不可迴避的一個題材。對青樓題材的報導之所以能引起城市讀者的關心，是因為青樓一向具有著某種「公共性」的特徵，不僅場所本身交織著禁忌與快樂，而且青樓中人也是當時城市中的「公眾人物」：像胡寶玉、林黛玉等「四

大金剛」，幾乎是當時上海的知名人物，她們也經常出現在這一時期關於上海的小說中，青樓其實也為市民想像的狂歡提供場所。

《海上青樓圖記》和《海上花列傳》所採用的表達方式，使妓女從被設定的圖像和語言中真正的走出來，妓女不僅有了真實的影像，而且其用語也跟當時的上海妓女完全一樣。儘管《海上青樓圖記》不乏有提供色情想像和嫖界指南的成分，但它所傳達給閱者的視覺訊息，是要比王韜等人在描述妓女時不斷重複「色藝俱佳」的套語要具體和清晰得多。

《海上花列傳》的題材運用與表達技巧之間的關係很早就受到關注。劉復曾「嚴厲」批評過後半部，認為後半部之所以寫不好，是因為作者添加了許多名園景物和名士風流，並認為這是一條死路。照劉復的推斷，名園和名士都是寫濫的題材，不容易出新，而只有展現娼妓業本身才是韓邦慶最擅長的本領。但劉復似乎忘了青樓題材也有著諸多限制，在韓邦慶之前，不用說《花月痕》、《青樓夢》等作品早已存在，就是專門寫上海青樓事跡的，像王韜的《海陬冶遊錄》、《花國劇談》，鄒弢的《春江小志》和袁祖志的《海上吟》等作品也早已問世，由此可見，以何種角度處理青樓題材是問題的關鍵。

《海上花列傳》被後世稱道的原因是「寫實」，而「寫實」並非是中國小說的批評概念，如果在古典小說的評語中發掘，與之最相近的說法可能是《儒林外史》批評中的「鑄鼎像物」。不過，在金和跋語出現之前，說《儒林外史》表達技巧高超顯然沒有與吳敬梓的個人事跡連繫在一起。但《海上花列傳》則不同，它的「寫實」關係到一個具體文本的傳播背景，並有故事情節與現實生活的某種對應關係。由此傳播背景所引發的，不僅僅是一個批評術語的介入，也關係到一種特殊的寫作風氣，許廑夫在公元一八九四年清華書局出版《海上花列傳》的序言中就說：

「書中趙樸齋以無賴得志，擁貲百萬。方墮落時，致鬻妹於青樓中，作者嘗救濟之云。會其盛時，作者僑居窘苦，向借百金，不可得，故憤而作此以譏之也。然觀其所刺褒瑕瑜，常有大於趙某者焉。然此書卒厄於趙，揮巨金，盡購而焚之。後人畏事，未敢翻刊。」

　　這是引發後來一樁公案的起源。魯迅採用此說：「書中人物，亦多實有，而悉隱其真姓名，唯不為趙朴齋諱。相傳趙朴齋為作者摯友，時濟以金，久而厭絕，韓遂撰此書以謗之，印賣至第二十八回，趙急致重賂，始輟筆，而書已風行；已而趙死，乃續作貿利，且放筆寫其妹為娼云。」胡適曾力辯其誣，並認為存在幾大矛盾，已有論者對此做過仔細辨析。這裡想強調的是，胡適誤將《海上奇書》的刊物連載方式與全書的寫作等同在一起，即便趙朴齋真有焚書之舉，也是針對刊載《海上花列傳》的《海上奇書》，而不是指六十四回單行本的《海上花列傳》。《海上奇書》顯然不能單純被看做一本小說雜誌，它的作用不能由《海上花列傳》在小說史的評價直接反饋回去，畢竟還有《太仙漫稿》和《臥遊集》的存在。

　　韓邦慶在以小說作者介紹《海上花列傳》的時候是強調它的虛：「所載人名事實俱是憑空捏造，並無所指；如有強作解人，妄言某人隱某人，某事隱某事，此則不善讀書，不足與談者矣。」而當他以《海上奇書》編輯者在《申報》上刊登告白時是強調它的實：「……其中最奇之一種，名曰《海上花列傳》，乃是演義書體，專用蘇州土白，演說上海青樓情事，其形容盡致處，俱從十餘年體會出來。蓋作者將生平所見所聞，現身說法，搬演成書，以為冶遊者戒，故絕無半個淫褻穢汙字樣。」

　　兩種不同的言說策略是面對兩種類型的閱聽人。當韓邦慶將《海上花列傳》作為傳諸後世的作品時，他擬想中的讀者是一些將該書作為文學來接受的讀者，自然希望他們看到最具普遍性的虛構；而當他給《海上奇書》做廣告時，其實是考慮到《申報》的讀者群，自然希望能滿足他們對號入座的興味。造成這一衝突的癥結，仍在於新聞紙傳播方式對青樓事跡所帶來的衝擊，魯迅曾敏感地覺察到：「光緒末至宣統初，上海此類小說之出尤多，往往數回輒中止，殆得賂矣；而無所營求，僅欲摘發妓家罪惡之書亦興起。」

　　但他沒有進一步分析造成披露青樓事跡的原因，以及披露後對當事人造成的影響。孫玉聲的《海上繁華夢》第十八回有一段值得注意的文字：

　　「話說潘又安在顏如玉院中出來，走至隔壁巫楚雲家門口，正要敲門進內，忽見經營之做的杜素絹與一個戲子模樣的人同坐了夜馬車回來。少安立

定了腳，等素絹走近身旁，問那同來的那一個人究竟是誰。素絹明知不能隱瞞，臉上一紅，那心上邊好像有幾十個小鹿在那裡頭亂撞，口中卻說也不好，不說又是不好。沉吟半晌，只得老著臉皮，走近一步，附著少安的耳朵說道：「阿潘，這件事我謝謝你不要說罷！這個人你又不是不認得他，我與他實是第一遭兒，你切莫張揚出去。不但營之曉得不便，目今上海的報館很多，他們訊息最靈，只要有些風聲，必定就去上報。若然在報紙上說了出來，那時名氣有關，我還有甚臉兒見人？你向來是個不管閒事、很能體恤人家的人，這件事你不要問罷。」

杜素絹擔心名譽受損的原因，正是新聞紙傳播面積廣、速度快的特點，儘管小說沒有交代具體的報館和新聞紙，但已足夠說明當時新聞紙對此類題材的記述相當熱衷，否則杜素絹也不會如此焦慮。

當時的報館記者也時有藉登報來對當事人進行敲詐的事例，如《新聞報》館的訪事人陳子琴、吳再香等人「持所書新聞一則，向東城西門內萬壽宮主持僧，明性索詐洋一百元。」《海上花列傳》的刊行儘管不能等同於新聞紙對青樓事跡的曝光，但從它的刊行方式、廣告措辭的運用、作者的個人經歷，以及此後引起焚書的種種傳說，還是可以說它受到了新聞傳播的強烈影響，尤其是被後世稱道的「寫實」筆法。

如果脫離新聞傳播的橫向背景，單是對青樓題材或者「狹邪小說」的縱深開拓，不一定能將《海上花列傳》從《青樓夢》等作品中區別開來。劉復所說的《海上花列傳》後半部，實際就是從第三十一回高亞白出場開始，前三十回都曾在《申報》上登載過廣告，而從這一回開始完全屬於單行本的《海上花列傳》。在驚訝於劉復先生高超辨味工夫的同時，也不得不說：新聞傳播對《海上花列傳》內部文本的不均衡構成，產生了最為直接的影響。

▌二、方言與報刊

《海上花列傳》最為人稱道的特點，自然是它的對話部分採用方言寫作。儘管在胡適之前，已有孫玉聲等晚清人士注意到這一點，但經胡適論述闡發之後，《海上花列傳》在方言小說上的「開闢之功」幾乎成了文學史常識。

胡適在論《海上花列傳》時更多的是在指認方言文學，至於他對方言文學的成因分析，則主要表述於《〈吳歌甲集〉序》中的這段文字：

「論地域則蘇、松、常、太、杭、嘉、湖都可算是吳語區域。論歷史則已有了三百年之久。三百年來凡學崑曲的無不受吳音的訓練，近百年來上海成為全國商業的中心，吳語也因此而占特殊的重要地位。加之江南女兒的秀美久已征服了全國的少年心；向日所謂的南蠻鴃舌之音久已成為吳中女兒最繫人心的軟語了。故除了京語文學之外，吳語文學要算是最有勢力又最有希望的方言文學了。」

以此方式解釋民間歌謠、戲曲自然是有洞見的，但如將此方式擴大至方言文學，進而將小說等文類一併放入，則難免會產生諸多問題。中國的章回小說儘管與「說話」、「話本」等樣式存在著種種瓜葛，但在韓邦慶寫作之時，小說已完全是書面文體。作為書面文體，其表達目的和擬想讀者肯定與歌謠、曲藝有所差別，且韓邦慶並未將全書都用蘇白寫成，而只是限定於人物對話的部分。在這一點上，張南莊的《何典》其實更符合「吳語文學」的構想，因為該書的敘述語言和人物對話都是用吳語寫成。

儘管韓邦慶對運用蘇州土白頗為自許，但在其朋輩眼裡，這可能是導致《海上花列傳》在傳播和銷售中失敗的根源。孫玉聲便認為該書的吳語對話「致客省人幾難卒讀，遂令絕好筆墨竟不獲風行於時」；而題材類似的《海上繁華夢》卻「年必再版，所銷已不知幾十萬冊」。這些分析用在單行本的《海上花列傳》上自然是不錯的，但不能忽視的是，《海上花列傳》最初是依託《海上奇書》出現的，它只是《海上奇書》的一個重要組成部分而已。《海上奇書》是一份由申報館鼎力支持，韓邦慶個人承辦的雜誌。作為雜誌，它的地域性和同人性要比早期《申報》強得多，自然也與同時期以單行本出現的小說有著根本的不同。「客省人」對於《海上奇書》而言，本來就不是特別重要的讀者群，他們的理解與否對於《海上奇書》的編者而言，並非一個關鍵問題。

《海上奇書》是由《太仙漫稿》、《臥遊集》和《海上花列傳》三部分構成，均有配圖，不過配圖的位置並不相同。《太仙漫稿》是韓邦慶寫作的文言小說，並將「欲超越《聊齋志異》」作為其中的動因。韓邦慶對《太仙

漫稿》極為自許，認為它「翻陳出新，戛戛獨造，不肯使一筆蹈襲聊齋窠臼。」在這一欄目中，也確實能看到〈陶仙妖夢記〉、〈段倩卿傳〉等篇與《聊齋志異》中的〈畫壁〉、〈商三官〉等篇有明顯的承續關係。《臥遊集》則都是編選文章，內中包括南懷仁、紀昀等人的雜著、小說等，它的基本特點是介紹一些「可驚可詫之事」，這與《點石齋畫報》的表達宗旨並無兩樣，而在選材和圖片借用上，《臥遊集》也存在模仿《點石齋畫報》的痕跡：譬如《臥遊集》中〈銅人巨像〉以〈銅人跨海〉的名目出現在《點石齋畫報》上。

單從語言運用的角度看，《海上花列傳》無疑是最特別的。但這種特殊性如放在期刊《海上奇書》中，則可以看做是一種在書冊經營與報紙傳播之間的調整。寫作《太仙漫稿》的韓邦慶有著清晰的「作者意識」，無論是像 T · S · 艾略特所說的「古典的復興」，還是像布魯姆所說的「影響的焦慮」，他都是在以一種完成作品的心態在完成《太仙漫稿》，這與古代文人對著作的苦心經營並無本質區別；而作為《臥遊集》的編者，韓邦慶更多時候是充當一種新奇訊息傳播者的角色，所選擇的眾多篇目不過是為了增長讀者的見識。此時可以相對穩妥地說，早期《申報》、《點石齋畫報》等媒介傳播方式，已成為《海上奇書》模仿的一個來源。作為欄目的《海上花列傳》，既存留著濃重的「書冊經營」痕跡，它的編目方式又另行起頁，韓邦慶也強調其與《儒林外史》之間的關係；與此同時，《海上花列傳》已開始借用「方言」的便利，來發掘都市氛圍與新興媒介可溝通之處，進而補足報紙傳播「力所不及」之處。

「方言」由於其相對局限的使用範圍，常常被視作一種「民間」語言，而其更深層的含義，是距離權力或者上層階級較為遙遠，但對於晚清上海的吳語使用而言，卻可能存在著不同情況。華洋雜處的上海代表了當時中國湧動的商業潛力，就如胡適所說：「吳語也由經濟的因素開始居於強勢地位。」

更為關鍵的是，新聞報業公共性與地域性的差異已逐步在上海展開。《申報》在報導全國新聞乃至世界新聞的同時，還專設有本埠新聞的欄目，為的就是滿足本市讀者的閱讀需求，這在《新聞報》等多家上海報紙中都不例外，而《點石齋畫報》出現後，又經常性地對上海的市情民俗投去極富意味的一

瞥。但公共性與地域性的差異，並不是空間的簡單轉換所能完成，它還需要一種「地方形式」與之配合，方言又尤能突顯其優勢。

在語言與文字的對等傳遞中，同地讀者能在熟稔的語言中感受到「共振」的效果，而如果文本中的內容又大致與自己生活環境相似，效果會更為強烈。這比王韜等人用典範文言稱讚海上眾「名花」要更為清晰具體，也比《海上塵天影》等書的指向更為明確和貼切。

在近現代報業的發展過程中，也出現過《方言報》、《蘇州白話報》等為數寥寥的幾種方言報。但總體而言，中國報紙的用語方式只是從文言逐步轉化為白話，而方言一直只是報業的邊緣。從外部原因推究，這自然是與現代國家的形成大有關係，就像汪暉分析的那樣：

「在『五四』新文化運動時期，白話文的倡導主要是書面語問題，基本上不涉及方言。這是因為在近代民族主義的潮流中，中國社會動員的基本取向，是將不同地區和階層，組織到民族主義的目標之中，完成建立現代統一國家的任務，而不是形成地方割據，語言運動則是這個民族主義運動的有機部分。『五四』白話文運動的基本方面，不是召喚用真正的口語（即方言）來進行文學創作，而是以白話書面語為基礎，利用部分口語的資源形成統一的書面語。這就是為什麼『國語』的概念一方面明顯地針對傳統書面語，另一方面則以方言為潛在的對立面。」

而如果從現代報紙與新聞傳播的內在對應關係看，方言在「轉譯」新聞訊息時有可能會使新聞變得面目全非，這肯定會成為報紙編撰者最為擔心的問題。相應而言，雜誌更容易成為「私人空間」的延伸，以及「地域趣味」的表述，它可以相對忽略新聞訊息的快速性和準確性，而更多著力於文本的深度和可觀賞性，與此同時，它又不再像從前的書冊那樣，只專注於作者個人的表達，而是開始有意識地將讀者拉入到設定的情境當中。正是後者的原因，文本中的敘述語言與人物語言出現了井然有序、有條不紊的分離。當敘述者在布置場景時，儼然是採用繪畫的姿態，試圖用一種可理解的線條和色彩，將觀者帶入到一個「花團錦簇」的世界；而當人物出場時，戲劇開始上演，每一個熟諳吳語的讀者都可以毫不費力地進入其間。

此種轉換，表面上是語言範疇的使用問題，其實更是一個書冊經營模式與報紙傳播模式衝突後折衷的後果：書冊經營模式更容易提供一個全景式、帶有深度的意義世界，而報紙傳播模式則會發展出一種片段集錦式、帶有震驚效果的訊息空間。對於晚清一代的文人而言，兩者的作用其實是同樣顯著的，尤其是對一批上海報界的文人而言，他們的「焦慮」不僅來自於那些寫出大作品的前輩，更在於對新興表達的驚嘆與懷疑、採用與抵制。正是這種猶豫不決的姿態，使得「期刊」成為一種試驗性的中介物，而《海上花列傳》也成了此種「心曲」的最初顯現。

相形之下，同樣享有盛名的吳語小說《九尾龜》則並非期刊的產物，它一開始就屬於書冊模式的範疇。《九尾龜》的敘述者有著明顯的語言等級觀念，對話也是按身分來進行區分。人物語言已經成為地位或者修養的標誌，如果「官話」說不好，則會受到嚴重歧視，而從良後的妓女也會將習慣操持的「蘇白」改為官話。但此種特殊的運用方式並非一種象徵，而更有一種「總體性」的努力，就像盧卡奇所說：「小說將其總體性本質包含在起訖當中，因此把個人拔高到了這樣一種高度：透過他的體驗，他會創造整個世界，並使之維持平衡。」章秋谷正是扮演一個體驗者的角色，並慢慢地將生活世界的客觀與小說世界的虛構等同起來，書冊經營模式也再次在《九尾龜》中產生了「總體性」的回應，其寫實性也在語言與權力的結構關係中更見精準。

《海上花列傳》是以一種特殊的文本姿態進入小說史，在受到五四學者闡釋意圖的影響之後，其風格問題與方言問題的關聯性正逐漸拉遠，前者漸漸成為小說風格史的範疇，而後者則成為文類內部革命的典範。不過，一旦重回到該書形成的過程中，則更大的問題根本，則是書冊經營與報刊運作之間的矛盾。

在晚清報業的衝擊下，書冊經營的模式面臨了嚴重危機，此種危機並不僅僅是閱讀方式的轉化，更有可能是寫作者對作品的重新認知，期刊卻在此矛盾中得以成形發展，而《海上花列傳》前後篇章的不均衡，以及有意識的方言運用，皆處於這一對峙與轉化當中。因此，《海上花列傳》的風格與語

言問題，其實是書冊經營出現危機這一大內部問題中，而並非是風格史或「方言文學」的新篇章。

《海上花列傳》並不是一部體驗類型的小說，它的「寫實性」在很大程度上已逐漸擺脫了私人內心的詳細展示，而更多轉向「客觀的呈現」。《海上花列傳》跟其他傑出的小說作品一樣，提供了一個想像和交流的空間，但這個空間既不像《金瓶梅》那樣可供讀者耐心沉潛玩味，也有別於哈貝馬斯意義上的「公共空間」，方言的使用及該書的刊行背景，都預示著一種新空間的出現，我們可以稱之為「區域空間」。

依託於晚清上海的特殊文化背景，書冊經營深受報業發展的整體影響，出現了全面危機，一種以都市方言為標誌，傳遞個人性與公共性的融入與抵制、緩和與衝突的樣式便不可避免出現了，《海上奇書》這一類型的雜誌正是以此種矛盾的心情，書寫其時的都市文化；《海上花列傳》則在報業傳播與書冊經營的縫隙中，展示出「區域空間」的諸多可能性。

小報與「現形記」的興起：李伯元及其《官場現形記》

　　《官場現形記》一向是被視為「譴責小說」的經典文本。自魯迅《中國小說史略》以降，凡論及清末「譴責小說」的，《官場現形記》總是無法迴避的對象。在魯迅之後，許多小說史家便將「筆無藏鋒」這些閱讀印象加諸於小說風格之上，並從不少篇章中為魯迅所言詳加註腳，卻很少追問如此張揚之風格因何產生，為何此種風格在數十後年後卻又「芳蹤難覓」，恰如「神龍見首不見尾」。

　　從「諷刺」到「譴責」，固然是不同時段文人的個體追求，但也跟其時的書籍刊行方式息息相關。同為「嬉笑怒罵」，吳敬梓的精雅到其傳人手裡，一變為「狂歡」式的放肆，甚而流為租界洋場的「惡俗」。

　　「現形記」的「耐心」讀者們在惋惜書中人物時，也常常為作者的不謹慎、不節制而惋惜，頻頻搖頭，可說不定李伯元等人對學者的如此反應要「掩口葫蘆而笑」。放蕩不羈如李伯元、吳趼人輩自不會在意後人的評說，而事實上他們的寫作與其時的報刊生產息息相關，此一義雖為人熟知，但卻少被深究。

▍李伯元與小報之關係

　　李伯元無疑可代表晚清文人中的一個類型，他的「士大夫」氣顯然不及梁啟超，「名士」氣不及王韜，雖然他們都與報刊有密切連繫，但李伯元的「職業」氣息無疑更濃。吳趼人的傳最能概括他的一生：

　　「武進李征君，號寶嘉，字伯元，一稱南亭亭長。夙抱大志，俯仰不凡。懷匡救之才，而恥於趨附，故當世無知者。遂以痛哭流涕之筆，寫嬉笑怒罵之文，創為《遊戲報》，為中國報界闢一別裁。踵起而效響者，無慮十數家，均望塵不及也。君笑曰：『一何步趨而不知變哉！』又別為一格，創《繁華報》。光緒辛丑（一九○一），朝廷開特科，徵經濟之士，湘鄉曾慕濤侍郎

以君薦，君笑曰：『使余而欲仕，不俟今日矣！』辭不赴。會台諫中有忌君者，竟以列諸彈章，君笑曰：『是乃真知我者！』自是肆力於小說，而一以開智諷諫為宗旨。憂夫婦孺之惘惘不知時事也，撰為《庚子國變彈詞》。惡夫仕途之鬼蜮百出也，撰為《官場現形記》。慨夫社會之同流合汙不知進化也，撰為《中國現在記》，及《文明小史》、《活地獄》等書。每一脫稿，莫不受世人之歡迎。坊賈甚有以他人所撰之小說，假君名以出版者。其見重於社會，可想矣。使天假之年，其著作又何止於等身也。乃以憤世嫉俗之故，年性四十，欲鬱鬱以終。嗚呼！君之才，何必以小說傳哉，而竟以小說傳，君之不幸，小說界之大幸也。君生於同治丁卯四月十八日，卒於光緒丙午三月十四日。卒後逾七閱月，其後死友吳沃堯為之傳。」

最引人注目的自然是他與「遊戲報」、「繁華報」等小報的關係，孫玉聲曾將李伯元稱為「小報界的鼻祖」：

「南亭亭長李伯元，昆陵人，小報界之鼻祖也。篇文典贍風華，得雋字訣。而最工遊戲筆墨，如滑稽談、打油詩之類，則得松字訣。又擅小說，形容一人一事，深入而能顯出，罔不淋漓盡致，是又得刻字訣者。當其橐筆遊滬時，滬上報館，只《申報》、《新聞報》、《字林滬報》等，寥寥三四家。李乃獨闢蹊徑，創《遊戲報》於大新街之惠秀里。風氣所趨，各小報紛紛蔚起，李顧而樂之。又設《繁華報》，作《官場現形記》說部，刊諸報端，購閱者踵相接，是為小報界極盛時代。筆墨之暇，喜以金石刻畫自娛。嘗刻圖章一方贈余，即余不時蓋用於題件上之「漱石」二字，筆意蒼古，卓然名家。蓋當時余戲創《笑林報》於迎春坊口，與惠秀里望衡對宇，故得朝夕過從，彼此為文字上之切磋，往來甚密也。無何李患疾卒於億鑫裡旅邸，時年猶未四十，才長命短，良可悲也。」

與《申報》、《新聞報》等大報相比，李伯元所創的「小報」確實開了一個先河。在這裡，娛樂傾向和市民趣味開始占了主導作用，而其對時代、社會的特別視角也為開拓新的文學空間提供了可能：「《遊戲報》創刊於光緒二十三年五月二十五日（公元一八九七年六月二十四日），終刊期不詳，就訪求所得，可證明已發行至宣統二年（公元一九一〇年）終，約五千號。」

這份報紙的基本特點是「以詼諧之筆，寫遊戲之文」，在該報重印本發行時，曾有一「告白」強調過這一點：

> 「以詼諧之筆，寫遊戲之文。遣詞必新，命題必偶。上自列邦政治。下逮風土人情。文則論辨、傳記、碑誌、歌頌、詩賦、詞曲、演義、小唱之屬，以及楹對、詩鐘、燈虎、酒令之制，入則士農工賈，強弱老幼，遠人蒱客，匪徒奸勾，娼優下賤之濤，旁及神仙鬼怪之事，莫不描摹盡致，寓意勸懲。無義不搜，有體皆備。」

作為告白，自然強調的是該報的獨特性，但李伯元本人同樣強調《申報》、《新聞報》等報紙的先導和影響作用。在〈記本報開創以來情形〉一文中，「遊戲主人」曾云：

> 「遊戲主人手創此報七閱月於茲矣，幸獲一紙風行，中外稱頌，一時朋輩咸為主人慶，以為《申》、《新》各報開創伊始，無若是易也。主人沉吟良久，逡巡而封曰：同人之所喜，正鄙人之所懼，唯以《申》、《新》各報創始如此其難，余用是兢兢也。昔吾聞西人美查君之創《申報》也，其時中國閱報之風未啟，美查君艱難辛苦，百折不回。迄今報館紛開，人知購閱，皆君之所貽也。厥後斐禮思君創設《新聞報》，聲譽蜚起，後先媲美。斐君嘗語諸友曰：自人之購閱吾報，以及來登告白者，余未售以其納少也，而稍存菲薄之心。美查君尤於人之來求更正者，無不立應，以為人之重視吾報也。嗚呼！聆兩君之言，其創業之宏，根基之厚，殆有自來與。」

而《遊戲報》中的一些題材，同樣可能轉換面目出現在所謂的「大報」中。如公元一八九七年六月二十二日刊載的〈狂生擲筆〉一則：

> 「四明儒生胡某，高才不羈，早棄舉子業。甲午歲（一八九四），聞敵氛甚惡，急欲從戎，忽大病，痛癒而和議成，生聞之，不食五日，由是或歌或笑，或哭或罵，失其常度，遂成心疾。病發時，不日蕩平東國，即日日王面縛請降，家中人習慣自然，漫應之。一日，生在案頭，方握管作書，忽濯然起，擲筆空中，大聲曰：『取金印如斗大，此其時也，毛錐子安用哉？』家人問之。曰：『近翁樞密、張香帥二公保薦人才，以余首列，聞皇上嘉納。

安車重幣，已在途中，汝營不可不預備接旨也。』家人笑不可仰，權詞答曰：『早已完備，何勞吩咐？生始無言而耗罷。』」

按阿英的推斷，《新聞報》上所刊載的高太痴《夢平倭奴記》小說「或是就是根據這一隨筆而作」，從《申報》到《遊戲報》的轉化過程中，新聞本身也與新閱讀群體的出現息息相關。這些讀者最初可能是習慣於讀線裝書，但隨著《申報》等有影響報刊的出現，漸漸習慣從報章上瞭解天下事，而華洋雜處的上海在當時更得風氣之盛，其讀報的人數在全中國自然是最多的，而在如此多的讀者之中，發展新聞傳播滿足人群複雜的閱讀慾望，是再自然不過的事。

李伯元正好趕上了新聞閱讀逐步養成的時期，如果沒有《申報》等上海「大報」的開路，「小報」根本不可能產生；即便產生，也無法引起讀者的興趣。他創辦的《遊戲報》等「小報」引發了效仿的風潮自在情理之中。張乙廬曾在〈李伯元逸事〉一文中記載了當時上海小報界的盛況：

「上海小報，創於常州李伯元氏之《遊戲報》。其體裁略如舊式大報，銷路甚廣。後《寓言》、《采風》等報繼起，《寓言》主筆為番禺李芋仙，其友高太痴、金冕痴諸先輩，皆有著作，名駸駸駕於《遊戲》，氏懼，後創立《繁華報》，體裁仿《中外日報》。（時名《時務報》，為汪穰卿先生主筆，後為法捕房封禁，改《中外》。）與今之小報相似。末附《官場現形記》小說。時海上漱石生著《仙俠五花劍》小說，另紙隨《笑林報》分贈。《中外日報》則附有《莊諧選錄》。《寓言報》附有《柔香韻史》。氏復著《庚子國變彈詞》，附於報末，另紙附贈《鳳雙飛彈詞》，時人推為小報牛耳。氏更創設海上文社，並刊日錄，月分詩鐘等三課，應課者每卷繳錢二十文。海內才人，一暗畢集，遠如香港潘蘭史、廈門林菽莊，皆與其盛焉。一日，忽接一卷，署名黃瓊英女士，簪花細字，確出女子手筆。其詩亦迥絕恆流，乃列冠軍。自是女士時有函來通候，而祕其寓址，氏百刺莫得其人。一日，忽一客來訪，視其名刺，赫然女士也，倒展出迎，相視大笑，蓋客為中西書院山長沈壽康先生，故弄此狡獪，以相戲也。前輩風流，思之失笑。氏軼事甚多，不能悉記，此事未經人道，故志之。」

在上海報界的整體競爭氛圍中，李伯元為了在報界中立於不敗之地，便有了《世界繁華報》的創設。《世界繁華報》創刊於公元一九○一年四月七日，終刊於公元一九一○年三月十三日。這份報紙雖由李伯元創辦，但在他死後又延續了數年光陰，可見該報在當時上海的影響力不小。

「《繁華報》完全是一種所謂『消閒』的小型報紙，內容約分為諷林、一文治、野史、官箴、被理智、鼓吹錄、時事細談、譚叢、小說、論著諸類；對當日官場的揭露、諷刺很辛辣。所謂『諷林』，有如現在的『卷頭詩』，每天一首，印在報前，大都是諷刺、幽默作品。」為了給當地人閱讀造成一種親近感，該報的「北里志」欄目在行文中採用吳語，且標以回目，如「林黛玉前日往杭州，洪蕊初專員回上海。」這更容易讓人聯想到《海上花列傳》所開創的傳統，將平康北里的故事用地方土語娓娓道來，適足為當下的城市生活立此存照。

如果從《世界繁華報》的整體看，那它無疑偏於休閒，但如從局部看，該報中刊載「藝文志」和「小說」的部分則常常是編者心血所繫。對於著有《南亭筆記》的李伯元來說，經常寫一點學問方面的小隨筆本是拿手好事，在小報的適當空間發揮一下也合情合理，如刊於公元一九○三年三月十六日這篇〈餞牡丹說〉即其一例：

「吳諺有『穀雨三朝餞牡丹』之說，斯言也，不知防自何人，然眾口一詞，略無疑義。有訛『餞』為『剪』者，及鋒而試，遂使『紅歐碧』同受艾夷之苦，此牡丹之不幸也。蓋餞者於送別之際，而有留戀之心者也。富此朱明將屆，青帝言歸，一夜東鳳，掃除百卉，牡丹雖傑出諸花之上，儻不應時開落，亦徒貽人以妖異之稱。故金鑠凋殘，玉盂傾側，愛牡丹者，或酹以酒，送之詩，一似霧駕雲軿，頓返蕊珠宮裡者，嗚呼！文人好事，遊客傷春，盡得風流，聊資點綴，猶之聘棠嫁杏，皆屬虛無縹緲之談。泥此而求，則有扞格難通者矣。某君句曰：『富貴終須有散場』，與『看到子孫能幾家』，可謂不體而合，捨此蓋寂寂無聞焉。今者已應『芳期』難追盛會，操觚染翰，不禁悵觸於懷，作餞牡丹說。」

這可算作一篇小小的考證和訂訛，同時也將文人雅事連繫起來，這會對那些富有學問趣味的讀者產生很大的親近感。

　　與「藝文志」的「小發現」相比，「小說」欄目則喜歡「大動干戈」。

　　李伯元的《官場現形記》和《庚子國變彈詞》，吳趼人的《糊塗世界》都是從這張「小報」的一角進入文學史。《世界繁華報》中的「小說」取的是一個相對寬泛的含義，除了白話章回外，也包括其時仍在流行的「彈詞」，在其後的小說雜誌《繡像小說》中仍然可見不少的彈詞作品。

▌小報視野中的《官場現形記》

　　《官場現形記》應該說是開了「小報」與小說結合的先河。關於這部小說，其實存在著真偽之爭，這一爭論最大的問題是作者的歸屬問題。一說是李伯元獨立完成，這以魏紹昌為代表；一說是「偽作」，阿英認為該書是歐陽巨源所作；當然還有李作歐陽續的說法。日本學者樽本照雄透過對各家說法的比較，最後回到不同版本的比堪上，在原本與增注本之間，得出了一個改換比例表和一個改寫率圖。

回	總字數	加筆	削除	陽換入換		書換單（ppm）
三七	一二六一		一五	一二	五五	七九一
三八九	二四一〇		三五	五六	七一	二七八
四一〇	一八五四		一七	八五	六二	一三五
四六二	一一八二八		四六	四六	八〇	三〇四
四八一	一二四二一	一六	一〇九	八六	五五	一二五〇
四九〇	二六五五		五八	七六	七一	三五八
五〇二	一八八一六	八	九四	七七	八二	二四二
五二二	一四八八九	〇	四三	六三	一一	一二八
五三五	五七五五	五	七〇	二三	六三	九五一
五六三	五〇六八	四	六一	四二	二一	〇九二
五七一	一八三一	八	五三	五五	〇三	八八二
五八三	一四六五	一	七二	七三	二三	四一一
五九六	二七七〇	四	四三	五四	五二	五四四
五一九	二八五九		四三	五二	三三	八五二
三一七	一四九六		三五	三九		七六四
三四五	二五四四		三一	四一		二六二

表：《官場現形記》書改換比例

透過這圖表的比照，樽本先生極為謹慎地說：「只要一日不發現歐陽巨源手寫的原稿，就一日無法確定《官場現形記》是否是偽作！但是比照原本與增注本的結果，可以明白歐陽巨源極有可能也參與了《官場現形記》的寫作。以李伯元與歐陽巨源親密的關係來考慮的話，說偽作並不妥，不如說《官場現形記》共同捕捉了兩人的寫作方向。」

單純討論「作者是誰」的問題其實並不重要，因為本書的成書並非如古人著述那樣慎重，需要經年歷月的寫作、增刪，最後以「傳諸後世」的姿態出現。早在《笑林報》的宣傳裡，著者就說：

「古人著書，稿至三四易五六易乃成。此著乃初脫稿耳，閱者倘為糾謬繩衍，或以箇中醜狀詳細臚示著者，擬俟投函齊後，評定甲乙。第一名贈本書五十部，二名贈三十部，三名贈二十部，以下酌贈。如欲現洋，即照批價付值。」

重要的是這一部書問世之後，引起了「現形記」寫作的風潮。魯迅的《中國小說史略》中稱：

「故凡所敘述，皆迎合，鑽營，蒙混，羅掘，傾軋等故事，兼及士人之熱心於作吏，及官吏閨中隱情。頭緒既繁，腳色複，其記事遂率與一人俱起，亦即與其人俱訖，若斷若續，與《儒林外史》略同。然臆說頗多，難云實錄，無自序所謂「含蓄醞釀」之實，殊不足望文木老人後塵。況所蒐羅，又僅「話柄」，連綴此等，以成類書；官場伎倆，本小異大同，匯為長編，即千篇一律。特緣時勢要求，得此為快，故《官場現形記》乃驟享大名；而襲用「現形」名目，描寫他事，如商界學界女界者亦接踵也。」

魯迅在將《官場現形記》同《儒林外史》相比時，自然是以「書」的標準、「小說藝術」的標準來衡量兩書之間的差別，而可能相對模糊了該書的成書背景。胡適在給亞東圖書館的新版本寫序時，將魯迅的觀點進一步發揮，並將該書的失敗之處歸結到「話柄」的問題上；又從「生活閱歷」的角度說明李伯元對小吏的熟悉，對大官的陌生：

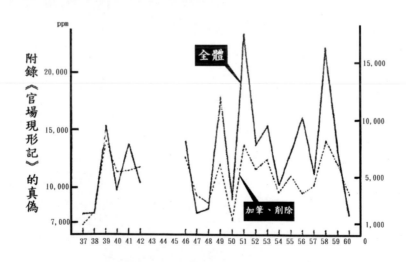

附錄 《官場現形記》的真偽

圖：《官場現形記》改寫率

「《官場現形記》寫大官的地方都不見出色，因為這種材料都是間接得來的，全靠來源如何：倘若說故事的人也不是根據親身的觀察，那故事經過幾道轉述，便成了鄉下人說朝廷事，決不會親切有味了。

例如書中說山東撫院閱兵會外賓（第六一七回）等事，看了令人討厭。又如書中寫北京官場的情形（第二四──第二九回），看來也令人起一種不自然的感覺。大概作者寫北京社會的部分完全是擷拾一些很普通的『話柄』勉強串成的。其中如傅四爺認『崇』字，如華中堂開古董鋪，徐大軍機論碰頭的妙語，都不過是當日喧傳人口的『話柄』罷了。在這種地方，這部書的記載是很少文學興趣的，至多不過是綴拾話柄，替一個時代的社會情形留一點史料罷了。

有人說，李寶嘉的家裡有人做過佐雜小官。這些話我們沒有證據，不敢輕信。但讀過《官場現形記》的人總都感覺這部書寫大官都不自然，寫佐雜小官都有聲有色。大概作者當初確曾想用全副氣力描寫幾個小官，後來抵抗不住別的『話柄』的引誘，方才改變方針，變成一部擷拾官場話柄的類書。這是作者的大不幸，也是文學史上的大不幸。倘使作者當日肯根據親身的觀察，或親屬的經驗，決計用全力描寫佐雜下僚的社會，他的文學成績必定大有可觀，中國近代小說史上也許添了一部不朽的名著了。可惜他終於有點怕難為情，終不肯拋棄「官場」的籠統記載，終不甘用他的天才來做一小部分的具體描寫。所以他幾回想特別描寫佐雜小官，幾次都半途收縮回去。

魯迅先生最推崇《儒林外史》，故不願把近代的譴責小說同《儒林外史》並列，這種主張是我很贊同的。吳敬梓是個有學問，有高尚人格的人，他又不曾夢想靠做小說吃飯，故他的小說是一部全神貫注的著作。他是個文學家，又受了顏習齋，李剛主，程錦莊一派思想的影響，故他的諷刺能成為有見解的社會批評。他的人格高，故能用公心諷世；他的見解高，故能『哀而不慍，微而婉。』近世做譴責小說的人大多都是失意的文人，在困窮之中，藉罵人為餬口的方法。他們所譴責的往往都是當時公認的罪惡，正不用什麼深刻的觀察和高超的見解，只要有淋漓的刻畫，過度的形容，便可以博一般人的歡迎了。故近世的譴責小說的意境都不高。

這部書（《官場現形記》，引者注）確實連綴許多『話柄』做成的，既沒有結構，又沒有剪裁，是第一短處。作者自己很少官場的經驗，所記大官的『穢史』多是間接聽得來的『話柄』；有時作者還肯加上一點組織點綴的工夫，有時連這一點最低限度的技巧都免了，便成了隨筆記帳。這是第二短處。這樣信手拈來的記錄，目的只在於鋪敘『話柄』，而不在於描摹人物，故此書中的人物幾乎沒有個有一點個性的表現，讀者只看見一群惡狗嚷進嚷出而已。這是第三短處。此書裡沒有一個好官，也沒有一個好人。作者描寫這班人，只存譴責之心，毫無哀矜之意；譴責之中，又很少詼諧的風趣，故不但不能引起人的同情心，有時竟不能使人開口一笑。這種風格，在文學上，是很低的，這是第四短處。

　　諷刺小說之降為譴責小說，固是文學史上大不幸的事。但當時中國屢敗之後，政治社會的積弊都暴露出來，有心的人都漸漸肯拋棄向來誇大狂的態度，漸漸肯回頭來譴責中國本身制度的不良，政治腐敗，社會齷齪。故譴責小說雖有淺薄、顯露，溢惡等種種短處，然他們確能表示當日社會的反省的態度，責己的態度。故譴責小說曝揚一國的種種黑暗，種種腐敗，還不失為國家將興，社會將改良的氣象。」

　　胡適的批評具體而微，可以說將魯迅的言外之意都說出來了，兩人不約而同從著作的角度衡量譴責小說的得失，故不免將該書的「話柄」視為「贅疣」。胡適稍加看重的是該書在反映清末社會現象上的史料價值，這跟阿英在《晚清小說史》的框架設計上如出一轍。如此區分自然是為了便於在「內容」與「形式」的二分中確立一部小說的位置，但回到該書的刊載背景，「話柄」本身可能正是「現形記」這一類書的命脈所在。

　　「現形」本身隱含著暴露、揭露的意思，憂患餘生在這部書的序中說：

　　「老友南亭亭長乃近有《官場現形記》之著，如頰上之添毫，纖悉畢露；如地獄之變相，醜態百出。每出一紙，見者拍案叫絕。熟於世故者皆曰：『是非過來人不能道其隻字。』而長於鑽營者則曰：『是皆吾輩之先導師。』《官場現形記》一書者，新學家所謂若輩之內容，而論世者所謂若輩之實據也。僕嘗出入卑鄙齷齪之場，往來奔競貪緣之地，耳之所觸，目之所炫，五花八

門，光怪萬狀，覺世間變幻之態，無有過於中國官場者。而口呐呐不能道，筆蕾蕾若鈍椎，胸際穢惡，腕底牢騷，嘗苦一部二十四史不知從何說起。今日讀南亭之《官場現形記》，不覺喜曰：『是不啻吾意中所出。吾一生歡樂愉快事，無有過於此時者，蓋吾輩嫉惡之性，有同然者也。』」

許多「話柄」正是在作者與讀者的默契中才有意義：

「所寫種種，大都實有其人，實有其事。唯都不用真名，而所用假名亦各有寓意，明眼人一望而知。所寫事實，描繪深刻，使其人自慚形穢，於儆戒中仍不失忠厚之意。如第一、二回寫陝西朝邑縣新中舉人的趙溫，活畫出暴發戶和初出問世的人的形象。趙溫者，遭瘟也。第七回宴洋官，寫出粗魯武夫不諳禮節的可笑。第七至十回寫陶子堯奉委到上海辦機器，遇魏翩仞串通洋行買辦仇五科，誘其花天酒地，結果金盡囊空，覆命不得，逃去無蹤。實暗指同鄉陶某，確有其事。名為陶子堯者，示『逃之夭夭』之意。凡此種種，不勝枚舉。」

而在李伯元的其他作品如《庚子國變彈詞》或《文明小史》中，他以諸多文字的藏頭露尾而暴露的情形更是不勝枚舉，應該說，在李伯元前的小說家也不乏喜歡用文字的特別組合或者諧音等方式，讓讀者產生不同的聯想，比如《紅樓夢》的許多解讀就跟文字組合方式有關。但與前此產生的許多小說不同的是，《官場現形記》本身就置身於一個當下的氛圍中，它藉助《世界繁華報》發行的方式，本就要求與讀者的趣味合拍，其煽動讀者的修辭從刊在報上的廣告就可略知一二：

「中國官場，魑魅魍魎靡所不有，實為世界一大污點。然數千年以來，從未有人為之發其奸而摘其覆者，有之，則自南亭此書始。此書措辭詼諧，不減於《儒林外史》，敘事詳盡，不亞於《石頭記》。有欲研究官場真相者，無不家置一編，洵近來小說中唯一無二之巨製也。此書描摹官場醜態，無微不至。某京卿謂鄒應龍打了嚴嵩，嚴嵩猶說打得好打得好，今之官場中人無不喜讀此書，同此意也。」

作為廣告，不乏誇大的色彩，但書中的種種「話柄」，遂成為暴露官場的必要工具，而暴露本身就是新聞紙吸引讀者的一個根源，讀者想在此看到

的，正是平常希望散播的「小道消息」。「現形記」透過一種無所不知的敘述，將社會的種種陰暗都置身於連篇累牘的故事中。它們就像傅柯所說的「全景監獄」一樣，將整個社會編制和點綴為種種「可見可感」的現實。在《儒林外史》中，我們還可以看到作者在品味「儒林」的同時，做著超出「儒林」的努力。但在「現形記」中，作者對揭露本身的追求已成為目的本身，此種目的不僅與報刊所依賴的商業背景相關，也與當時新學傳播在文人士大夫之間引起的共振有關。

如果僅說「現形記」暴露的一面，其實是一個「古已有之」的問題。像「鑄鼎象物」這樣的贊語其實也是一個套詞，任何稍有人事淵源的小說都能貼上此標籤，但從「官場」興起的「現形記」卻與當時學界盛行的「群學」思維有著複雜的連繫，在署名「遲雲」的〈官場現形記序〉一文中首揭此義：

「中國群學，久失其傳。僻壤荒邨，父老愚而樸，子弟野而願，雖無益於人，無害於人也；市交錯，則講群矣。機械變詐，日出不窮；阜通貨財，利居其七，害居其三。仕宦之家，雖不乏名臣之裔，閥閱之流，而紈綺銅臭。罔識稼穡之艱難，締造之勤苦，生長閨闥，阿保在前，奴隸在後，頤指氣使之習，與歲俱增。知好色，則恣其漁獵，朋浮於家，比匪於外，如揉升木，如塗塗附慕，仕宦則何者可援，何者可繫，何者為捷徑，何者為畏途，俔仰之態，務求其圓美。傾軋之計，日形其險峻。謬種流傳，繩繩繼之。或合群於內，或合群於外，或由內之群以合外之群。大官大邑，薦剡升階，發蹤指示，唾手可以成功，曲折盡如其意。無力合群者，皇皇如喪家之狗，濟濟百爾，遑問何者為國？何者為公？識者曰：此國家之蟊賊也，此小民之虎狼也！此東西南北列強之功臣也。列強耽耽環視，恣焉逼處，林、胡、曾、左宣力樹威之時，固嘗惴惴於心，不敢逕行直遂。老成次第凋謝，見一省之大小百官，未嘗不審度其才能，窺伺其德性，以為外交進退疾徐之權衡。追至此省，見上下之合群如是，至彼省，見上下之合群復如是。日日講洋務，人人言富強，只開各官之利藪，外人之利藪，於是外人之群策益進，其步外人之群力益肆其強。而為官者方且上下相蒙，群之中有群，歧之中有歧。子女玉帛，自鳴其識，功成名高者，精力衰頹，但求無過。八股出身者，泥法先生，不通時務。

人之云亡,邦國殄瘁,瓜分之禍亟,匪黨之患熾。此時諸官亦一思外人之現形何如?亂民之現形何如?而猶為鬼為蜮,日夕經營,不遺餘力如是耶!」

晚清存在一個談論「群學」的特別語境,既有對西方社會學的整體性闡發,也不乏對中國傳統的引申,內中典範無疑是嚴復與梁啟超的不同思路。如嚴復在〈譯〈群學肄言〉自序〉中曾說:

「群學者何?用科學之律令,察民情之變端,以明既往測方來也。肄言何?發專科之旨趣,究功用之所施,而示之以所以治之之方也。故肄言科而有之。今夫士之為學,豈徒以弋利祿、釣聲譽而已,固將於正德、利用、厚生三者之業有一合焉。群學者,將以明治亂盛衰之由,而於三者之事操其本耳。」

嚴復藉翻譯西方社會學的機會,將「群學」的概念變成一種尋求知識的應當性,屬於一種學理邏輯上的推演。這一點也正如遲雲〈序〉中所提供的氛圍,但是〈序〉中為《官場現形記》挖掘微言大義的方式卻絕非類似嚴復,而是更近於梁啟超式的提問。

梁啟超在其〈十種德性相反相成義〉中曾云:

「合群云者,合多數之獨而成群。吾中國謂之為無群乎,彼固龐然四百兆人經數千年聚族而居者也。不寧唯是,其地方自治發達頗早,各省中所含小群無數也。然終不免一盤散沙之誚者,則以無合群之德故也。合群之德者,以一身對於一群,常肯絀身而就群;以小群對於大群。夫然後能合內部固有之群,以敵外部來侵之群。乃我中國之現狀,則有異於是矣。」

梁啟超的「群體」觀中不僅有「大群」、「小群」之分,同時還有「內群」和「外群」的分別。「群體」像一個不同單位的構成,在不同環節上需要有不同的規則。為《官場現形記》寫〈序〉的遲雲雖沒像梁任公那樣明言群學之謂何,但從他對該書的激賞來看,無疑是以「一國」為基本單位來談論「群學」的重要性。與民族國家的問法不同的是,該〈序〉所設問題乃是「官僚國家」,《官場現形記》中的「官僚」雖在傳統帝制範圍之內,但若和「群學」

的背景結合起來，儼然有了韋伯「官僚制」的特徵，即這些官僚並非僅以「譴責對象」存在，而更進一步的成為某種制度和結構裡的必然產物。

「現形記」作為揭露和譴責的一面為人熟知，但其作為社會動力考察的一面卻常被遮蔽。除了著名的《官場現形記》外，清末還出現了「學界現形記」、「女界現形記」等一大批相類的文本，共同特點就是在「現形記」之前加上某界的前綴。這些文本固然有揭露陰暗面或批評不足的共同特點，但與此同時還潛藏著一個預設：即將「某界」作為影響當代社會變化的最重要群體。

《官場現形記》自然是將「官僚」作為社會變革的動力，與此同時，「學界現形記」、「女界現形記」又何嘗不是將「學界」、「女界」假想成社會變革的關鍵所在。這些「現形記」在一個很短的時期裡大量出現，並非偶然，而是公眾注意力在小報領域的一次徹底釋放和擴散，普遍的社會危機感透過種種「現形記」被分類和重新組合，最終以一種「道聽途說」而又「言之鑿鑿」的方式影響著讀者。

《老殘遊記》的三個維度

清末十年所出的小說中，《老殘遊記》最受人愛戴。是書風靡一時，而所獲得學者的注意，過於同期的任何一部小說。擁戴《老殘遊記》的人，常能在這部內容繁複到接近龐雜、形式多樣類到接近鬆散的小說中讀出自己的愛好，「斷章取義」對於此書的闡釋非但可行，而且常常是無往不利。

喜歡從小說中鑽研思想的學者，總能從著名的第八至第十一回裡闡發作者的思想，例如劉氏與太谷學派的淵源早已是人所熟知的話題，至於「北拳南革」的預言則被錢玄同猛烈嘲笑過，認為是「老新黨頭腦不清楚」；事後胡適雖從「理欲之辨」這一點上肯定過劉鶚，但其評論基本上已脫離小說主體；而與錢、胡對劉鶚思想的否定不同，也有論者極端認定「作者的思想既非儒，又非道，亦非釋，而是三教歸一，故稱為大成。」這些爭論多少有點像璵姑對子平所說的「撲作教刑」，但並非完全與小說無關；樽本照雄則非常具體地認為：「上帝與阿修羅是勢力尊者的化身，二者相對立，勢力相當。上帝與阿修羅之間的對立，由他們自己進行調和。」也就是說，「北拳南革」是同一範疇間的調和，作者期望的是「大同和睦」，而對駕駛「破船」的清朝政府並無特別的反感。

《老殘遊記》一書的文學技巧在中西讀者間都有極好的口碑。謝迪克（H.E.Shadick）認為：「作者對於描寫自然風景和音樂兩方面，都是極為擅長的，他的描寫打破了中國舊小說傳統的呆板方式。」胡適也同樣認為：「《老殘遊記》最擅長的是描寫的技巧；無論寫人寫景。作者都不肯用套語濫調，總想熔鑄新詞，作實地描寫。在這一點上，這部書可算是前無古人了。」他的這一論斷為很多人所接受，阿英也認同胡適所說：「胡適論小說，時有錯誤，但對《老殘遊記》的這一方面的評語，基本上還是恰當的。」但同時也對其提出質疑：「應該說明，劉鐵雲所以然有如此的成就，主要原因絕不在所說的『賞物賞景的觀察』和『語言文字上的關係』，而是劉鐵雲頭腦科學化的結果。」

掠過以上大略的觀察，《老殘遊記》至少給晚清小說界提供了三個較為新穎的命題，即遊記文體與小說敘事之間的關係、「政治小說」如何在中國小說中成為可能，以及它對傳統公案小說的解構與顛覆。

▌遊記文體與小說敘事

遊記本是中國歷代文人特別鍾愛的文體。它可以回應「讀萬卷書、行萬里路」的「知行關係」，也可以成為闡發議論和考辨訂正的有趣場所，像王安石的《遊褒禪山記》、蘇軾的《石鐘山記》乃至姚鼐的《登泰山記》都是其中顯例。遊記也可能成為個體心情在山水中的澄明與顯現，如孤標幽峭的《永州八記》；當然也可能成為虛構的遊歷，例陶淵明的《桃花源記》，更是早已揭示了遊記與小說結合的可能性。不過，在遊記與小說同樣悠久的發展過程中，兩者的結合並不緊密，這當中既有文體之間的尊卑意識，也跟小說家在寫景技巧的探究、敘事方式的差異息息相關，胡適曾評論道：

「古來做小說的人在描寫人物的方面還是肯用氣力的；但描寫風景的能力在舊小說裡簡直沒有。《水滸傳》寫宋江在潯陽樓題詩一段，要算是很能寫人物的了，然而寫江上風景卻只有『江景非常，觀之不足』八個字；《儒林外史》寫西湖只說『真乃是五步一樓，十步一閣；一處是金粉樓台，一處是竹籬茅舍；一處是桃柳爭妍，一處是桑麻遍野。』《西遊記》與《紅樓夢》描寫風景也都只是用幾句濫調的四字句，全無深刻的描寫。舊小說何以這樣切法描寫風景的技巧呢？依我的愚見，有兩個主要的原因：第一，是由於舊日的文人都是不出遠門的書生，缺乏實物寫景的觀察，所以寫不出來，只好借現成的辭藻充充數。這一層容易明白，不用詳細說明了；第二，我以為這還是語言文字上的障礙，寫一個人物，如魯智深，如王鳳姐，古文中的種種濫調套語都不適用，所以不能不用活的語言，新的詞句，實地做描寫的工夫。但一到寫景的地方，駢文詩詞裡的許多詩詞便自然湧上來，擠上來，擺脫也擺脫不開，趕也趕不去。人類的性情本來多是趨易避難，朝著那最沒有抵抗的方向走的；既有這許多現成的詞句，現成的字面，何必不用呢？何苦另去

鑄造新字面和新詞句呢？我們試讀《紅樓夢》第十七回賈政父子們遊大觀園的一大段裡，處處都是用這種現成的辭藻，便可以明白這種心理了。」

　　胡適的說法自有其洞見之處，但他所採用的分析對象過於有限。原因在於他不僅主要以白話小說為範例，而且僅使用《紅樓夢》等幾部著名小說，如此論斷自然略顯目的過強，而忽略對象本身。其實明清文言小說中不乏記某士人於某次遊歷中，得睹異景異事者，如王暐《看花述異記》、沈起鳳《桃夭村》、和邦額《譚九》、樂鈞《上官完古》等。在這類遊記體小說中，作家採用的已不是傳統白話小說的全知敘事，而是第一或第三人稱的限制敘事了。只是此類小說大都篇幅短小，成就不高。而在中國古代小說中占主導地位的章回小說，卻不曾自覺借鑑遊記的敘事角度，仍固守全知敘事，儘管可能也題為「某遊記」。但要將偏於山水、景物等外在世界的遊記，與相對側重社會、人世範疇的小說融合在一起，仍存在著不同程度的困難。

　　清末出現了不少以遊人視角為敘述方式的小說，它們一改《桃花扇》等書中，以男女情事經緯社會變化的敘述，《老殘遊記》、《上海遊驂錄》、《鄰女語》、《劍腥錄》等小說之所以令人耳目一新，在於它們借用記遊的方法，不知不覺限制了敘事者的視野。首先，不再是人物安坐家中，而敘事者『花開兩朵，各表一枝』，從天南說到地北，而是驅使人物上路旅行以獲得見聞。作家的筆於是得以隨著人物的腳步和眼睛移動。《老殘遊記》、《上海遊驂錄》題目本身就標明是記遊歷；其他小說人物或北上，或南下，也都轉悠了大半個中國。其次，過去由說書人講述的插曲，如今改為小說人物講述，作家可以記錄旅人聽別人講拐幾道彎聽來的故事，可就是無權撇開旅人自己講故事。最後，主要人物（旅人）不是作家所要著力表現的歷史事變和社會風貌的當事人，而是旁觀者──置身於陌生的旅途，耳聞目睹各種奇聞異事，或有意明察暗訪，或無意邂逅相遇，旅人於是成為這個大時代的見證人。曾樸、林紓之所以自認為《孽海花》、《劍腥錄》在技巧上勝《桃花扇》一籌，關鍵在於孔尚任以李香君為故事主角，難免多寫男女情事；而曾、林以傅彩雲、邴仲光為大事變的『旁觀者』，自多著眼於歷史事件。這三點都不是中國古典小說的慣伎，而是新小說家有意無意引遊記入小說的結果。而這，不免使中國小說的寫人、敘事、狀物出現一些新氣象。

中國古代白話小說中的全知敘事者，完全有權利自由調遣人物、安排情節；可這種遊記式小說則只能緊緊扣住旅人的腳步和耳目。《老殘遊記》中，除一編十五至二十回插入福爾摩斯式的破案故事外，基本上都是老殘在場時心理活動的描寫，只限於老殘；老殘不在場時，也限於寫申子平對音樂的感受、德夫人對逸雲的思念，其他人則只錄其言、記其行。但即便在此限制下，主人翁的嗜好、興趣、關懷等等；一一從遊記中呈現出來。首章寫他治癒黃瑞和（暗喻黃河）的病；另有夢境，記那代表中國的帆船船破入水，在洪波巨浪上翻闖，一片叛亂，好不危險。他對中國的關懷，在此表露無遺。然而，他同時是個酷愛山水和音樂的走方郎中。他隨身攜備古書數卷，既詠詩又賦詩，旅途上和客棧中，喜與平民百姓為伍。第二回記他旅次山東首府時，先則遊當地的山水名勝，聽白妞的清唱絕響，一如旅人所為。後來又聽駭人的慘事，乃難免轉注於官場的罪惡和無辜百姓的苦難。可是，老殘的好奇心和興致無時或已。他心懷國事，然而，除了忿怒和憂思的時候外，這關注並沒有完全蓋過他多方面的興趣；也正是這些略顯「過剩」的興趣，成全了小說場面的營造。主人翁既有種種興趣，為求與此吻合，作者乃能妙筆生花，把小說寫的趣味盎然，或苦或樂，乍驚乍喜，躍然紙上。

　　早期的中國小說家，著重布局，對場面的烘托則極少考究，絕少能把在場人物的舉止談笑和盤托出。《紅樓夢》的作者，寫出看起來似乎無關宏旨的人物，對話逼真肖妙，但對場面的營造，則遜於劉鶚。從第十二回老殘癒黃人瑞在一傍晚邂逅時起，至第十六回他倆於翌晨入睡時止，我們讀到接近四十頁的敘述，生動活潑地道出二人在翠花、翠環陪同下的言談舉止。這場面連綿不斷，無疑地記述了傳統中國文學中最長的一夜，就小說技巧而言，也是描摹最為逼真的一夜。四個角色全部栩栩如生，尤以黃人瑞至為突出，可說是中國小說中最可愛的癮君子；但應該注意的是，對場面營造的突出貢獻只是《老殘遊記》一部書的特點，並非是遊記文體能賦予小說敘述的動力，而實際情況可能恰恰相反。

　　以旅行者的遊歷為貫串線索，固然有統一視角的優點，可容易少見而多聞——少描寫而多敘述。旅行者不可能一路到處目擊事變的場面和全過程，這些事變並非發生於一時一地，而且很可能是在祕密狀態下發生的，絕非走

馬觀花的旅行者所能發現，作家只好命旅行者拉長耳朵傾聽各種「鄰女語」或「友人云」。而這些鄰女和友人當然只能講述事件的梗概，而不可能詳細描寫場面與氛圍。這樣，旅行者得到的很可能是「本事」，而不是「小說」。倘若旅行者聽到的不是「本事」而是「政論」，那這種遊記是小說更可能枯燥乏味，既沒有「遊記」的空靈活潑，也沒有「小說」的曲折有趣。況且，把主要故事都轉為人物對話，很容易使長篇小說變成短篇故事的集錦，撇開那作為貫串線索的旅行者的經歷，還是傳統的全知敘事。

在《老殘遊記》的敘述進程中，老殘是一個自願四處遊蕩的人物。他的遊歷並非走馬觀花、移步換景，他還帶著某種焦慮行走於「感傷」的途中。新小說中的旅行，主要是一種心態、一種眼光，而不在乎旅程的長短。老殘也是悟道之人，四處遊歷為了傳道而不是學道，小說中諸多玄言哲理均出於老殘之口，足證這一點。可老殘還有另一種功能，那就是藉遊歷把未曾悟道的常人介紹給悟道者教誨。申子平桃花山聽璵姑、黃龍子講道，與德夫人泰山受逸雲啟悟，都是老殘穿針引線，可正式開場時老殘又不都不在場——就因為璵姑、黃龍子、逸雲實際上是在替老殘傳道。因而，不妨把「先覺覺後覺」看做《老殘遊記》的主要敘事框架。

在這裡，「旅行」與「啟悟」非常緊密地結合在一起。「啟悟」之所以顯得特別重要，因為它牽涉到新小說家在謀篇布局上的一些特殊意識。清末民初域外小說剛剛輸入，不少批評家就注意到中西小說結構上的差異；西方小說多以一人一事貫串到底，而中國小說則主要是為數人數事漫天開花。除了林紓對哈葛德小說中「處處無不以洛巴革為陣線也」的「史遷聯絡法」表示讚賞外，大部分批評家都是揚中抑西，以為此正是「吾國小說界之足以自豪者也」，也正是歐美小說「其所以不如中國小說之受人歡迎也」。可不管評論家如何反覆論證中國小說布局優於域外小說，以一人一事為貫串線索的布局技巧，還是逐漸為中國作家所接受。

在藉助遊記的表達後，「旅行者」就作為特殊角色被發現。只要把一切作者所要表現的生活現象與生活感受，都和主人翁的「遊歷」掛上鉤，小說自然就獲得了一種表面上的整體感。倘若主人翁的遊歷不僅僅是一根穿起一

串散珠的絲線，而是跟其心靈的成長和思想的變遷緊緊糾合在一起，那長篇小說就真稱得上「遂成一團之局」了。一般地說，清末民初的長篇小說結構鬆散，注重語義的統一而非情節的統一。可與這種風氣同時並存的，是部分作家開始藉助「啟悟主題」與「旅行者」的奇妙組合，以謀求長篇小說結構的整體感。「啟悟」主題可能是新小說家不約而同的發現，而對於《老殘遊記》來說，小說的高度抒情化已達極致：

「中國文人，素以散文冠於詩首，序詩之所由作；因詩的篇幅短小，為了交代背景，俾供讀者全面鑑賞，所以有此必要。」

但在《老殘遊記》中，情況似乎剛好相反。在第十二回中，老殘曾應黃人瑞所請題詩一首，這詩不離唐前五言古詩巢臼，落得個平平無奇。然而，前次老殘既聞玉賢的種種暴行後，乃吟詩以泄義憤，如今他亦綴句以抒激情。幾乎第十二回全回到老殘握管為止，都是那詩的序。可是，這段散文描述，詩意盎然，相形之下，原詩本身不過用傳統的方法，把詩情濃縮起來，對用以入詩的那些獨特經驗，少有表示。

同樣的例子還可見於老殘受困東昌府一段：

「與黃人瑞邂逅的前一天，他走到河堤上，看看有什麼方法渡河。然而，河上的浮冰和船上以木柞打冰的一干人等把他迷住了，以致在客棧中用完晚膳後，便穿上羊皮袍子，又到堤岸閒步，彼時霧月交輝，他憶起謝靈運的詩句，歲月如流，國事擾紛，老殘不禁悲從中來。翌晨，他又走到岸邊，探聽怎樣渡河。斯時河以全被冰封。返客棧時，他躑躅途中，成立景象，寥落荒涼。返抵客房，無疑地因曾憶起謝靈運的詩，他便讀起一本新編的《八代詩選》來，心中把它與同類選集比較。看了半日，在店門口閒立一會，黃人瑞差來的家人進門請見。黃氏也住在城裡，不久便約他一同用晚膳。這頓頗有生趣的飯，詩中以末兩句概括了事，實在不夠。」

劉鶚高超的文學技巧早為中外熟知，其精彩片段也一再為人提及。第二章裡描寫濟南大明湖風景和敘述明湖居聽王小玉的說書，第十二章寫黃河打冰和遠山雪月輝映景緻的幾段，都已被選入現代學校的國文教本裡，並且給予現代作家描寫手法很大的影響。在上述幾段裡，作者所用的都是詳細的描

寫方法，而屢雜了精當的譬喻。作者也長於用其他的描寫方法，就是舉出一部分具體的重要事實，來襯托出全部的故事。

也許這自有文學傳統的影響，音樂只能聽，不容易用文字寫出，所以不能用許多具體的物事來譬喻。白居易、歐陽修、蘇軾都用過這個法子。劉鶚先生在這一段（按：指王小玉說書）裡連用七八種不同的譬喻，用新鮮的文字，明瞭的印象，使讀者從這些逼人的印象裡感覺到那無形象的音樂妙處。這一次的嘗試總算是很成功的了。

與一般的景物描寫相比，該書中的心理描寫卻常被忽略，但劉鶚作為抒情小說家的真正本領，卻在淋漓盡致得表現出來。若說這裡寫主人翁的靈思冥想（按：指第十二回）在他的詩裡淪為一對質木無文的偶句（歸人長咨嗟，旅客空嘆吒），則這段散章，直抒胸臆，使眼前所見物色與腦中浮現詩句，渾然相應，最後歸於仰觀天象的愀然感嘆。自然，這裡所述的經驗已司空見慣，任何憂時感世的中國騷人墨客，明月當頭之際，都會有此心懷。縱使中國詩詞中詩有永述（杜甫即是顯著的以例），但中國小說向來對主角的主觀心境不肯著力描寫，劉鶚摸索著以意識流技巧表現這種情景，不但這裡如此，好幾處亦如此，且同樣精采，這確是夐夐獨造。

遊記文體與小說敘事的糾結使得《老殘遊記》產生了多方發展的可能。遊記文體不僅讓小說敘述者在編製故事時遊刃有餘，表達出特殊的小說結構意識；同時還藉助遊記本身的文章屬性，適度緩解了老殘孜孜不倦的追問，也讓抒情成為這部「問題小說」裡不可或缺之重。

▌作為政治小說的《老殘遊記》

「政治小說」自然是舶來品，在影響一時風氣的小說界革命中，「政治小說」是被鼓吹得最猛的小說類型。作為「小說界革命」的發起人梁啟超，不僅翻譯過日人所著的《雪中梅》等書，自己也在《新小說》雜誌上發表過《新中國未來記》。但這些「政治小說」是「專表區區之政見」，其影響以及在小說寫作中的開拓自然大打折扣。

結合當時中國情形，以細緻方式表現當下政治的還是劉鶚等小說家的開拓。《老殘遊記》是本政治小說，不論行文立意，對義和團事變倍加關注。眾所周知，劉的顛沛際遇，與公元一九〇〇年的事故牽連在一起。那年秋天，他由上海抵北京，透過俄國友人，經過一番斡旋，終於購得而為俄軍所據、儲於大倉的大批食糧，以賤價出諸城中居民。可是，劉鶚卻因此慈善心腸，惹來仇人袁世凱之讒，謂他私售倉粟罪君，公元一九〇八年劉鶚被流放新疆，部分原因在此。翌年在迪化去世，享年五十三歲。在他正要為《繡像小說》寫稿時，關於拳亂的小說正大行其道，他一定也想把北京失陷時的目睹耳聞現諸筆墨。不過雖然劉鶚向早期的生活尋覓靈感，但因為庚子之亂在寫作上極難處理，他便把對拳民之禍的關懷設法搬入小說中去。（劉鶚為接濟友人連夢青，始作小說。那時，連夢青正被官府追迫，匿於上海。《老殘遊記》刊出前數期，《繡像小說》正開始連載連夢青的〈鄰女語〉。此小說所述主角的經歷，與劉鶚北上被攻陷的京城極為相符。）

　　在《老殘遊記》的寫作中，劉鶚治水的經歷無疑具有緣起的意義：

　　「鶚負經濟才，尤以治水自許。光緒十三年八月，河決鄭州，大溜沿賈魯河、穎河入淮，正河斷流。明年，鶚往投效，短衣雜徒役間，指揮策勵，十二月，得慶安瀾。河魯吳大澂列案請獎，鶚名居首。大澂設局繪豫魯直三省黃河圖，以鶚董其事。是為中國參用新法測繪黃河之始。時魯亦有河患，巡撫張曜見豫工獎案，檄調鶚往，以同知任魯河下遊提調，時光緒十七年也。」

　　在《老殘遊記》第三章中，便有了對老殘治水方略的詳述。篇中雖謂紹述王景之法，但實是劉鶚切身體會治河的經驗之談，也可視作他的水利著作《治河七說》的故事性展示。

　　而儘管劉鶚的後人一再強調：

　　「《老殘遊記》一書，本來寫作，既無用意，亦無背景。正當讀法，只須就描寫工拙，議論精粗，加以觀察。果描寫深到，議論精純，則在文學上自有相當價值，以純文學眼光觀之可矣。若因時代關係，進而觀描寫之含義，推察當時社會一部分情狀，亦為文學上應有之需求，則兼以歷史學者社會學

者之眼光讀之，亦未為不可。若更因文情之感動，進而對於作者有所追求，欲知其生平修養，思想淵源，人物表現，此已超越讀者範圍，然仍不失為文學藝術者之光明行徑，偉大同情。」

但這部書問世後，關於其本事卻一直是爭論不休的話題。除了讀者「對號入座」的好奇心外，還有另外一個無法迴避的問題，即該書的政治主題。內中的人與事雖可放大到不同時代，但唯有在清末的特定背景才顯出其特定意義，時代與文本所形成的呼應與張力才可能暴露無疑。

例如對於玉賢與滿人毓賢的諧音對應，很少有人會疑非一人，睽諸兩者的事跡，吻合之處也在所多見；可是，若要以剛弼影射滿人剛毅，則我們不能一視同仁，將他看作作者的山東同僚。劉鶚之子劉大紳於公元一九四〇年提出此說法，後來學者向無異議。劉鶚要把二人等量齊觀，不僅因他倆名字中一個字相同，一個字同韻（弼、毅），更因剛毅的劣績，當時的小說家和通俗史家都有所記載，其「剛愎」自用，人皆知之。可是，公元一八八八年至一八九二年，他出任江蘇巡撫，就不可能做山東張曜的佐臣了。剛毅儘管可能在其治區內誣民害民，一如小說中所諷喻的；然而就目前我們所知的而論，說劉鶚是依己之所好，把審官的角色加諸剛毅身上，是較為妥當的，因賈魏兩家的兇案乃出於虛構。無論怎樣，剛毅曾指控劉鶚叛國，小說作者把他寫成壞人，個人因素在其中的作用，似乎遠大於作者之於毓賢的政治影射。

劉鶚挑選毓、剛二人以為暴虐政權的主要象徵，論者強調說這乃為了算舊帳或指斥其早期的暴政。可是，大體而論，劉鶚之所以如此，倒不如說因他要對他倆煽動愚民，造成國家危亂而興師問罪。公元一八九九年，毓賢正任山東巡撫，以此高官而教唆拳民，煽動排外活動，且承認其合法地位的，他是第一人。公元一九〇〇年，他任山西巡撫，殺害無數中國基督教徒，又把所有外國傳教士及其家眷誘入省府太原，親自監督，予以屠殺。身任軍機大臣、協辦大學士的剛毅，在受寵於慈禧太后的重臣中，而贊助義和團最不遺餘力的，大概也算得上是他了。那時，一般人都相信慈禧太后打開城門，迎義和團進京，以致滿城震懾，一片恐怖，主要就是受到他的慫恿。八國聯軍把剛、毓二人列入罪魁之中，無疑除了端王而外，他們就是拳亂擴大的最

重要唆使人了。剛毅於隨宮去西安途上，得病死去。可是，為了討好八國聯軍，死後他原有的官銜被褫奪去了；毓賢則被流放新疆，途次蘭州時，因慈禧太后徇聯軍之請，處以斬首極刑。不過，他倒也凜然就法，令人感動。

庚子國變對當時社會各階層都產生了重要的影響。公元一九〇一年回宮後不久，通俗文人便開始（以小說或彈詞形式）寫出實錄和故事，記詠這次國難，又對義和團事件的本末，予以針砭。不論他們對列強的態度怎樣，這批作者對拳民悉力貶斥。慈禧太后仍然大權在握，他們不能抨而擊之，乃轉而通詆她當時的主要謀臣，無論死去了的、被貶了的，他們所受到的攻擊，比拳民的更猛烈，諸如在李寶嘉的《庚子國變彈詞》中，端王、剛毅與毓賢特別惡名昭彰。然而，劉鶚並沒有同聲直接指斥他們，卻揭露了拳亂前毓賢和剛毅的樣子，可是他對拳民的譴責，特別是大張撻伐預言的部分，當代讀者無不能看出。不過到了公元一九二〇年代，那些反拳民文學率多被淡忘，即使當時最有聲望的學者，如胡適，也把歷史背景撇開，只光讀這小說，看重它對清官的批判，對它的反拳民和反革命的酷評則不加措意，最多也把它當作與主題無關的附加品而已。

然而在主要敘述中，劉鶚已隱隱道出官吏的暴虐與國家危難的重大關連，例如老殘這段對玉賢的預言性評論：

「只為過於要做官，且急於做大官，所以傷天害理的做到這樣。而且政聲又如此甚好，怕不數年之間，就要萬面兼圻的嗎？官愈大，害愈甚；守一府，則一府傷；撫一省，則一省殘；宰天下，則天下死。」

毓賢的官階未曾超過巡撫，但剛毅與端王的權位足以左右帝國命運，並加速其衰亡。雖然宰相一職久廢，有些通俗作家仍間或稱剛毅為剛相國，以見其高居要位。劉鶚希望藉這部書容納自己身世、家國、種教等方面的感情，而其中家國之痛最為顯眼，以致對玉賢、剛弼的描述幾乎成了全書的焦點。《老殘遊記》二十回只寫了兩個酷吏：前半寫一個玉賢，後半寫一個剛弼，此書與《官場現形記》不同：《現形記》只能摭拾官場的零星罪狀，沒什麼高明和慈悲的見解；《遊記》寫官吏的罪惡，始終認定一個中心的主張，就是要指出清官之可怕。

　　當然，對於酷吏誤國這樣的主題，劉鶚並非將其作為宿命的結局。「棋局」雖殘，但畢竟作者心中還不願意束手接受如此現實，遂多出了一些類似於思想，但更像是宗教預言的插曲，但對於重視實業的劉鶚來說，卻不能不以虛構的故事來尋求解脫，這無疑更像是諷喻。而早在公元一九二〇年代，胡適便對此大表同情：

　　「可是，他晚清那代的讀書人，與後起否定中國傳統的知識分子魯迅、陳獨秀等，並不相侔。前者受中國傳統的薰陶更深，不可能否定它。劉鶚為中國二哭，可謂既因熱烈眷戀著小說中所描述的，安分守己的百姓和秀麗可愛的河山，亦因他對文化傳統的繫連，牢不可破。他弱冠時曾拜於李平山（號龍川）門下。李平山為太古教一派之主，倡儒、釋、道合一之說。劉鶚極重所學，與同門友誼，至死不渝，黃歸群即為其中之一。劉大紳持黃龍子影射黃歸群之說，因皆以黃為姓，但除了六首玄言詩外，我們對黃龍子的生平一無所知。同時，劉大紳又謂這六首七絕，乃述劉鶚受業於李平山之學境。我們由此可謂黃龍子其人實為作者的理想化身，他對中國文化懷著信心，與作者的另一化身——衝動的哭者老殘——的消沉沮喪頡頏著。」

　　老殘與黃龍子自是作者心中的兩種向度，前者行走江湖，拋灑熱情之淚；後者歸隱山林，與世無涉，超脫而自由地思想。聰慧而美麗的璵姑則兼有老殘的消沉和黃龍子的達觀，她彷彿是作者思想的代言人。璵姑向申了平闡釋的是太古學派教義，講儒、釋、道三教的同處在「誘人為善，引人處於大眾」。她的說法雖本乎孔孟之道，但又把千年來中國的積弱，歸咎於一種偏狹的道德觀，以韓愈無理由的闢佛老為代表，宋儒壓抑本性的存天理、去人欲，亦為中國積弱之由，我們因此可說酷吏的殘虐，直接源於傳統上無法通變的禮教和過分壓抑的人欲，所導引的出的「罪惡」。璵姑以為大公即無私，為善即順乎自然，即禮行孔子直正之仁道。她自己便是這種善的代表，這善直與孔子的「禮」自然相應。續編中劉鶚藉尼姑逸雲，寫出佛家慈悲更精純的一面，即從欲念中自然超脫（與宋儒的壓抑完全不相同），便得人類的自由。

　　當老殘奔走於世態之時，無人不為其接觸面之廣、洞察問題之銳而擊節叫好；但當其坐而論道之時，卻在不同讀者層間產生截然不同的效果。《老

殘遊記》裡最可笑的是「北拳南革」的預言，一班昏亂糊塗的妄人推崇此書，說他「關心治亂，推算興亡，秉史筆而參易象之長」；說他「於筆記敘事之中，具有推測步算之妙，較〈推背圖〉、〈燒餅歌〉諸數書尤見明晰。」（坊間偽造四十回本《老殘遊記》錢啟猷序）這班妄人的妄言，本不值一笑。

胡適甚至將所有預言與現實進行對照，並得出全部失效的結論，對於信奉「民主」、「科學」的五四人物來說，《老殘遊記》中煞有其事構建的宇宙哲學自然顯得荒誕不經。不過作為劉鶚的某種道德想像力，這些預言本身其實是為敘述中的先知服務，它的存在於中國傳統小說中並非毫無先例（如《水滸傳》）。只不過《老殘遊記》本身的特殊文體和敘述角度使得預言更顯突兀，而類似於西方《聖經》中的「啟示錄」。預言作為表露心聲的一種手段，對某些關心政治和文明存亡問題的作者，自有其必要。詩人不得不構築一套私人的神話或哲學體系，以擴大其視界，從心所欲地預言世事，英國文學中，布萊克和葉慈是佼佼的代表。克里斯·勃羅克思教授曾把葉慈的《幻夢錄》一書的此功能扼要地道出：

「細言之，這體系使葉慈得以一場大戲劇視世界；許多大事是可預測的（如此則詩人不致流於過分的簡單化）。」

黃龍子的體系亦正如此。事實上，他這體系與傳統的中國思想一脈相承，遠過於葉慈的之於傳統西方思想。黃龍子演繹澤火革卦，以為是個凶卦，猶如二女嫁一夫而同居，其志不相得。這說法葉慈當會聞之色喜吧！劉鶚申斥拳民和革命黨人，卻不能因此而視他對滿清效忠，雖國祚危顛，而仍一腔熱情依附之；他反對非理性和無政府主義，實表示他維護文明，且非僅中國文明而已；他認定拳民的胡作非為，起於野蠻的排外主義，其根源則為對神靈鬼怪的迷信，此說少有不以為然者；他視南方的革命黨人為無神論者，要褻瀆對祖先的敬拜，要破壞家庭制度，這看法也多少有事實根據。

桃花山自非世外桃源，但劉鶚特設此相對自由的寧謐環境，強烈對比小說中其他部分所瀰漫的不平與苦難。璵姑、黃龍子及其親朋戚友皆說不上已逃離人世的煩擾，但也避不開山林隱居的不便；璵姑的外甥受小兒所難免的疾病折磨，而他們點燈所用的生油，也不能與洋油相比。不過他們至少能夠

超越宋儒所謂人欲罪惡感的困擾，互訴心曲，慧語如珠；又撫鉉弄曲，以寓其悅生之情。黃龍子與璵姑，一琴一瑟，各樂其樂，而其律協音諧，有勝於中國傳統眾樂工齊鳴一音調的奏法。此段同隨後與桑家姐妹的合奏，刻畫靈妙，使人心醉。誠然，第二回白妞王小玉的說書，下筆更為傳神，更令人擊節讚賞。然而，這裡所寫，天趣盎然，世間獨步；王小玉無論怎樣不同凡響，畢竟是伶人之藝，供人取樂而已。

若以寓言的方式解讀《老殘遊記》，則桃花山無疑成為一理想世界的縮影，而對老虎的不同態度則更見其縝密的寓言結構：

「桃花山中，也有虎嘯狼嗥。對璵姑與黃龍子而言，這些野獸享有『言論自由』，一如他們所應有。虎嘯一聲，陌生人會聞之喪膽，像申子平那樣。可是，這也是自然悅耳之聲，與後來他們娛賓的〈海水天風之曲〉而無二致。不過倘謂在道家逍遙的精妙世界中，老虎是布萊克的精力的堂皇象徵，那麼在人世間中，它即傳統中國所謂的『苛政』。即便在山居中，他們對老虎的逍遙自在，自表同情；可是一觸及政治時，山中居民仍以之作為兇殘的象徵。因而，黃龍子一面惋惜那離開山林、在人世喪失自由的老虎，一面卻能把它對比作在朝廷做官的人，受了氣，只是回家來『對著老婆孩子發驚』。」

但到了〈銀鼠諺〉中，老虎便以不言而喻的象徵色彩出現了：

「東山乳虎，迎門當戶；明年食獐，悲生齊魯。一解殘骸狼藉，乳虎乏食；飛騰上天，立當國。二解乳虎斑斑，雄據西山；亞當子孫，橫被摧殘。三解四鄰震怒，天眷西顧；斃殭虎，黎民安堵。」

四解此諺，曾有人認真「坐實」：

「第一解指光緒二十四年，毓賢署江寧將軍，已任方面，所謂「迎門當戶」也。毓賢性殘暴，故以虎為喻，乳虎即毓賢，魯人讀毓乳二字，其音無殊也。又按《後漢書．酷吏列傳》：「隴右不安，拜樊曄為天水太守，政嚴猛，人有犯其禁者，率不生出獄。吏人及羌胡畏之，涼州為之歌曰：『寧見乳虎穴，不入冀府寺』。則乳虎為酷吏之代稱，以指毓賢，更無不合；第二解前兩句，謂山東匪勢日熾，生民塗炭，毓賢之祿位亦不保，故曰乏食。後二句謂剛毅

主政，拳匪用事，合立則成剛毅之左偏旁，義尤顯豁也；第三解指毓賢撫晉大殺西教徒也。猶太神話：上帝傳土造人，名日亞當，為人類之始祖。舊約創世紀采其說。亞當子孫，耶穌教徒之確訓也；第四解指八國聯軍破津京，德宗及孝欽幸關中。迫剛毅悫死，毓賢伏誅，拳亂平，外兵撤，人民始獲安枕也。」

此諺以義和團事件為經，緯以毓賢等官員的橫暴，勁道地透顯出葉慈式的預言的憤慨。老殘身與其間，本詩則括其以後事跡，並預告其死亡。所以，這首詩的預言部分把主人翁對苦難不平的關懷，放在一個更大的歷史和政治透視上，毓賢和剛毅的殘害無辜，加強了他們日後挑起國難的罪證。作者對於這次事變，百感交集，因國運不振而一片沮喪，至文化復興又滿懷希望。《老殘遊記》這本既抒情又具政治意味的小說，之所以扣人心弦而又結構獨特，大有賴於這萬千的感概。「政治小說」這一小說類型雖經梁啟超等人的大力提倡，但其魔力顯然不如「社會小說」易於成型，甚至也趕不上「科學小說」對讀者引發的興趣。其原因有當時的讀者對「政治」概念模糊，以及眾多小說家對揭露本身的關注，已超過對現象本身的思索等。

《新中國未來記》雖然以高蹈的姿態指點江山，但無數概念和方略卻使其難以成為可讀的小說，更別說是「政治小說」；《老殘遊記》雖是以報刊姿態行世，但劉鶚本人濃重的士大夫心態，卻使該書儼然以救世、傳世的姿態出現，讓飽含激烈與沉潛、熱愛與憤概的「預言家」老殘，就這樣踏上了思考和參與政治的路上。

▌《老殘遊記》與公案小說

雖說《老殘遊記》可成為「政治小說」分析的範例，但此範例的確立卻需要若干情境的設定。至少「傳統對政治小說的欣賞，講究其不唯能申明作者的意識形態，亦且能謹守藝術創作的尺度，此二者間所維持的巧妙平衡或辯證模式，詢為政治小說最引人入勝之處」，然而「對這樣的標準，我們毋寧覺得過於天真。所謂的藝術尺度難道真能完全超越政治偏見，而形成一傳諸百代的鐵則？」

　　既然藝術創作的尺度很難像做到精確無誤，那作家在對待自己的偏見時所採取的態度就尤為重要。《老殘遊記》確實是在針砭時事、臧否人物，而該書所鋪陳的知識分子與實質政治兩不相容的衝突，還有其更強烈的自省陳述聲音。這一聲音是孕育在中國小說敘事模式發生轉變的過程中，當社會政治的動亂，透露了文化及意識形態系統崩潰的訊息之時，虛擬的說話情境在統治了中國白話小說敘事文體近六百年後，終於有了激烈的改變。雖然文學史的遞嬗並不一定平行於政治上的變革，但晚清的『譴責小說』確有其明顯政治動機，使得我們必須將其放在其同時代的意識形態背景中考慮。

　　當具有革命思想的文人們『發現』到白話小說的巨大感染力量和教化功能時，他們爭相鼓吹這一文類來表達他們的義憤和傷感。此種主觀傾向隨著西方敘事模式引介入中國，使得有才氣的作家們對於傳統說話模式，及其下的似真視景再做思考。必然地，在作家強調抒發個人慾望及企圖的衝動下，說話傳統無可避免地被貶抑甚至消失。

　　晚清小說中的說話情境表面上也許原封不動，但它過去所認同的社會文化價值卻被更具特性的主體性聲音所取代，也因此在寫作和閱讀過程上形成了前所未有的張力。迥異於以往單獨大一統的說話人聲音，晚清小說似乎是許多個別嘈雜聲音的呈現，每一個聲音都代表了不同的政治／意識形態間的歧異。

　　《老殘遊記》雖然在主題上不能說是一以貫之，然而劉鶚以其單一主觀的語態所形成的說話人聲音，統一了此書的主線及支脈。傳統上，說話人傾向於將作者個人的敏銳感覺和大眾的心靈，以相互交糅混雜的面貌呈現，但在《老殘遊記》中我們發現，作者以有限的第三人稱觀點，使得說話方式受制於一個人的視景。換句話說，說話人習慣於替某一特定的角色說話、辯護。劉鶚對於說活人聲音的修正，我們不應只認為是形式上的一種策略運用，也應視為在意識形態上的轉變，改寫說故事傳統中的似真觀念。由於夏志清稱《老殘遊記》為「中國第一本政治小說」，我們同樣的也認為，劉鶚的不妥協思想不僅有由對政治公然的討論顯現，也能從其對傳統小說主題與敘事語

態煞費苦心的安排上得知。在此，說話聲音的主觀化當然可以視為最重要的技巧之一。

在《老殘遊記》中，說話人的作用已產生了一些變化，說話人似乎喪失了他往昔作為一個社會代言人的超然地位，此一新說話人對某一情況的看法，也不再儘儘是社會意識的認同。正如老殘以寓言式的夢境啟示我們的，劉鶚視當時腐敗的社會如一艘有許多愚人擁擠其上、行將沉沒的船一般。雖然老殘興盡全力拯救他們，他卻是第一個受到懷疑、終於被扔入海中的人。因此，當劉鶚讓他的說話人與老殘站在同一邊時，他其實已暗中攻擊傳統敘事聲音所擁護的社會大多數。劉鶚的說話人用一種親切熟悉的聲音邀請他的理想讀者（當然是一些頭腦清楚、明晰事理的社會精英），以一種反諷嘲弄的態度支持老殘，與社會的遲鈍愚蠢，作唐吉訶德式的對抗。老殘的孤軍奮鬥注定是徒勞無功的，說話人以一種憂鬱的語調娓娓敘述著孤獨英雄的冒險世紀，感喟之情躍然紙上。此種低回落拓的主觀語態，替小說注入了一股抒情的哀愁，而自然與古典話本、擬話本中老練世故的職業化聲音有強烈對比。

隨著說話人個性化的彰顯，其他略顯「古典」的描寫技巧自然開始突顯新意，以往沿用已久的俗套用語使得人物風景的描寫變成陳腔濫調。劉鶚則運用精確新穎的文字意像，紀錄人物的所見所聞。事實上，我們亦不妨視此一改變，肇因於敘述者姿態的更新。為了要突出老殘個人的感受，說話人似乎一掃以往超然全知的立場，代之以同情的角度來表現老殘的心聲。如此，說話人的口氣儼然追隨老殘的喜怒哀樂流轉，而不僅是沿襲俗濫的用語。普實克教授曾經注意到當中國古典詩詞中的主觀、印象式的抒情特色「被小說家自由的運用以表達角色真實的感受時」，中國小說的「現代」感於焉出現。普實克的觀察也許失之過分簡化，但證諸《老殘遊記》中，說話人姿態的改變，使得描述性修辭的推陳出新，我們或可再思普氏的意見。

在說話人作用的變化中，白話小說本身的敘述模式和規格也會隨之變動，這一切都可能對原有的小說類型產生某種衝擊，我們對《老殘遊記》一書稍加審視，便可發現書中的幾個情節中心均不脫公案小說的影響。但有趣的是，劉鶚顯然別有用心。他不僅不推崇所謂『清官』的方正不阿、明察秋毫，反

而大作翻案文章，痛陳他那有名的「贓官可恨，人人知之；清官尤可恨，人多不知……清官則自以為我不要錢，何所不可，剛愎自用，小則殺人，大則誤國」的議論。

批評家對此咸認，劉鶚係感時而發，與當時政情人物多有若合符節之處。參照劉鶚的寫作動機，這當然是信而有徵的判斷。但是如果我們自傳統公案文學的觀點來看，則更可知《老殘遊記》一出，以往公案小說的格式岌岌可危。是故劉鶚在此的成就，不僅在於攻擊數位當代的「清官」，也同時針對深入民心已久的公案文學及潛藏於其後的意識形態，嚴加批判。基於此我們可以說，《老殘遊記》的政治企圖除了表現於對時人、時事的針貶外，亦隱現於劉鶚對某一文學形式的苦心經營上。

公案小說在中國白話小說中曾有過極為「輝煌」的歷史。自宋以來，「長篇巨製」在所多見，包公、海公之形象更是婦孺皆知。迨至清代，又有「施公」、「彭公」接替上崗，而清末吳趼人的《九命奇冤》當可視為此種類型的殿軍之作，《老殘遊記》自然不是純粹的公案小說。書中與公案傳統發生關係的地方，約在第四至六、十三至十四，及十五至十九回，所處理的官吏則有玉賢、剛弼、史鈞甫等人。前二者由於直接影射毓賢、剛毅二人，故批評家一向樂於用來作為討論該書與實際歷史間關係的佐證。四至六回，敘述曹州巡撫玉賢自持嚴正清廉，反未能細體下情，導致無辜百姓因陰錯陽差或為人嫁禍而屈死者，不計其數，所以表面上曹州弊絕風清，政績卓著，卻換來老殘『得失淪肌髓，因之急事功，冤埋城闕暗，血染頂珠紅』的無窮浩嘆；第十五至十九回更是一格局完整的公案故事，藉著一集體中毒案件撲朔迷離的發展，劉鶚描寫一孱弱寡婦被剛弼屈打成招、幾瀕於死的冤獄。幸賴老殘見義勇為，鍥而不捨地追蹤案情，歷經曲折，終使元兇俯首，全案水落石出。整個情節又如抽絲剝繭，確是引人入勝，尤以老殘獨闖公堂力釋冤情的場景，讀來正氣凜然，頗有大快人心之感；此外第十三四回，敘述史鈞甫執意要執行他的賈讓治河策，而情願淹死成千上萬的百姓，益使讀者感到迂腐顢頂的『清官』與徇私枉法的『贓官』，其差距不過是五十步與百不知彼而已——雖則自法治邏輯的角度而言，『清官』與『贓官』的分野是如何也不容抹煞的。

在劉鶚筆下，清官的足智多謀已受到深深懷疑。在傳統公案小說裡，一位清明睿智的官吏往往是整個情節發展的關鍵所在。不論案情有多麼奇詭錯綜，一位清官總能（也應該）加以平反以昭雪冤情。藉著清官的斷案，社會中的倫理道德模式得以再建，而其所代表的政治安定力量也重獲肯定。以西方文學辭彙來解釋，清官的行止或毋需盡合情理，但其最終的作為卻必須具有『機器神』（deusexmachine）的功能，俾可力挽狂瀾，使道德政治秩序失而復得。根據此一概念來看，《老殘遊記》中有關公案的描寫就不僅使我們疑竇叢生了。

首先，正因為劉鶚是位苦心孤詣的作者，我們才有理由設想他之改寫公案小說中的清官形象，必不僅局限於攻擊某數位特定人物。如果官吏清濁不分，盡屬一丘之貉，那麼賴之以統轄天下的王朝政權豈不也搖搖欲墜了麼？劉鶚在此反對現行政權的用心不言可喻，而其對官僚制度的批判，顯與另一部清末名著、李寶嘉的《官場現形記》有相互呼應之妙。唯劉鶚以其自身浮沉宦海的經驗入於書中，寫來尤見真切，且能發前人之所未發。

其次，劉鶚力書清官殘暴不仁的昏昧行徑，對已習於傳統公案小說形式的讀者而言，不啻是當頭棒喝，從而使我們警覺以往公案小說的清官形象原只是千篇一律的俗套，與『現實』所可能發生的種種未必契合。這類逆轉公式化描寫，陌生化讀者認知取向的方式（defamiliarization），是文學創作（尤其是『寫實』文學）推陳出新的途徑之一。如果我們肯定《老殘遊記》產生了讓我們耳目一新的『寫實』感，則此等改寫某一既定文學陳規的作法就更有細加體會的必要。畢竟一文學作品的『寫實』效果不但源於對外在事物的模擬，也有賴於自家文字媒介及敘述格式的操作排比。

劉鶚的懷疑雖可視為一種文學陳規上的突破，但更進一步說，更放眼至整個知識界對信念瓦解、價值失範的憂慮。原有的道德秩序在此已產生危機感，一旦清官所代表的政治安定力量消弭於無形，則其所應維繫的道德秩序亦無從施展，而這正是《老殘遊記》一書所面臨問題的癥結所在。以往公案小說裡所鋪陳的倫常善惡關係多，有來清官的斡旋支持而得不墜；但在《老殘遊記》中，清官的所做作為卻造成一種道德混沌狀態。這並不意味劉鶚存

心揭露一道德尺度淪喪的世界，恰恰相反的，作者似在暗示其筆下的清官倒是在勤政安民的前提下，方才作出傷天害理的論斷。這其間所滋生的矛盾齟齬感，可能是讓我們讀者感到惶惑不安的最大原因。

《老殘遊記》自然不是表達危機的唯一例子，像曾樸的《孽海花》一味為賽金花脫罪，將其由名妓的身分抬舉為救國救民的女英雄、或像《二十年目睹之怪現狀》內誇張書被擋道，君子仁人落荒而逃的鬧劇，在探討道德價值混淆的基調上，實與《老殘遊記》一脈相承。更專業化的說，晚清小說開拓了一戲仿（Parody）的新境，對以往的政教章程、文學陳規模仿之餘，又暗圖瓦解諷笑，因此而造成讀者進退兩難，哭笑不得的地位，實應視為意料之中的閱讀效果。

在整體道德價值體系開始紊亂的情況下，劉鶚顯然並無完滿的解決之道。我們但看老殘獨闖剛弼公堂，力釋無辜一節，就可思過半矣。老殘匹馬單槍、義無反顧地情懷固然值得喝采，但我們若細細思忖，當可明瞭這不過是劉鶚一廂情願的安排，亦是因循小說中英雄形象的設計，未必與真實的情況相符，老殘在此所顯示的唐吉訶德精神，不免讓我們慨嘆他所熱衷的道義伸張，居然成為不合時宜的舉止。誠如夏志清先生所言，就算老殘能救得了一二性命，但面臨其他千百的冤獄，又能如何？作者在此洩露的一種道德無力感，使極端深沉無奈的。當書內的『清官』變得昏昧原苛，而有待一走方郎中來扮演『機器神』的角色時，傳統公案的精神實已冰消瓦解，隱含於其下的官民對立的情勢，也就愈發緊張了。另一面，純就《老殘遊記》的寫實層次而言，獨闖公堂一節顯然點出劉鶚亟於維護小說世界中的正義，而捨棄了前此做客觀描寫的決心，相形之下，老殘觀看黃河泛濫波及百姓而落淚，或傾聽玉賢虐政而義憤填膺的場面，顯較十八九回的情節更切近劉鶚的個人經驗。

《老殘遊記》中有關斷案的幾節略顯「辭氣浮露，筆無藏鋒」，更貼近魯迅所說的「譴責小說」，多半強調作者對時政的憤慨，更有慧眼獨具的批評家則指出，其與西方偵探小說間有密不可分的關係，揆諸小說中提到福爾摩斯之名（第十八回），此等觀察自是言之成理。但在我們極力找尋《老殘遊記》與西方影響的蛛絲馬跡之際，卻忽略其與公案小說間的傳承，是否已

犯了捨近求遠之弊呢？公案小說發展至十九世紀後半已是強弩之末，但其廣受歡迎的程度卻仍高踞斯時通俗文學的上峰。劉鶚的《老殘遊記》雖云不乏創意，可是唯有照映在某一傳統模式之下，其「新」意方得突顯。不僅此也，劉鶚之選擇公案式小說作為擬諷的對象，可謂深具一石二鳥之效：他一方面藉機抒發自己臧否人物的目的，另一方面也在改換公案小說人物的造型及布局，對其身處的文學傳統重加反省。

如果說政治小說的定義不僅限於政治事物的直接涉及，也表現在作者欲藉文學模式的轉換，來激發讀者閱讀認知習慣的調整，那麼《老殘遊記》與盛行公案小說間的錯綜關係，正可為公案小說的顛覆利用作一佳例。

《孽海花》：歷史小說的「典範轉移」

中國史書對小說形式的影響早已是個老話題了，唐宋人皆有提及，而明清文人則大張旗鼓地將《水滸傳》、《金瓶梅》等一時傑作紛紛納入《史記》、《漢書》的影響範疇之內。金聖嘆稱「《水滸》勝似《史記》」；毛宗崗言「《三國演義》敘事之佳，直與《史記》彷彿」；張竹坡則說「《金瓶梅》是一部《史記》」。誠然，這些討論大多是從千古文法一理的角度上探討，對於小說與歷史之間的區別無暇深究，對於坊間流行的歷史演義（《三國演義》是個例外）也不屑評論。

相形之下，晚清倡導「新小說」的理論家們，倒很在意小說與歷史之間的區別。在嚴復、夏曾佑的重要文章〈本館附印說部緣起〉中認為「書之紀人事者謂之史，書之紀人事而不必果有此事者謂之稗史」；小說與歷史之間也有有虛實之別，夏曾佑在《小說原理》以「詳略」作為區別基準：「小說者，以詳盡之筆，寫已知之理者也，故最逸；史者，以簡略之筆，寫已知之理也，故次之」；而「歷史小說」在這一時期也受到高度重視，橫濱在其創辦的《新小說》中特為「歷史小說」闢出專欄，並將其定義為：

「歷史小說者，專以歷史事實為材料，而用演義體敘述之。蓋讀正史則易生厭，讀演義則易生感。徵諸陳壽之《三國志》與坊間通行之《三國演義》，其比較厘然矣。故本社同志，寧注精力於演義，以恢奇俶詭之筆，代莊嚴典重之文。」

從小說類型的角度而言，「歷史小說」無疑是新名詞，它與政治小說、偵探小說等，都是「新小說」家們力圖發揚的類型，但以他們創作和翻譯的「歷史小說」來看，走的還是通俗演義的老路。吳趼人的《痛史》、《兩晉演義》等小說以一種「通俗讀物」的姿態出現，而「外來」的《洪水禍》、《東歐女豪傑》、《泰西歷史演義》等書，也都屬於演義體的歷史故事。

當「古老」的演義體還在「歷史小說」中處於支配地位時，《孽海花》的出現不能不說是一個奇蹟，誠然，這一奇蹟是西方文學，尤其是法國小說東漸的一個結果。雖然《孽海花》的行文「文采斐然」，但其結撰已直承西

方「十九世紀文學的主流」。承認這一點，並不是說《孽海花》就比此前的「歷史小說」高明，事實證明，《孽海花》所做的文本實驗在中國並沒有太多的傳人，而當代歷史小說中的寫作主流仍然是傳統的演義體。《孽海花》提供了一種歷史敘述的可能性，雖然不近「當時人情」，但足為歷史小說闢一新境。迥異於社會史、政治史的「風俗史」，已成為《孽海花》結撰的動力源，而對西方文學的認知，又使其對中國小說的形式產生重要影響。

▌「風俗史」之東漸

　　一般認為，歐洲近代歷史小說可以溯源到蘇格蘭人司各特的歷史傳奇，但真正讓「歷史小說」成為十九世紀重要文體的，卻是法國作家雨果、司湯達、巴爾扎克、大仲馬等人。當然，同樣是寫作「歷史小說」，雨果和司湯達、巴爾扎克等人也存在著不小的分別，著名的「浪漫主義」與「現實主義」之分，就發生在其作品的內部比較中。

　　最先系統完整闡述「風俗史」構想的是巴爾扎克，他在《人間喜劇·前言》中說：

　　「讀一讀所謂歷史，也就是讀讀那一大堆枯燥討厭的史實羅列，誰能不發現：古往今來（埃及、波斯、希臘、羅馬，無一例外）的作家，統統忘記將風俗史流傳後世！佩特羅尼烏斯寫羅馬人私生活的片段，與其說饜足我們的好奇心，倒不如說刺激得它更加興奮。華特·司各特就將小說提高到了歷史哲學的水平，他給小說注入了古樸之風；他使戲劇情節、對話、肖像、風景和描寫融為一爐；他兼容並蓄了神奇與真實，這構成史詩的兩大要素；他讓高雅的詩意與粗俗的旦語輝映成趣。但是，他沒有構想出一套體系，沒有想到要將他的全部作品連繫起來，構成一部包羅萬象的歷史，使其中每一章都是一篇小說，而每篇小說都標誌一個時代。法國社會將成為一位歷史學家，我只應充當他的祕書，編輯惡習與美德的清單，蒐集激情的主要表現，刻畫性格，選取社會上的重要事件，博約取若干的同質特徵，再從中糅合出一些典型。做到這些，筆者或許就能夠寫出一部，許多歷史學家都忽略的那段歷史，也就是風俗史。」

巴爾扎克自然願意從小說中發現歷史的動力，但他認為一般歷史學家所忽略的人與生活本身的關係，往往是導致歷史偶然的最主要因素。「風俗史」不僅是對史實羅列的抗議，也是對觀察歷史角度的重新選擇，它所引發的問題遠瞻至二十世紀興起的知識考古學，但在十九世紀卻是以「現實主義」的姿態出現。

曾樸是於公元一八九四年進入同文館學習法文，四年後，他結識了陳季同，也是其對法國文學「痴迷」的開始：

「陳季同將軍在法國最久，他的夫人便是法國人。他的中國舊文學也是好的，但尤其精通法國文學。古典派中，他教我讀拉勃萊（拉伯雷）的《巨人傳》，龍沙的詩；拉辛和莫里哀的悲喜劇，白羅瓦的《詩法》，巴斯卡（帕斯卡）的《沉思錄》，孟丹尼（蒙田）的小論；浪漫派中，他教我讀服爾德（伏爾泰）的歷史，盧梭的論文，囂俄（雨果）的小說，威尼的詩，大仲馬的戲劇，米顯雷的歷史；自然派裡，他教我讀弗羅貝（福樓拜）、左拉、莫泊三（莫泊桑）的小說，李爾的詩，小仲馬的戲劇，泰恩的批評，一直到近代的白倫內甸《文學史》，和杜丹、蒲爾善、佛朗士、陸梯的作品。在三四年裡，讀了不少法國的文哲學書，我因此發了文學狂，晝夜不眠，弄成一場大病。」

曾樸可能是中國近代，最早想系統的學習西方文學的人，且其在開始寫作前已有了很深的文學史基礎，在晚清實屬少見。曾樸也是最早、最系統翻譯和介紹法國文學的人，雖然他的譯作沒有過《巴黎茶花女遺事》那樣的轟動，但他所挑選的譯品都堪稱上乘之作。在主辦「小說林」（公元一九○五年至一九○八年）年間，他翻譯了雨果《馬哥王后佚史》、《九三年》，譯介了大仲馬。公元一九二七年至一九三五年，他與長子曾虛白在上海開真美善書店，辦《真美善》雜誌，更為系統地翻譯雨果和法國文學。法國文學是曾樸一生從事文學最重要的資源，而雨果無疑更是他文學上的導師，這些都使他的《孽海花》與同時期小說有著很大區別。

《孽海花》一書不僅存在著不同的版本，也先後由兩位作者執筆，在選題立意上存在著不小的分野。最早寫作《孽海花》的是金松岑，他打算將其寫為「政治小說」，他在初刊雜誌《江蘇》的出版廣告上說：「此書述賽金

花一生歷史，而內容包含中俄交涉，帕米爾界約事件，俄國虛無黨事件，東三省事件，最近社會革命事件，東京義勇隊事件，廣西事件，日俄交涉事件，以至今俄國復據東三省止。」可見金氏寫此書的目的本身就是對一些政治事件的編制，使用賽金花作主角不過是《桃花扇》等書的慣伎，以男女情事展示時勢變化，而將公元一九〇三年作為時間斷限也有對中俄關係的介入，以洪文卿作為主角的原型也是因其出任駐俄大使，「蓋有時代為背景，非隨意拉湊也。」

因為在日俄戰爭前夕（公元一九〇三年），俄兵占領了奉天，準備以東三省為可能爆發的對日戰爭的戰場。中國留日學生憂慮祖國將招瓜分之禍，發起組織義勇軍，表示反對，並有對俄同志會，研究對策，喚起國人的警惕。江蘇留日學生所辦的《江蘇》雜誌，要大事宣傳，請金氏寫論文和小說。金氏想寫一部揭露帝俄侵略野心的小說，就以出使俄、德、荷、奧的洪鈞為主角（書中化名金雯青），而以洪妾賽金花（書中化名傅彩雲）的故事為穿插，再以這一時期的歷史時事為背景，因而都是真人真事，揭去人物的化名，就歷歷可數，呼之欲出。

金松岑在寫完六回之後（但只發表了兩回），便放棄了《孽海花》的寫作，他的退出也使這部「政治小說」的命運發生了根本性的轉變。曾樸放棄了小說對政治現實的直接介入，他將其轉化為一部「歷史小說」，以名妓賽金花為主，緯以近三十年新舊社會之歷史。這可說是一個根本性的變化，因為現實已被提煉到歷史的帷幕中去，賽金花（傅彩雲）也由配角轉為主角。

作為實業家的曾樸對當代現實當然感興趣，其關注程度不亞於金松岑。他曾說：「我看著這三十年，是中國由舊向新的一大轉關，一方面文化的轉移，一方面政治的變動，可驚可喜的現象，都在這一時期內飛也似的進行。我就想把這些現象，合攏了它的側影或遠景，和相連繫的一些細事，收攝在我筆頭的攝影機上，叫他自然地一幕一幕展現，印象上不啻目擊了大事的全景一般。」

　　但他對事件的處理方式顯然不同於金松岑。金氏的寫作類似於梁啟超所寫的《新中國未來記》，抨擊時事、發表議論在所多見，而曾樸則對這些表達法有所迴避，這從他兩次修改《孽海花》的過程中都能看出。

　　在巴爾扎克的小說《禁治產》或《夏倍上校》中，能看到對某一制度的詳細敘述和評論，為故事的展開給予堅實的背景。而在金松岑發表的前二回中，有大段議論中既有抗俄的情緒，也有對滿清政府的批評，曾樸將這一段全部刪去，改成一大段攻擊科舉的議論與一個關於科舉的笑話，與巴爾札克一樣，目的是給書中人物的提供一個制度背景。曾樸在第二次修改中再次將有關科舉的議論刪除，為的是防止對背景的重複敘述，這些刪改純粹是為小說本身的結構服務，與曾樸是否攻擊或如何攻擊科舉關係甚微。

　　曾樸既然將《孽海花》定位在反映近三十年社會的變化，自然對其時的人物事件熟稔異常，而對該書的「索隱」誠為晚清小說接受史上最有趣事件之一。《孽海花》涉及的人物近三百，無論是高官顯要還是青樓娼女，大都有現實的原型，而小說著力刻畫的十幾位名士，其原型均為曾樸的父執、朋友等，又由於好事者的考證，使得一些原型與作者產生了真實的「衝突」，甚至引發了家庭矛盾；許多的讀者也因為從書中真切地讀到了自己的時代和熟悉的世態，興趣甚濃。喜歡索隱的蔡元培就是因為「書中的人物，大半是我見過；書中的事實，大半是我所習聞的」，所以讀起來倍覺「有趣」。儘管《孽海花》有為數甚眾的真人真事作依託，但曾樸卻沒有將這些人和事編輯成為「話柄」或「史實」，而是想在嚴謹中邏輯推理，在變化中展開情節，在內心的震撼中發揮抒情的力量。雖然小說中人物有主有次，事件有詳有略，但他們的發展運行並非完全無序或對應於現實人事，而是在小說結構中的重新組合，曾樸必須為他們的出現、相遇以及消失，安排潛在的線索。

　　「風俗史」之所以迥異於其他類型的歷史敘述，最大優勢就是以全新、具有統攝性的視角，去看待一些習焉不察的事件，使其重獲生機。就像有人評價巴爾扎克的小說：「既像宏偉的巴比倫王國，又像顯微鏡下的一粒粒塵埃。在最平凡的事物中，會突然出現嶄新的方面，他們從沒有想到描寫現代生活會能具有如此的厚度。」其他類型的敘述常常會由於「先見」上的限定，

而對歷史的全景產生不同程度的遮蔽，小說雖不見得能提供「包治百病」的良方，但在歷史的情境設定中，總是既有發展動力，又具全景特性。

曾樸在《孽海花》中按照自己的理解，給一些事件的發生加上了自己的註腳。如英法聯軍火燒圓明園，是與龔自珍同西林春的一段私情大有關係；黑旗軍抗法，女領軍的英勇殺敵，是由於劉永福要和她做夫妻；而黑旗的吃敗仗，則是由於作奸細花哥的舊夫郎來與她敘舊情，騙起她的信任；光緒初年清流黨的形成，原來是莊崑樵吃不飽飯，「胸中一團飲火」；甲午戰時，何太真的出兵，由刻著「度遼將軍」四字銅印的一件小古董所決定；帝后兩黨之爭，是由於光緒婚姻上的不如意，甚至是寶妃對光緒的一番話，成為戊戌政變的伏線。這些林林總總的事件，偶然性不免過多，但曾樸表現生活的真實性，卻賦予了這種種事物一種文學價值，偶然性的規律正好在他的作品中真正自由的展開。不少論者都對曾樸略顯誇張的表達表示不解，魯迅雖承認其「文採斐然」，但也將「形容時復過度」作為「譴責小說」的通病來說，胡適也一直以為該書的價值在李伯元、劉鶚等著之下。這些批評的偏失無疑是將《孽海花》的各故事進行單元化處理，而忽略了全書正試圖完成的是一幅全景圖畫。文體上的略顯「放縱」，實是對動盪的三十年歷史進行不同層面的展示，就像一個攝影師會採用不同的焦距、視點攝影一樣，曾樸在描繪當時社會時，自然不會採用一貫的表達法；他的作品不一定是因為重要事件使人倍感興味，而是在敘述這些事件時所採用的不同手法，讓讀者產生了一種整體的印象。

在《孽海花》的故事敘述中，「情慾」無疑是一個重要動力，它成為許多歷史事件的契機。儘管「紅顏禍水」的思維在中國小說裡屢見不鮮，但將「情慾」如此廣泛、普遍地用於人物事件的結撰當中，在中國可謂「前無來者」。但這一思索歷史的方法還是得益於法國十九世紀的小說：「情慾就是全人類。沒有情慾，宗教、歷史、小說、藝術就沒有什麼用處了。」曾樸將「情慾」放大到對各種歷史事件的解釋上，單獨觀之時雖然略顯牽強，但若融入到小說背景中，則晚清三十年的歷史恰如一葉行於慾海上的扁舟，「孽海」之題可謂點睛。

　　對自命為「風俗史家」的巴爾扎克來說：「作家對每日可見的、或明或暗的事實，對個人生活的行為，對這類行為的原因和準則，都是十分重視的，甚至不亞於歷史學家們迄今對各民族公共生活事件的重視。在安德爾省的一片幽谷中，德‧莫爾索夫人與熱烈的戀情展開了不見經傳的酣戰（《幽谷百合》），這場酣戰或許與赫然載入史冊的戰役一樣偉大。」

　　得益於閱讀法國文學的經驗，曾樸的寫作從一開始便展現出「歷史小說」的獨特性，它不再是正史的補充，而是要提供一些比正史更加豐富、多元的側面。小說家不再拘泥於「正史」提供的結論或傳統的價值立場，他們能以新的眼光審視雜語叢生的歷史，重新思考歷史的發展邏輯，表達一時情緒。因此這樣的歷史小說家，常常將歷史敘述視為思想的結晶昇華，以小說的方式表達，並書寫自己對身處的時代的感受。在自覺肩負「究天人之際、通古今之變」的歷史敘事責任這一點上，具有現代意識的小說家，倒頗像正統的史家，他試圖成為歷史的代言人，這恰好反映了現代歷史小說作家已克服了『史餘』、『稗官』的自卑心理，顯示出相當的獨立意識。曾樸以「風俗史」的寫法展現了「音調未定」的近代，其中的道德倫理受到強烈質疑。人物既不善，也不惡，大多依本能行事；情節雖離奇，但符合故事邏輯，《孽海花》可說是在「正史」的天空外另闢一新形態之歷史。

　　在晚清尚未被各種話語爭奪、殖民之前，歷史已成為小說。其宏大敘事的決心雖在當時知音甚稀，但在此後也不乏「來者」。常被稱為現代歷史小說中代表人物的李劼人，便與曾樸有著精神意義上的承傳，他們在師法對象、審美選擇方面具有驚人的一致性，二人在中國現代文學研究視野中被長期遮蔽的命運，也極為相似。這種遮蔽，使他們的創作對中國現代歷史小說的影響，注定是有限的，但是，他們的創作及參與的法國文學翻譯，對中國現代文學仍然形成了潛移默化的影響。

▋賽金花

　　在眾多晚清小說中，「狹邪」仍然是眾多文人熱衷的題材，青樓名妓的「韻事風流」也常見諸於各報刊和小說中，大多數「赫煊」一時的名妓都重

複著明清時期的故事（只是此時上海妓女似乎變得更世俗一些），書寫本身沒有賦予她們更為人注意的地方，但賽金花（傅彩雲）可能是個例外。

在《孽海花》問世之前，傅彩雲其實「豔名」早著，當時的著名詩人樊增祥曾撰前後《彩雲曲》：「讀者至以比清初吳偉業之《圓圓歌》；而《後曲》有當詩史，劇勝《前曲》，嘉興沈曾植以為的是香山，不止梅村也。」

而由於寫出了《孽海花》，曾樸也得罪了現實中的賽金花：「賽金花至老很恨曾孟樸，因為孟樸寫他妍識阿福與孫三兒。（她不看《孽海花》，自然也有人告訴她。）孟樸也不敢去看她，他說去看她，無非給她罵一場而已。」所有這些小說周邊的花絮，很容易讓人在讀小說史時懷著坐實的心理去看待賽金花，但這一「真有其人」的人物在某種程度上，也是西方文學模式對中國原型的再塑造。

與曾樸交誼甚深、旅歐多年的蔡元培先生，曾對該書提出過最有意思的疑惑：「我對於此書，有不瞭解的一點。就是這部書藉傅彩雲（賽金花）做線索，而所描寫的傅彩雲，除了美貌和色情狂以外，一點沒別的。」

蔡元培的疑惑對於習慣讀中國小說的人來說非常具有代表性。像傅彩雲（或賽金花）這樣的「壞」女人，是否可用來作為一部龐大歷史政治小說的軸心？曾樸在面臨這一問題時，或許要抿嘴暗笑了。不錯，賽金花是一個頹敗無行的女人，但又有誰比她更有資格，引導我們進入一個腐敗墮落、聚散不定的世界？在《孽海花》中，三教九流充斥、男女貴賤亂交。這樣紊亂的社會人際關係為彼時政治、商業、各名妓場等不同領域的相與交雜，提供了隱喻模式。賽金花以風情萬種、淫逸無行的方式，加速滿清帝國道德及政治的崩潰；但另一方面，她不也是一個在最後關頭改變了國家命運的女英雄嗎？當中國無助地受列強蹂躪之時，是賽金花挺「身」而出，在臥榻之上勸服了瓦德西，使中國免於更難堪的羞辱，而使得賽金花這樣做的，不是道德上的謹小慎微，而是馬基維利式為達目的不擇手段的做法，和她的淫逸「美德」。

因此，《孽海花》突顯了近代中國文化上最可爭議的一則神話傳奇。在中國古典小說中，我們很少看見傅彩雲這樣的女性人物，以如此的活力穿梭於社會的公眾及私人領域，並在行動上表現出集政治、倫理與性行為於一體

的魅力。賽金花或傅彩雲的故事似乎告訴我們：為國捐「軀」可以從字面上解釋，盡忠報國不必以貞節為前提，萬惡之首的淫或許能以一種迂迴的方式拯救國家的危機。傅彩雲的浪漫冒險，嘲弄了傳統孔孟之道從修身到平天下以一貫之的邏輯，將諸惡之首的「淫」變成了救贖民族傷痛的靈丹妙藥。究竟賽金花是否代表了二十世紀中國女權主義的先鋒，還是僅僅以一件有趣的話題，體現了男性最不可救藥的性幻想？但更為有趣的是，這個人物表現了曾樸頭腦中兩種意識形態的衝突：賽金花一方面代表了晚清開明知識分子的玩世不恭和自嘲，另一方面又代表了革命宣傳家「嘉年華會」式的離經叛道思想；置身神話之中的賽金花自然需要一些額外的「身分認證」，才能使讀者眼前一亮。

美麗或者色情狂的女性形像在中國小說中代不乏人，但賽金花的生活經驗擴大了，她不再只是局限於閨門中的蕩婦，相反的，曾樸似乎在可以安排她遊走於不同社會地位間。她雖出身娼家，但有幸成為宦門侍妾，之後，又代替洪鈞的正妻駐歐洲各國。在歐洲，賽金花成了炙手可熱的社交名流，不但贏得德國女皇奧古斯塔‧維多利亞的青睞，甚至與俄國虛無黨的革命志士也有一夕長談。她的感情生活更是多姿多彩，府中的僮僕、英俊的德國軍官，勇猛的平劇武生一一成為她的入幕之賓。自然，最為膾炙人口的那段情史，就是她與八國聯軍司令瓦德西的關係了（此點早經有識之士推翻）。在《續孽海花》（張鴻著）中，賽金花的地位更上層樓，由於她與瓦德西的私情，她竟能在北京城破之日，力勸聯軍統帥勿燒殺擄掠，成了救生靈於塗炭的女英雄。「賽二爺」這高潮迭起的一生，可真令金蓮、熙鳳輩豔羨不已。更令傳統小說讀者不解的可能是，賽金花雖在孽海情濤中多所歷練，但居然能全身而退，她多行「不義」，卻似乎毫不受天理報應的懲處，比起潘金蓮的可怖下場，與王熙鳳的淒涼以終，真有所謂的幸與不幸了。可看出曾樸對於這位奇女子顯然頗有好感，方不忍讓她追隨她的「禍水」前輩們於地下。

曾樸在表面的情節安排上，採用了一些因果報應模式，如言賽金花是煙台妓女轉世，她與洪鈞的「孽緣」也是輪迴的結果，類似於《聊齋志異》中的悍婦復仇模式，這一點也被很多號稱新學人士的人猛烈批評過。但自曾樸的文學訓練來說，法國小說自也可能是一來源。首先，曾樸在處理洪鈞與賽

金花這對白髮紅顏的感情關係上，很可能沿用了他所熟悉的十七、十八世紀法國儀態喜劇的模式（comedy of manners），在這類喜劇模式中，風情萬種的女主角總是千方百計地暗渡陳倉，讓那老邁無能的丈夫綠帽加身。這類偷情的閨房劇成了《孽海花》裡的重要插曲，分別出現於十四、十五、十七、二十三、二十六、三十等章節中，而在欣賞這類的喜劇情節中，我們的著眼點不是在道德的質疑，而是男女間性關係的齟齬。我們有理由推測，掩蓋在「煙台孽報」傳統主題下的，是曾樸對巧婦拙夫這樣喜劇素材的嘗試。其次，曾樸似乎也借用了十九世紀巴爾扎克的小說中，那些周旋於上流人物間交際名花的遭遇（例如《交際花盛衰記》一書所示），作為詮釋賽金花生涯的藍本。從這個觀點我們再度印證了，金錢權勢而非道德，是賽金花，甚至是現實世界中的價值標準。

可能是出於對狹邪小說陳規的重視，曾樸一方面吹捧賽金花的俠情義骨，把她風塵巾幗的形象推向極端；但另一方面又渲染她不足為人道的私生活，突顯她品德上的缺陷。曾樸對筆下的賽金花或傅彩雲必然心存好感，她是小說中最能體現晚清開放精神的人物。即便如此，曾樸仍然受制於他的個人識見及文化環境，故他在處理狹邪小說的敘事方式時，難免顯得不太自在。而以賽金花放縱無行的適應性及無窮的精力而言，她不但可稱為摧毀晚清道德、政治信條的禍水，甚至也對方興未艾的革命思潮構成威脅，她釋放出的能量已經超過作者所能控制的範圍。故儘管曾樸對傅彩雲這個人物暗中懷有偏愛，他也認為自己有必要對她的潑辣無情加以解釋，這使他又回到風月小說的老傳統中找尋靈感。

曾樸盡力表明，金鈞與賽金花的孽緣早有前因，梁新燕便是賽金花的前身。這一模式設定自然回到了果報，但作為有關傅彩雲（或賽金花）的傳奇背景，它顯示出另一層意義。傅彩雲這個人物不再只是一個人盡可夫的蕩婦，也可視為懲罰金鈞寡情背信的果報工具；她的淫蕩就是金鈞忘恩負義的報應。然曾樸似乎從未意識到傅彩雲這種雙面夏娃的性格問題，在這方面，小說最令人吃驚的是金鈞之死的場面：在第二十四章中我們得知金鈞的病來自於在中俄邊界談判中受益失利，羞憤交加所造成，但在彌留之際，他驚恐萬狀地看到舊情人梁新燕的鬼魂，前來索命。金鈞之死既出於他在洋務上的慘敗，

也出於他過去犯下的罪孽，透過梁新燕還魂報仇的故事，曾樸或許滿足了部分老派衛道之士；而傅彩雲之所以沒有像中國古典小說中其他蕩婦那樣受到譴責，主要是因為她也是宿命輪迴的一部分。但這種做法使傅彩雲成為一個更複雜的人物，因為她和她的前身梁新燕代了互相矛盾的新舊道德標準，而她們的交錯出現只使小說的基本歷史道德框架更加搖搖欲墜。

賽金花本人的傳奇命運，恐怕只有在新思潮的激盪下，方有立足之地。清末時期，達爾文主義及社會達爾文主義早已風行於開明有識者的圈子裡，以曾樸的學養背景，必然也會受到影響：他表現於外的，是在《孽海花》一書中直言無諱的進化論式維新主張，而激盪於書中人物間的，則儼然是壁壘分明的新舊兩派人物。然而賽金花以其高明的社交手腕，來往穿梭於各派人物之間，其鳶飛魚躍的活潑精神，不得不使我們暗嘆：她才是真正代表了達爾文主義『物競天擇，適者生存』的真諦，曾樸所苦心孤詣經營的革命人物，都不能像賽金花那樣傳神地表達，說明一個在道德及價值觀念上與先前判然不同的時代精神，已悄然滲入了中國社會。

與洪鈞的昏庸老邁相較，賽金花在男女之間、社交場上的無饜的慾望，益顯其人之生機蓬勃。她在洪鈞死後扶柩歸里的途中，掙脫了洪府的枷鎖，與新識的伶人共效于飛，更給《孽海花》的終篇，添上了神龍見首不見尾的餘韻。曾樸在此卷終的詩口：「但願有情成眷屬，卻看出岫便行雲」，顯然沒有任何道學上的批判意義，相反的，似乎對賽金花的行動，給予一種認可。安排這樣一個結局，自然是對傳統小說「壞女人」的下場，大作翻案文章。賽金花雖不必再為自己「超群」的慾望命喪刀下，但曾樸顯然不願讓她像莎樂美那樣一惡到底，而用前一段孽緣為其超脫。此舉固然可說是：曾樸的革命性進化史觀，很奇怪地受到一種非進化性的，甚至是輪迴性的相應觀念限制，傅彩雲雖具有踰越當代道德及性規範的叛逆精神，但既然她的個性和行為出自前世的恩怨宿命，她仍能稱之為一個有自由意志的人。

但同樣不能忽略的是，模式設定可能也是源出於浪漫派小說的「故技」。曾樸曾引古希臘悲劇和梅里美等人的作品為例，反駁對他「迷信」的指責：「我以為小說中對這種含有神祕的事是常有的。希臘的三部曲，末一部完全講的

是因果報應固不必說，浪漫派中，如梅黎曼（梅里美）的短篇，尤多不可思議的想像。」曾樸此言的對話者自然是胡適、錢玄同輩，但他與胡適等人間其實存在著「兩種文化」之間的鴻溝。胡適所理解的文學自然是文學史框架內的文學，同樣類似於科學建制；而曾樸顯然是從一個作家的立場去強調，小說中存在著神祕性是「合法」的。這場論爭不可能分出高下，但至少明瞭：小說內部綿延的傳統，不會因「問題」或「主義」而發生本質的變化。

傅彩雲（或賽金花）的出現，使《孽海花》能透過一個從良妓女的風流韻事，折射中國國運之盛衰起伏。曾樸將妓院小說寫成歷史小說，並進而顛倒我們所居之不疑的道德倫理取向，經過他的踵事增華，賽金花傳奇成為了展示世紀之交時，中國人對性及政治幻想（或憂慮？）的最佳神話之一。賽金花身分的不斷變易，反映了整個時代擾攘惶惑的氣氛，因此產生的荒謬可笑、價值顛倒的無可奈何之感，也正代表了晚清小說的一大特色。

珠花式結構

曾樸雖對《孽海花》的寫作有諸多不滿意之處，但在其結構上一向自詡甚高，他在真美善書店出修訂本《孽海花》時，還曾特別提到該書的結構問題：

「譬如植物學裡說的花序，《儒林外史》等是上升花序或下降花序，從頭開去，謝了一朵，再開一朵，開到末一朵為止；我是傘形花序，從中心幹部一層一層的推展出各種形色來，互相連結，開成一朵球一般的大花。譬如穿珠，《儒林外史》等是直穿的，拿著一根線，穿一顆算一顆，一直穿到底，是一根珠練；我是蟠曲迴旋著穿的，時收時放，東西交錯，不離中心，是一朵珠花。」

這段話主要是為回應胡適對晚清小說的評價。在胡適眼裡，《孽海花》同《官場現形記》等作品一樣：

「皆為《儒林外史》之產兒。其體裁皆為不連屬的種種實事勉強牽合而成，合之可至無窮之長，分之可成無數短篇小說。《孽海花》一書，適以為

但可居第二流。此書寫近年史事，何嘗不佳？然布局太牽強，材料太多，但適於札記之體。」

　　曾樸與胡適爭論的關鍵是《孽海花》究竟有沒有複雜的結構。胡適過分強調長篇小說結構的嚴謹，對具體作品的分析就會缺乏必要的彈性，沒有考慮到同一種結構意識在展開過程中，可能出現諸多變體，因而對《孽海花》整體結構的評價未免有失公允；而曾樸則認定，《孽海花》與《官場現形記》等小說最不同的正是「結構」。

　　《孽海花》同樣是以人物的行止來帶動故事的起伏，但並不單起到「傳聲筒」的作用，他們本身會有足夠吸引讀者的傳奇性因素在其間。清末雖是中西文化的「碰撞」時代，但一般讀書人對西洋還是好奇多於瞭解，金鈞的海外出使很能滿足部分讀者的好奇心；而傅彩雲在西洋的傳奇經歷，也恐怕對幽處深閨的女性讀者有很強的吸引力。金、傅經歷的傳奇性和複雜性，使小說的情節富有長篇敘事中最有魅力的故事張力，小說雖以金、傅為中心，但敘述空間又遠遠超過了金、傅私生活，而是以二人勾連起晚清整個上層社會、官僚知識界及中國的內政外交，展現了當時的歷史風雲與社會風俗，結構廓大而飽滿。小說的敘述，圍繞金、傅而自由移動，生活場景的展現在「中國──國外」、「家庭──官場」、「主人翁──名士同僚」間伸縮轉移，情節成為一種以金、傅為中心向外發散的立體結構。

　　只要稍微熟悉巴爾扎克《人間喜劇》的人，都可能對曾樸的這些安排會心一笑。在《人間喜劇》中，像呂西安、拉斯蒂涅這些人物反覆出現在不同的小說中，而〈外省生活場景〉、〈巴黎生活場景〉則為這些人物提供了更多展示人性不同側面的空間。像〈幻滅〉這樣的作品，如果沒有外省與巴黎的比照，其心理效應很難展現出來，誠如普魯斯特所言：「若不是巴爾扎克筆下的許多人物在他多部小說中一再複現，這種深受讚賞的創造，這樣的效果，是無法取得的，這就像是從作品深處發出的一道強光，照在一個人的全部生活之上。」

　　《孽海花》中自然有「一道強光」，而這道強光常常讓讀者感到親切，但同時又感到不安。很多「熟悉的人物」在小說中都變得面目全非，信念、

倫理及價值觀完全被顛覆。可能是考慮到當時讀者的「承受能力」，曾樸在貌似傳統的方式裡注入了他虛構的才華：

「曾樸這部小說用的是章回體，因而在每回的末尾，照例沿用『欲知後事如何，且聽下回分解』的套語，但是，它實際上突破了章回的結構，在回目之內進行敘事視角和時空的轉移。它的很多章回，都不是一條線索敘述到底，而往往在章回的中間轉換敘述空間。譬如第十三回（小說林本），開頭是接續前回，寫傅彩雲與維亞太太（隨後才知道是德國皇后，也是英國女王之妹）會面合影回到公使館，見俄國人畢葉正在向雯青兜售『中俄交界圖』；隨後金雯青給同鄉陸蓁如去信，報告他獲得地圖一事。由此敘述由歐洲轉移到北京，由陸蓁如引出『名流宗匠，文學斗山潘尚書』及在京其他名士，描繪這些沉迷於科名的讀書人結識名流、攀附朝官、以求通途的精神狀態與生活方式。倘若是傳統章回體，那麼這一時空、人物的大轉換，應當另起一回。」

儘管敘事型態並沒有顯著的改變，但由於中西時空的交疊，中國士大夫局限於辭章與考據的學問，他們科名之外無所作為的狹窄，便在一種不露聲色的時空對比中突顯。小說以金雯青聯繫的名士高官，展現主流文化風貌，在科場考試、聚會郊遊、家庭逸聞、政治外交等一系列場景中，展現出清末上層社會的生活圖景，刻畫了一系列個性鮮明的名士官僚形象；又以傅彩連繫中國與國外的世俗生活（儘管國外部分受制於作者的經驗，不如中國部分細膩和豐富），透過她在兩性關係上的放蕩不羈，一方面展示了日趨崩潰的傳統道德與秩序，一方面將傅彩雲刻畫成一個在西式社交圈中如魚得水、充滿旺盛生命力（包括中國傳統觀念最忌恨的女人之『淫』）且有恃無恐的形象，昭示出曾樸已敏感的察覺到：全新的價值觀念與生活方式，已隨著殖民化的過程在中國社會萌發生長。

小說表現的生活內容異常豐富，除了晚清上層知識分子的精神與生活，更囊括了公元一八七〇年代至一八九〇年代之間中國政治、文化領域的特殊氛圍和主要事件，展現了清朝政治在文化大變動到來之前的社會思想狀況，其中既包括對中國維新與革命志士活動的描述，如興中會的陳千秋、孫文，維新派的梁超如（即梁啟超）等，還包括對國外民主風潮的展示，如俄國民

粹派的活動等，波譎雲詭的時代與形形色色的人物，構成小說氣度不凡的史詩結構。可貴的是，小說紛繁的事件與眾多的人物，均處於環繞男女主人翁「眾星拱月」的張力秩序中，主人翁性格鮮明，時代背景充實宏大，史詩般的風雲變化與生活細節的生動幽默，都使小說賦予動人心魄的審美力度，構成這部小說一種立體交叉的結構形式。

將小說寫得像「史詩」，是福樓拜以降的法國作家孜孜以求的目標，甚至在二十世紀初的傑作《追憶似水年華》裡，我們仍然能看到普魯斯特對宏闊結構最為艱辛的探索。儘管類同「史詩」的特點會使小說有一種恢宏的氣勢，但支撐著「史詩」規模的仍然是小說的觀念，它可能滲透至主要人物、事件的建構中。福樓拜的名作《薩朗波》同樣是一部歷史小說，其在寫作前甚至像考古學家一樣，對迦太基文化進行了孜孜不倦的調查和考證，然而成書後的《薩朗波》中，最為核心的人物薩朗波卻是虛構的。她不是一個現實的典型，而是某種觀念的化身，代表的是迦太基人的月神崇拜。薩朗波隻身潛入敵人營帳，索回月神紗蛦，卻同時發現了人性，失去了信仰。福樓拜虛構這樣一個籠著神祕紗蛦的準愛情故事，穿插在這場血肉橫飛的戰爭中，顯然是出於藝術上的需要，很難設想若缺少這個故事，這部小說還能否具有如此誘人的色彩和詩意。《孽海花》雖不像《薩朗波》那樣，著眼於古代歷史，但它本身同樣是在試圖調和傳奇與歷史間的距離，雖然最終只完成了擬定回目的三分之一，女主人翁傅彩雲的傳奇故事，即賽金花所經歷世紀之交的大事件，如庚子事變與瓦德西重逢、說服瓦德西使琉璃廠免遭洗劫等，這些極富戲劇性的事件還尚未敘及；但僅有的二十五回頗有現代意識的敘事結構，已足以體現作者擁有能含納歷史風雲、使芸芸眾生生動再現的卓越才能。曾樸《孽海花》在結構上的可貴，是它從結構的功能上打破了傳統章回小說的敘述模式。譴責小說四家的作品，都是採用章回體的，而曾樸的《孽海花》又在章回體制之內，實驗了超越章回的時空轉換、立體敘述。

再次回到「珠花式結構」，所謂「珠花式結構類型」，就是整部小說有個結構上的中心，有相對完整的故事和貫串始終的人物，或者說，追求長篇小說情節上的統一性，防止變成互不關聯片段的連綴。二十世紀以前，中國長篇小說與說書傳統密不可分，作者往往擬想直接面對說書場中的聽眾，因

而儘管小說中許多表現手法已遠離說書形式，但藉強烈的情節性來吸引讀者這一點，並沒有根本性的改變。突出情節性，在結構類型上就必然傾向於「波瀾有起伏，前後有照應」，而不是「可以隨便進止」。至於在具體展開過程中，是如《水滸傳》的一環扣一環呢，還是如《三國演義》的縱橫交錯；是如《西遊記》以取經事件為線索呢，還是如《金瓶梅》以家庭生活為中心，這些自是千差萬別。作家的結構技巧是否高明可以存而不論，但希望寫成情節相對完整的「有複雜的結構」的小說這一點卻是難以否認的。

其實在晚清，像曾樸所強調的珠花式結構並不鮮見，蓋是由於《官場現形記》和《二十年目睹之怪現狀》的聲名過於顯赫，才造成了一種假象，即晚清小說大都是此類集錦式的結構，其實不然。清末民初小說界中，最為流行的仍是傳統小說的珠花式結構——當然會有各種有意無意的變體，這裡講的只是小說的整體傾向：像《女媧石》這樣的政治小說、《黃繡球》一般的社會小說、《碎琴樓》一類的言情小說、《九尾龜》一樣的狹邪小說、《九命奇冤》如此的公案小說，都有相對完整的情節和貫串始終的人物；真正會連綴片段以成長篇的，實際上只限於部分著重展現官場腐敗的社會小說。當然除《官場現形記》外，還有不少商界、學界的「現形記」也是以連綴片段的方式出現，它們的形成與當時小報盛行的背景大有關係，此義可見有關《官場現形記》部分的論述中。

《孽海花》等小說實踐的「珠花式結構」雖說是古已有之，但清末民初使用的珠花型結構的新小說，相對於傳統小說，在結構形態上自有其特色，部分小說採用了單一的情節結構，用一人一事貫串始終，這跟當時的小說理論介紹是有所齟齬的。晚清小說理論家在推崇小說在西方的地位同時，可能是出於「民族自尊心」的需要，經常拿一些結構複雜的中國小說跟一些結構單純的西洋小說相比，結果發現「且西人小說所言者舉一人一事，而吾國小說所言者率數人數事，此吾國小說界之足以自豪者也。」這一「發現」本來無法自圓其說，但在當時卻有相當多人應和，梁啟勛、俠人、徐念慈、呂思勉等人都有大致相同的表述。這種中西小說結構形態比較，受制於其時的域外小說翻譯介紹水平，也受制於其時作家、學者對中國古典小說的瞭解——倘若考慮到明末清初大批才子佳人小說的存在，這種中西小說鮮明對比很可

能就無法成立。不過當時談論中國小說者，多考慮《水滸傳》、《三國演義》等寥寥幾部結構複雜的名著；說起西洋小說時，想及的又多是《茶花女》、《迦因小傳》以及福爾摩斯的一系列偵探故事等情節相對單純的小說。當時小說理論家們的言論對小說作者確實存在壓力，這也可從曾樸在若干年後還要回應胡適的事例中看出。

《孽海花》雖立定主意，要以金、賽兩人情史為經，以社會歷史為緯，但讀者很容易發現其枝蔓、不夠緊湊的地方，這些不夠「草蛇灰線」的地方，要麼是由於追求小說的詩化氛圍，如《老殘遊記》；要麼是強調人物的統一性而暫時忽略情節的統一性，如《玉梨魂》等小說。

不過《孽海花》所表現的枝蔓，卻可能與曾樸宗法的法國作家福樓拜有相當連繫。被現代派小說家尊為鼻祖的福樓拜，常常喜歡細節超過主題本身，這從《包法利夫人》裡包法利那頂普通的帽子開始，到《聖安東尼的誘惑》中那縈繞全書的一幅畫。按瓦萊里的說法是：

「安東尼自己（這是一個屈服了的安東尼）失去了靈魂——我的意思是其主題的靈魂，這個主題的使命本是成為一部傑作。由於沒有能有力地刺激主人翁的任何事情在意，他忽略了主題的本質本身，也沒有聽到對心靈深處的呼喚。那是什麼呢？再簡單不過，只是用形象表現出我們名之為誘惑生理學的那些東西。我並不懷疑福樓拜意識到了其主題的深度，但他似乎害怕深入下去到某一點上，在那裡一切可以學習的東西都不再重要。於是他在太多的書籍和神話中迷了路，在其中失去了戰略思想，我想說的是作品的整體性。」

儘管不能完全將《孽海花》中的枝蔓歸結到學習福樓拜身上，但小說提出的問題卻可能窺見域外小說對傳統小說結構範型影響之一斑。

在《孽海花》這部以「風俗史」張本的歷史小說中，曾樸的確對歷史小說的一些特徵及其指向做出了相應調整。此中除了有當時小說界的風氣所被，更多的則是對法國小說學習和模仿結果。三十年晚清歷史如一風俗畫卷輾轉於金、賽情史之間，而妖豔動人的賽金花為清末小說再添新典型。曾樸也在追步法國作家的同時，將珠花式小說結構進行了內在的改造，儘管這部道地

中國小說有如此多舶來之處，但其融會中西文本的試驗方式讓人感受到小說的進步，而此等意義或可視為《孽海花》獨具一格之所在。

《新小說》：類型與意識形態的交錯

傅柯說的不錯，分類應該是釐清知識範圍的第一步，儘管這分類有可能產生像波赫士小說中那種稀奇的分類。而對於不同時代的讀者來說，將自己喜愛的小說用非專業和專業的眼光加以區分無可厚非，也固然有隨意的成分在其間；但分類的方式始終擺脫不了一個時代的批評風向及知識階級的熱烈關注。

從類型的角度探討小說，可能是「新小說」家的一大特點。在推出名目繁雜的小說類型過程中，不僅將西學的種種門類附屬到中國小說身上，也改變了中國小說的研究方式和重心。誠如陳平原先生所言：「關於小說類型的討論，幾乎成了清末民初文壇最為活躍而且最富建設性的理論探討。儘管受理論背景及創作實踐的限制，這一時期的小說類型說仍十分粗糙，但對刺激中國人的類型興趣，對調節、引導當時的小說創作，都引起了相當積極的作用。尤為重要的是，其對中國小說類型的界定和闡發，直接影響了此後一代代的小說史家，以至在今天的學術界裡，仍然不難辨認出其雖遙遠，卻遠未消逝的足音。」

《新小說》常被看做是中國第一份以「小說」命名的文學期刊，話雖不差，但需要略作界定。此處所謂的「小說」並非僅對應於小說文體，它也包括戲曲以及一切通俗敘事文學（如彈詞等），它幾乎涵蓋了詩、詞、賦和曲以外大部分的想像文學。這份由梁啟超經辦的著名刊物應該算是《清議報》、《新民叢報》事業的一個延伸，當然也是梁啟超深受日本明治文學影響的一個結果。也正是從《新小說》雜誌開始，不斷推陳出新的小說類型幾乎成了小說雜誌的分內之事，其後影響很大的《月月小說》甚至將寫情小說細分到十二種之多，這可能會讓讀者在體味纏綿悱惻的同時，也要略為思考何為哀情，何為奇情的概念問題。

《新小說》創刊於公元一九〇二年十一月十四日，即清光緒二十八年十月十五日。它最早在日本橫濱出版，由新民叢報社活版部印刷，新小說社發行；第二卷起遷至上海，由廣智書局代為發行。《新小說》的編輯及發行者

署名為趙毓林，但真正主持自然是梁啟超，其對創辦《新小說》其實早有準備。早在《清議報》上，他曾經刊發過對日本政治小說的見解；而更早的時候，嚴復、夏曾佑的長文〈本館附印說部緣起〉也早為《新小說》的辦刊宗旨埋下了伏筆。

這些準備從一開始就將「政治小說」的位置突顯出來，「政治小說」雖是新小說的眾多類型之一，但它的出現與存在卻絕非是簡單的小說類型問題，由於它引發的寫作與批評傳統不僅在晚清時期遍地開花，也在五四之後引起激烈反響，成為上個世紀迴避不了的話題，正如王德威所分析的那樣：

「自文學史的角度來看，僅僅『政治小說』一詞即暗示至少兩個課題。第一，如果文學創作的題材與政治理念或現狀有密不可分的關係，則閱讀、編纂是類作品時，我們如何才能適切劃分文學，以及所謂的非文學外圍因素？比方說，閱讀茅盾早期的作品時，如果我們對民國十五六年的清黨事件及上海工人暴動一無所知，是否還能參透茅盾小說中許多諱莫如深的玄機？但另一方面我們亦應如何提高警覺，避免視文學作品『僅』為作家意識形態或社會批判的直接反映？第二，一旦政治立場及意識形態成為我們的話題，則治文學史所必須秉持的種種價值標準應納入考慮——所謂科學的、客觀中立的治史態度，畢竟是一比較而非絕對性的觀念，研究、書寫文學史者本身所有的歷史、政治意識，『總』無可避免地要惢惠其對過往的作品重加批判。近四十年來大陸一再改寫官方的文學史論就是最明顯的例子；而臺灣對公元一九三〇、公元一九四〇年代作品研究的斷層，又何嘗不是提醒我們，文學史的研究豈僅僅是就文學論文學？至於各種資料、背景的蒐集考證之不易，反成次要難題了。」

早在《新小說》尚未問世時，《新民叢報》就不斷刊發「新小說社」的有關廣告，為《新小說》的誕生大造聲勢。而在《新小說》的作者、編者群中，梁啟超、羅普、吳趼人、周桂笙等多屬於《新民叢報》的同人，同時也由《新小說》雜誌的發行逐步成為一些名副其實的「新小說家」。由於與《新民叢報》的特別淵源，《新小說》的發行銷售渠道便與《新民叢報》「綁定」在一起：

「海內外各都會市鎮，凡代派《新民叢報》之處，皆有本報寄售，欲閱者請各就近掛號。」

《新小說》正式發行時，《新民叢報》已有銷售派送點七十五個。憑藉如此強大的銷售網路，《新小說》也迅速進入了各都會的讀者手中，黃遵憲也能在嘉應老家迅速看到新刊的《新小說》：「僅二旬餘，得報以此為最速，緣汕頭之洋務局中，每有專人飛遞故也。」外在的傳播優勢也是《新小說》能廣泛影響當時人士的一個不可忽略的因素。

《新小說》令人耳目一新之處不勝枚舉，但至少以下諸方面是不能不提的：全新的小說類型觀念，發揮了《新小說》作為小說雜誌的優勢，將書冊經營中的歷史脈絡轉化為共時性的問題關聯，而文體等級的變遷，成全了「啟蒙」的號召，而啟蒙的目的卻是指向普遍的社會危機感。從個人感觸到派別目標（如維新派的改良社會目的），乃至到文化價值的重新認識，這些都被重新編排，以一種對號入座和化整為零的方式進入到小說諸類型之中。《新小說》不僅將讀者視為應被「啟蒙」的對象，同時還隱約賦予和認可他們，成為參與同樣事業的同道，一種全新的小說美學標準也在《新小說》的破壞及建設中依稀可辨。

▌類型

在梁啟超等人提出新的小說類型觀念之前，中國小說的類型探討重心是在文言小說上。從劉知幾的《史通》開始，一些學者以嚴肅的方式探討小說的不同類型，劉知幾已列出了偏記、小錄、家史等十種「偏記小說」，但「傳奇」尚不在其列；到了明人胡應麟時，小說的六分法也非常客觀地反映了當時對小說的理解情況，即使像「叢談」、「辯訂」和「箴規」這些較少文學色彩的文類，但當時的人一般都將其當做小說；而清人紀昀在《四庫全書總目》中再次將小說分類，縮小了範圍，主要針對富有虛構意味的小說。在約近千年的小說類型辨析中，文言小說的認定逐步由「實」到「虛」，由重視博聞補史，到不博「神采」和「意想」。

相比之下，白話小說的分類要「單純」許多，一般就集中在宋代「說話四家」或「小說八類」的探討上；但為白話小說贏得許多士大夫讀者的金聖嘆、毛宗崗等人，強調的地方卻偏偏不是這些小說的類型特點，而是與「天下文章」的共通之處；再加上白話小說基本上不可能被重要的目錄學著作所採錄，因此分類與否對於這些小說倒無甚緊要。但到了嚴復、梁啟超等人發表有關小說的論述，尤其是發表〈譯印政治小說序〉後，各種新的小說類型像雨後春筍一般迅速出現。應當說明的是，「小說類型」一詞很少見於「新小說」家的論述，而「小說分類」、「小說之種類」等說法才代表了當時人眼中的小說類型。

　　在《新小說》創辦前，「政治小說」、「歷史小說」等概念已出現在梁啟超的文章中，《清議報》上也出現過「政治小說」的專欄。不過直到公元一九〇二年《新小說》即將刊出時，《新民叢報》在預告性的文章〈中國唯一之文學報《新小說》〉中，才將小說類型的構想和盤托出。

　　此文可能出自梁啟超之手，他構想出了歷史小說、政治小說、哲理科學小說、冒險小說、寫情小說等類型，並分別一一加以說明。尤其是歷史小說和政治小說，撰者不僅看重其界定，如稱政治小說是「著者欲藉以吐露其所懷抱之政治思想也。其立論皆以中國為主，事實全由於幻想」，同時還將所刊書名大都一一登明，如當時計劃刊載的「歷史小說」《羅馬史演義》、《十九世紀演義》、《自由鐘》、《東歐女豪傑》等書都有全書梗概。該文還對小說分類提出了三種不同的標準：第一種是從用語上，區分成了文言和俗語兩大類，在俗語中又分為官話和粵語兩小類，這也反映出《新小說》的某種地方特色；第二種是長篇與短篇之別：「其屬長篇者，每號或登一回二三回不等」；第三種便是從內容性質上進行分類，便出現了歷史小說和政治小說等門類。

　　前兩種分類法在清末民初時並不受小說界重視，管達如寫於公元一九一二年的《說小說》也僅是順便提及；但到了胡適等人研究中國小說時，文言與白話之別遂成為一「權力位移」的象徵，文言小說已甚少被注意，而明清白話小說的研究大行其時。為突出民間語言的顛覆力量，胡適對《海上

花列傳》的吳語運用也別有讚響；「短篇小說」也在胡適、錢玄同那裡也受到了前所未有的重視，莫泊桑的短篇小說觀念漸被中國學者接受，而以《聊齋志異》為代表的中國式短篇小說則由於其「思想落伍」而被奉上祭壇；唯有以內容性質劃分的小說類型，雖在清末民初赫煊一時，但後來只有魯迅的名著《中國小說史略》在小說類型的研究上青出於藍。

《新小說》在確立小說類型時，主要是出於對西方分類法的重視，像俠人便認為「西洋小說分類甚精，中國則不然，僅可約舉為英雄、兒女、鬼神三大派，然一書中仍相混雜。此中國之所短一」；而更早時，梁啟超曾在〈譯印政治小說序〉裡，對中國小說下過更激烈的判斷：「綜其大較，不出誨淫誨盜兩端。」

用西方小說類型衡量和重新規劃中國小說時，自然存在一個學習西方、抬高小說價值的歷史語境，但在此過程中，其實引出了批評意識與媒介方式的結合問題。類型批評在西方文學批評中一直占有重要地位，當然對類型本身的概念也有爭論，像悲劇和喜劇的區別自然屬於類型劃分，「騎士小說」、「流浪漢小說」及「羅曼史小說」也屬於類型劃分，但兩者卻存在一定區別。借用托多洛夫的劃分，前者可以看成是歷史性文類，是在歷史的特定時段上對某一體裁進行描述；而後者則可看成理論性文類，更在於某種文學話語中假設體裁的存在。就像《唐吉訶德》終結了「騎士小說」這樣的文學常識，其實也是出於「騎士小說」的理論假設，如果沒有「騎士小說」這一理論性文類的存在，單從小說這一歷史性文類是不可能得出如此結論。

類型批評的真正好處，是能事先建立一個理想模型，而在此之中，「傳統」與「個人才能」的結合能得到完整闡釋，而不變的「文學原型」如何影響新出的作品都可被一一說明，文學批評因而也可能在內部建立原則，而盡量避免外在的決定論。但如果將此「美好意圖」拿來衡量新小說家們對小說類型的引進，則難免要大失所望，因為梁啟超等人幾乎不在意小說史的歷史脈絡，他們更多考慮的是如何為小說創作建立新的規則。

新小說家中頗多自視甚高者，大有開天闢地的氣魄和自我感覺，儘管後來的歷史證明，他們只能扮演從古典小說向現代小說過渡的角色，但他們始

終不忘創新，並力圖「規範化」，使這種創新固定下來。因此當其評述某一小說類型時，與其說是在下定義，不如說是在談希望：「下定義」主要面對歷史，需要準確明晰，不可移易；「談希望」則主要面對未來，不妨朦朧模糊，主觀色彩很強，甚至每次說的都不一樣。在眾多關於小說類型的界說中，大部分都不著邊際，而他們最為看重的恰恰是小說的社會功能。且不說梁啟超疾呼小說與「群治」之關聯，定一也在《小說叢話》的論述中稱：

「中國小說，起於宋朝，因太平無事，日進一佳話，其性質原為娛樂計，故致為君子所輕視，良有以也。今日改良小說，必先更其目的，以為社會圭臬，為旨方妙。抑又思之，中國小說之不發達，猶有一因，即喜錄陳言，故看一二部，其他可類推，以至終無進步，可慨可慨！然補救之方，必自輸入政治小說、偵探小說、科學小說始。蓋中國小說中，全無此三者性質，而此三者，尤為小說全體之關鍵也。」

這個「補救之方」其實是講如何提高小說實際地位的問題，而其答案是要小說變成「社會圭臬」。像政治小說、科學小說自不待言，就連娛樂性極強的「偵探小說」也承擔起了啟蒙救國的重任，這只能歸於這一代讀者高度政治化的「期待視野」。不管是否誤讀，梁啟超等人藉助於三個新的小說類型，衝擊傳統中國小說的總體布局，強化小說的教誨（哲理、思想、主義）色彩，對新小說基本品格的形成起了決定性的作用。

新小說家引入小說類型的最初動力，主要是用來作為寫作或翻譯小說的綱領。譬如梁啟超寫作〈譯印政治小說序〉的目的，便是為翻譯《佳人奇遇》等書的原因作一說明，而自己所寫的《新中國未來記》完全符合他自己給政治小說下的定義，或者也可說：《新小說》上的「政治小說」，正是以《新中國未來記》為中心展開。吳趼人作為「歷史小說」的最主要倡導者，也發表過不少關於「歷史小說」的理論論述，力圖挖掘歷史小說引人入勝、便於啟蒙的特點。吳趼人自己也寫了《兩晉演義》等歷史小說，但在實際寫作過程中，這位屢能發掘古典新義的小說家，也深感歷史小說名實相符之難：

「作小說難，作歷史小說尤難，作歷史小說而欲不失歷史之真相尤難，作歷史小說而不失其真相，而欲其有趣味，尤難之又難。其敘事處或稍有參

差先後者，取順筆勢，不得已也。或略加附會，以為點染，亦不得已也。他日當於逐處加以眉批指出之。庶可略藉趣味以佐閱者，復指出之，使不為所惑也。」

歷史小說是《新小說》最為看重的小說類型，它甚至排在政治小說之前。作為一種與社會關聯較密切的小說類型，它可能是唯一「國產」的，這也難免引得眾多新小說家重視。而在現所能見的作品中，歷史小說的成績並不突出，即便像吳趼人這樣一位敘事的多面手，在「歷史真實」的重壓下，也很難放開手腳，寫出像《新石頭記》那樣有趣、突兀而又極富闡釋意義的作品。

在新小說家批評中，小說類型的優劣並不會直接相關到作品的好壞，正如陳平原先生分析的那樣：

「新小說批評家在區分不同小說類型時，將其劃歸為不同等級，有大力提倡的（如政治小說），有一般讚賞的（如社會小說），也有嚴格控制的（如言情小說）。建立小說類型的『等級制』，在理論上並不可取，谷易窒息藝術創新的活力。受排斥者固然處境不佳，被推崇者身為楷模，須時刻警惕，不越雷池半步，日子也不好過。因而，在清末民初，奪魁呼聲最高的政治小說表現平平，頗受青睞的歷史小說也未見佳作，反倒是不大受重視的社會小說有點實績。」

當然在引入許多小說類型後，對中國小說不可避免地會產生新的闡釋，這可能是《新小說》中最有趣和最有特點的類型批評，這也影響到其後各種小說雜誌及新刊小說的批評，成為清末民初最為盛行的批評方式，像政治小說、倫理小說等類型被紛紛用來指稱一些著名的傳統小說：《紅樓夢》是社會主義；《水滸傳》成了虛無黨小說；《聊齋志異》有民族主義思想；《金瓶梅》為社會小說等。而最為獨特的「發明」可能要算對《鏡花緣》的重新認識，定一認為：

「中國無科學小說，唯《鏡花緣》一書足以當之。其中所載醫方，皆發人之所未發，屢試屢效，浙人沈氏所刊《經驗方》一書，多采之。以吾度之，著者欲以之傳於後世，不作俗醫為祕方之舉，故列入小說。小說有醫方，自《鏡花緣》始。」

如此奇崛的發現，一方面說明了定一對科學小說的概念和界限不甚清楚，但同時也傳達出一種尋找問題關聯的努力，尤其後者在小說雜誌的背景下，更顯出一種新穎的批評意識。

《新小說》最初設定的小說類型不少，但真正深思熟慮的可能只是歷史小說、政治小說和哲理科學小說三種類型。在這三種小說類型的介紹裡，將要刊載的小說題目都被一一預告出來，而其它小說類型則多註明「題未定」，在類型的命名上也存在著含混之處，比如對「語怪小說」的解釋是：

「妖怪學為哲理之一科，好學深思之士，喜研究焉。西人談空說有（按：似應為「談空說無」）之書，汗牛充棟，幾等中國，取其尤新奇可詫者譯之，亦研究魂學之一助也。」

這一命名本身就很容易引起歧義，在中國傳統小說裡，「語怪小說」本是對應於「志怪」，但在《新小說》的新命名中，「妖怪學」卻成了此種小說的價值所在，而在「語怪小說」之後，《聊齋志異》和《閱微草堂筆記》卻被命名是「剳記體小說」，強調的是其「隨意雜錄」的特點。

《新小說》在確立如此多小說類型時，建構的是小說的外圍，但此種建構又與從前在「史書」和「子書」之間的打轉有所不同。《新小說》主要憑藉小說文體的社會意義，進而將文體的等級和價值變得「不言自明」，而此前的批評則總是要先將小說歸屬到「史部」或者「子部」，再進一步發現其意義和價值，而這些意義和價值同樣可以用來評價「史書」或者「子書」。如果從詞組結構上看，《新小說》建立了一系列主謂結構的小說類型，像「政治小說」、「軍事小說」是從內容上命名，而「傳奇體小說」和「剳記體小說」則是從形式上辨別，雖然區分的方式不同，但「小說」始終是作為謂詞而存在。

《新小說》的編輯者在製造這樣一個悖論：書面上所刊載大多與小說有關，但希望小說的讀者卻千萬不要將其僅當做「小說」看，而要發現這些小說的「深意」所在。在這樣的「號召」下，確實引發了類型批評的效應。在晚出的《中外小說林》上便有如此論述：

「蓋其令後世之學者，讀其書說，即與其書說中所抱之宗旨，相隨而進化者也。讀政治小說者，足生其改良政治之感情；讀社會小說者，足生其改良社會之雄心；讀宗教小說者，足生其改良宗教之觀念；讀種族小說者，有以生愛國獨立之精神。其餘讀偵探小說生其機警，讀科學小說生其慧力，有以使之然也。」

「小說界革命」最為人熟知的結果，是抬高了小說文體的等級，使之成為二十世紀最為重要的文體。可如果沒有對小說類型的社會性構想，小說也不可能迅速成為知識界關注的中心文體。在《新小說》的類型框架裡，各種小說是以一種「平鋪直敘」的方式同社會連繫在一起，即便是最富歷史意味的「歷史小說」，也必定會有不少「當代」意識夾雜其間。比如刊載《東歐女豪傑》時，要強調「中國愛國之志士，各宜奉此為枕中鴻祕者也」；歷史事實在此變成了新小說家用「演義體」敘述的材料，而其指向當下社會的諸多特點被特別看重。

當這些小說類型，對應了當時知識界對社會的各種想像後，它便使小說更加駁雜，而小說憑藉其駁雜，來整合和吞併其他文體表達的可能性便越來越大。在此前提下，小說批評很容易成為知識界展開批評的「公共領域」，因為不同專業、門類的讀者都能在小說中發現與自己專業、門類相關的小說類型。但與此同時，也必然使得各種類型小說很難仕「小說」的名義下統一起來，小說史的脈絡在此固然會有回聲，但已很少用武之地。像《紅樓夢》、《鏡花緣》等古代小說固然會成為某一小說類型的代表，但它們並沒有，也不可能為此小說類型確立標準和原則，因為標準和原則隨時都會改變，但這些古代的作者已不可能為其作品進行申辯了。

《新小說》引發了類型批評的熱潮，而在此後的十年間成為小說批評的主流，一直到魯迅等小說史家出現後，具有歷史脈絡的類型研究才逐步取代了印象式、想像力豐富的類型批評，而對經典研究的典範也在《紅樓夢》等作品上重新復活。在這場看似粗略、較少理論建樹的批評熱潮中，觸動的不只是文體價值、等級等問題，更可能是對書冊中心的一個全面質疑。

「小說界革命」提高小說地位這一點容易被文學史所接受，但在《新小說》等雜誌中，對小說傳統的隨意建構或解構卻很難被小說史家所認可。其原因在於，小說史雖然較詩、文、史更為晚出，但基本上還是以書冊為中心構建起來的。像《新小說》等小說雜誌即便會被研究者提到，它也只是中國小說發展長河中的一小段而已。龐大的小說傳統對這些小說雜誌的「非小說」部分會造成嚴重壓制，畢竟小說是書寫小說史的根本理由。《新小說》卻恰恰開啟了小說雜誌與小說傳統斷裂的源頭，在《新小說》裡，小說傳統是可有可無的，一切都似乎可以從現在開始；而小說雜誌的編撰者也不見得是以小說的「傳諸久遠」為首要目標，而是期望能立刻引起社會反響，影響擬想中的「群」。

　　《新小說》之前的小說批評是以傳世小說，至少是以已出版或者大致完成的小說為批評對象，被挑中的作品往往是同種文體中的傑出之作。在明代的「四大奇書」中，已經展示出當時批評家對小說經典之作的確認，而在金聖嘆的「才子書」系列中，他顯然是在羅列一組廣義的文學經典。此種批評方式在韓邦慶那裡還有明顯反響，他用吳語寫作的《海上花列傳》是要超越京語所寫的《紅樓夢》，而《太仙漫稿》則是要超越文言傑作《聊齋志異》。在金聖嘆那裡，很容易發現以經典為中心的批評；而在韓邦慶這裡，小說經典已經成為布魯姆所說的「影響的焦慮」。《新小說》瓦解的正是以某部或者某幾部作品為中心的批評方式，它用更細緻，但卻是更多元的類型來代表。

　　《新小說》可能推出一些經典的類型，卻不可能產生經典作品，因為其評價的首要標準，是在類型的重要與否，而不是作品之間的比較與甄別。而在魯迅的小說史研究中，儘管是類型研究而非經典研究，但歷時性的類型研究已取代了共時性的類型批評。這必然使魯迅只能以書冊為中心建構其小說史，而小說雜誌對小說歷史提出的挑戰在此仍然無法面對，最能說明這一情況的，莫過於他對清末小說的描述。

　　魯迅以「譴責小說」來歸納這一時期的特徵，並提出其鼻祖是《儒林外史》。這一說法極富想像力，影響學界數十年。但正如陳平原先生所言：「用『譴責』來概括清末小說的基調頗為準確，可用『譴責小說』來代表清末小

說類型則不大妥當。」魯迅在使用「譴責小說」時，更像新小說家們在進行類型批評，而為了顧全歷史脈絡，《儒林外史》因而被提出來作為典範，如此也造成了諷刺與譴責的含糊、時期與風格的模稜兩可。

以《新小說》為開端的小說類型批評僅僅只是一個試驗，它在小說史成為專門學問後也必然會退出歷史舞台，但它也為小說批評展示了某種可能：在雜誌這一新興媒介中，小說的出現與消失、廣為流傳與無人問津，並不一定是小說史自身內部運動的結果，它可能會與更廣泛、更多元的話語方式連繫在一起；而小說批評者也大可不必「言必有徵」，只要能介入當下，其類型批評總能得到回響。《新小說》引出的類型批評儘管可能略顯粗疏，有見林不見樹之嫌，但它卻激發了小說創作的多種可能，也使批評意識以雜誌為媒介，確實地進入到小說的歷史當中。

政治小說

「政治小說」被作為小說類型來使用，應該是從梁啟超的〈譯印政治小說序〉開始，這篇文章刊出於公元一八九八年維新運動失敗之後。梁啟超提出的這一概念，明顯帶有日本明治小說改良的印跡，但它的提出又跟明治小說的背景不盡相同。明治小說的改良固然是有它自身的政治背景，但明治時期日本的政治氛圍與戊戌前後的晚清中國大為不同，當時的日本已自上而下實施政治改良，政治小說只是翻譯文學中的一種，而且政治小說本身跟自由民權運動有著密切的連繫；但晚清引入的「政治小說」，則主要是維新失敗後另尋新途的一種做法，它同《清議報》一道成為表達意識形態的最佳武器。

在嚴復和夏曾佑的〈本館附印說部緣起〉中，基本表述了將小說作為意識形態，或者介入政治的有力方式，但當時仍是使用傳統的「說部」一詞。此文是從歷史觀念的角度，來深度剖析小說的作用，算得上靡細無遺，但「說部」的使用卻使其很難脫離中國小說傳統，更別說另起爐灶重申小說與意識形態之關係；但當「政治小說」一詞出現後，它卻能容易的將小說傳統暫時放到一邊，直接申明小說與政治之關係。因此「政治小說」，是以一種新小

說理論內涵的出現，而並非是一種單一的小說類型，這與其後盛行的「偵探小說」、「科學小說」等有著本質的不同。

「政治小說」既然直言政治為小說之內容，自然希望小說能介入政治。這一願望在傳統小說家或者批評家中並非不存在，像《三國演義》為人重視的「正統」觀念，本身就是一種政治意識；而《蕩寇志》的寫作本身，即是政治立場的表態。但在嚴復和夏曾佑的文章刊出前，縈繞小說理論表述的仍是一種歷史意識，是一種將小說效應放至中長時段考慮的做法。並不能說此種立論有何不對，但相形於借重小說作為傳達意識形態這一點來說，小說歷史顯然不應該成為斯時考慮的重心。梁啟超等人關注小說，並非是真正地對小說或者小說史有興趣，而是尋找一種更好表達政見的途徑。

「政治小說」的被借用，也可以說是士大夫論政的一個陣地轉移。此前士大夫的論政主要是透過典雅的古文來表達，但梁啟超等人身處異國，他們最主要的媒介是報刊，而非書冊；再加上他們心目中的「群」比之士大夫群體、能讀懂古文的群體還要廣泛得多，這些都促使以「政治小說」為先鋒的小說文類（包含俚俗戲曲）成為一時新貴。它們憑藉著俚俗多變的取材及敘事模式，在當時儼然已凌駕其他文類，成為最能激發對話，且有政治挑釁力的文化媒介，日後文學革命的起源之一應溯及至此，當不為過。

儘管梁啟超的古文平易暢達，但如果就表達政見而言，《新中國未來記》無疑更為引人入勝，甚至可能產生了古文無法達到的效果。不過此時「政治小說」的借重，恐怕並非像王德威所說的「已代表了晚清士人反傳統的姿態」，反而可能是傳統論政方式在新文類中的沿襲。梁啟超等人用士大夫論政的傳統來賦予「政治小說」新的內涵，但並不意味著此種傳統的「政治小說」就能一統天下，反而是在李伯元、吳趼人或劉鶚等人身上，能看到一些由小說傳統內部而誕生的「政治小說」。小說雖在「小說界革命」後真正成為重要的文類，但「政治小說」並沒有由此而深入到擬想中的「群」，倒是五四文人極力詆毀的「譴責」及「黑幕」小說，反而展現出「不可思議」的支配人心之力量。梁氏本人所作之《新中國未來記》竟難卒終章，而所謂意圖嚴肅的小說，在晚清浩瀚的出版風潮中數量畢竟有限；而五四以後的小說

創作風格，像《官場現形記》、《二十年目睹之怪現狀》這類諷笑戲謔的作品，似乎才真正觸動了新作家的批判動機。小說理論、作者意圖與作品實際表現間的差異，由此可見一斑。

「政治小說」雖是與政治關係極為密切，但怎樣寫仍牽涉到一個文學陳規的問題。梁啟超在《新中國未來記》的緒言裡，曾說該作「似說部非說部，似稗史非稗史，似論著非論著，不知成何文體，自顧良自失笑。」這段話略帶自嘲和自得，但也說明了當時「政治小說」在形式上的窘境。《新中國未來記》雖在中國小說中是「前無古人」，但它卻有著明顯日本明治小說的印跡。按夏曉虹先生的說法：

「幾乎每一部日本政治小說都透射出政治理想的光芒。而最能體現其理想光輝與浪漫性質的，當推『未來記』一類。明治年間的作者熱衷於幻想未來社會，就使『未來記』成了政治小說的一種常見形式。單從書名看，便有末廣鐵腸的《二十三年未來記》、服部撫松的《二十三年國會未來記》、坪內逍遙的《〈內地雜居〉未來之夢》、藤澤蟠松的《日本之未來》等等。其他標題上未帶出『未來』字樣的『未來記』尚有多種，像尾崎行雄的《新日本》、須藤南翠的《新妝之佳人》等。這些小說固然是模仿當時譯介的西方烏托邦小說，如《良政府談》（即湯瑪斯·摩爾的《烏托邦》、《社會進化世界未來記》，蔭山廣忠譯），但也顯現山作者的政治熱情與自由心態。末廣鐵腸的《雪中梅》，中心故事本是描述明治年代的政治社會及志士們為開設國會所作的鬥爭，卻採用了『未來記』的框架，從明治一七三年，即國會開設一五〇週年慶祝日講起。日本政治小說作者對於『未來記』實在是過於喜愛了。」

受此影響，梁啟超也採用「未來記」的框架作為自己表述政治理想的方式，同時還與他所說的「理想派小說」連繫在一起，其在〈論小說與群治之關係〉中提出「理想派小說」與「寫實派小說」兩個相對應的概念：

「凡人之性，常非能以現境界而自滿足者也。而此蠢蠢軀殼，其所能觸能受之境界，又頑狹短局而至有限也。故常欲於直接以觸以受之外，而間接有所觸有所受，所謂身外之身，世界外之世界也。此等識想，不獨利根眾生

有之，即鈍根眾生亦有焉。而導其根器使日趨於鈍、日趨於利者，其力量無大於小說。小說者，常導人遊於他境界，而變換其常觸常受之空氣者也。此其一。人之恆情，於其所懷抱之想像，所經閱之境界，往往有行之不知、習矣不查者；無論為哀為樂、為怨為怒、為戀為駭、為憂為慚，常若知其然而不知其所以然。欲摹寫其情狀，而心不能自喻，口不能自宣，筆不能自傳。有人焉和盤托出，徹底而發露之，則拍案叫絕曰：『善哉，如是如是。』所謂『夫子言之，於我心有戚戚焉』。感人之深，莫此為甚。此其二。此二者實文章之真諦，筆舌之能事。苟能批此窾、導此窾，則無論為何等之文，皆足以移人；而諸人之中能極其妙而神其技者，莫小說若。故曰小說為文學之最上乘也。由前之說，則理想派小說尚焉；由後之說，則寫實派小說尚焉。小說種目雖多，未有能出此兩者範圍外者也。」

　　梁啟超可能是最早在中國文學批評中，提出「理想派小說」與「寫實派小說」區分的人，它們之間的關係略近於「浪漫」與「寫實」，當然用「浪漫」和「寫實」的說法還是過於含糊、籠統。巴爾扎克曾在〈貝爾先生研究〉一文中，提出過「形象文學」與「觀念文學」之別，我認為將其類比於梁氏小說的二分法，更易說明這一劃分的意義。「理想派小說」的精髓，是提供一些讀者所不知道的形象，就像夏多布里昂的遊記或小說能引導讀者進入從未涉足的領地，充分馳騁其想像，梁啟超熱衷的「未來記」，也是能讓讀者感受到「身外之身，世界外之世界」；而梁氏所說的「寫實派文學」，則是表達讀者已有的情感和經驗，並且賦予讀者一些新的眼光，這便多少類似於「觀念文學」。當然，「形象文學」與「觀念文學」本身並不可能截然對立，巴爾扎克就認為自己是同司各特、喬治·桑等人一樣屬於混合型的，而且文學中的「形象」與「觀念」猶如繪畫中的素描與色彩，並沒有截然的分野。藉助這一更早、更有趣的區分，我們可以發現：梁啟超基本上已經說出了小說表達的兩種側重。他自己所做的《新中國未來記》自然可劃在「理想派小說」之列，儘管他談論的是政治觀念，但卻展示了一幅幅當時中國人尚不可想見的政治圖景。

　　梁啟超的政治小說思路可能是政治形象化的開端，也可能是政治圖像化的終結。在《新中國未來記》出現之前，的確很少有文字作品出現對未來的

全面蠡測，卻不乏有相關的圖像作品，像在民間早已流傳的〈推背圖〉或〈燒餅歌〉都是對未來的預測，儘管其預測的隨意性較大，但也不能否定其提供了一種想像中的未來政治。在政治圖像化的視野中，製作者扮演著先知的角色，其身分也類似於巫師，觀看者不見得是要尋找政治的內涵，他們不過是要滿足對遙遠未來的好奇。而且在片段式的等分中，未來成為了一幅幅單列的圖像，它們象徵著某個特別的時段，其連續性是可有可無的。政治小說家在扮演預言家角色這一點，與預測圖像的製作者一般無二，但由於文字敘述與畫面描述的不同，使他們必須在連續性上給讀者一個交代，這也是《新中國未來記》有「確切」時間、紀年的因素，也是藉助論辯來展示未來的一大原因。但在政治形象化的過程中，政治小說的作者不僅要告知結局，還要說明過程，這便使其同時成為製作者與解釋者。梁啟超確實已經有了一個新中國的模糊結局，但正因為在解釋的過程中自己浮現了疑惑，以至輟筆中止。當政治成為某種形象時，它其實是將政治置身於一個可供介入的場景當中，梁啟超在《新中國未來記》的緒言裡就強調該書「但提出種種問題一研究之，廣徵海內達人意見」，而非像〈推背圖〉等圖像作品，永遠是透過「神啟」式的領會來觸及未來政治。

在雜誌這一媒介裡，政治小說自然有可能將政治設定為繪聲繪色的場景，而將其當作「公共話題」能引發更多讀者的參與。像《新中國未來記》這樣的作品自然可以說成是晚清「政治小說」的代表，但卻很難成為晚清小說的代表，其原因還是在於它無法進入以書冊為中心的小說傳統。儘管晚清許多著名的小說，都是先以刊載的方式出現在報刊上，然後再成書，但只要留意一下小說史的論述，就可發現評價這些小說時，始終不離的是小說傳統：無論是魯迅在挑選《儒林外史》作為「譴責小說」鼻祖，還是夏志清將《老殘遊記》視為道地的「政治小說」，乃至王德威看出賽金花的文學原型，觀察出「譴責之外的喧囂」等，無一不是在小說陳規與創新中尋找晚清小說「之所以然」。關注小說的形式、風格變遷可能是治小說史最正當的方式，但自然會存在盲點，這裡所說的盲點還不是指與形式批評、風格批評不同的意識形態批評，而是說即便在形式批評內部，是否仍存在一些非小說傳統的因素。

王德威曾提出過一個非常有闡釋餘地的假說，他希望更深入探討小說形式本身所蘊含的意義，並且分析了幾部晚清小說的潛在闡釋模式：

　　「以劉鶚的《老殘遊記》來說吧，我們對該書明白的社會政治批判已是耳熟能詳，但有心的人仍可瞭解劉鶚的不妥協立場，亦嘗藉寫作模式的反動來表達。《老殘遊記》的主題之一是申明妄尊自大、剛愎顛頂的『清官』尤較『贓官』可惡，這自然是有所本而發。但自文學史的觀點來看，該書一出，則晚清以前廣受歡迎的『公案』小說即面臨一大挑戰。不論施公、彭公乃，至較早的包公，皆以公正廉明，斷案如神為標榜。曾幾何時，劉鶚的『反公案』寫法卻大作翻案文章，劉氏卓然特立的政治見解因而從文學傳統的變化中亦可得見。另外晚清譴責小說向因『辭氣浮露、筆無藏鋒』而為人詬病。但如果我們將傳統話本作品與之並立，則可發現晚清小說如《二十年目睹之怪現狀》中，說話人的聲音由一化多，敘述的層次由簡趨繁的現象，實頗耐人尋味。其結果則是一眾聲鼓噪、嘈雜混亂的敘述體，與以往聲音（價值？）體系趨向單面化的話本世界大相逕庭。至於『譴責小說』是否真以針砭時事見長，還是勝在嬉笑怒罵、插科打諢，也是很有意義的研究題材。此外像《官場維新記》（佚名）以一寡廉鮮恥的小人作為貫串全書的主角，實為中國傳統說部少見的安排；更不提《孽海花》中賽金花亦正亦邪的曖昧形象。這些例子在在提醒我們，在晚清一片憂國憂民的小說陳述中，作家有意無意地透露了許多『題外』的訊息，有待我們探討。政治小說的精彩處，未必是作者正經八百的論述，反可能是其辭意矛盾或意在言外的部分。」

　　這一提法極富洞見，它不僅將晚清小說論述中一些似是而非的地方有所澄清，並對五四後的小說風格與意識形態之間關係做了鋪墊。但在考慮寫實風格在五四新小說中漸成主流之前，是否不應忽略「政治小說」同樣可能存在「形象」與「觀念」之別。在巴爾扎克的描述中，「形象文學」是那些沉思默想的心靈，對高大形象和浩蕩自然景觀的情有獨鍾，並且把這些形象和景觀化為自身；而「觀念文學」則是喜愛速度、運動、簡潔、衝突、行為、戲劇性，不喜歡議論，不欣賞夢想，重視的是結局。在此我們可以將這一劃分略作修正，移入到「政治小說」的分析中：側重「形象」的政治小說家更喜歡將政治作為一個整體來表達，它勾畫的是全面的輪廓和草案，將形象化

的政治作為小說本身；而偏愛「觀念」的政治小說家則更喜歡尋找自己的視角，再藉此視角進入到自己想像中的政治世界。

從這一分別來看我們很容易發現，一些著名晚清小說中的政治其實是政治的某個側面，很少有如《新中國未來記》那樣全面的探討，將政治作為小說本身的例子。像《老殘遊記》、《二十年目睹之怪現狀》等作品的形式問題當然應受重視，但其將政治小說觀念化的做法似應更加注意。在劉鶚、吳趼人等人的作品裡，政治已完全細節化，成為某一專題的問題彙編，譬如說，《老殘遊記》固然可以說是對「公案小說」的一大反動，但未嘗不可以說是劉鶚對法律正義的一個深入思考；而吳趼人、李伯元等人的寫作過程中，確實有「徵集素材」而後彙編成書的情況，這都可以看作是對某一問題的羅列、編排以及重新敘述。儘管他們的一部分的作品由於倉促出手而顯得「辭氣浮露」、經不起推敲，但只要想一下若干年後的茅盾，是如何深受自然主義的影響，他的寫作方式又與這些前輩又是何其相似。學習、師法的文學模式可以隨時更新，但將政治作為觀念來寫作卻是發端於劉鶚、吳趼人一輩。在梁啟超的倡導下，「政治小說」由日本、歐美的「未來記」模式轉變為一種政治的形象化；而經吳趼人等人的努力，作為觀念的政治逐步在小說中取得穩定地位。而當「政治小說」一詞逐漸被小說界淘汰時，「政治」卻成了上個世紀小說中不可規避的意識形態。

政治無處不在，但卻無法準確談論，這並非一個單純的中國式問題。除了「避席畏聞」的窘境外，其實還有更多屬於政治範疇的不斷變化、邊界模糊帶來的麻煩。對於梁啟超時代的士人來說，其變化的幅度比今日知識階層所面對的要大得多，從熟知的禮法體系中一下走出來，要參照或者理解歐西的各種模式，即便撇除語言文字和時間差的障礙，尚不太可能用抽象縝密的論述文字將其表述清楚，而只要稍微翻閱一下晚清談論政治的一些重要作品，就會發現呼籲往往比規劃多，將古代典章與歐西現狀比照、隨意發議論的現象更為普遍；反而是在小說中，由於故事發展的限定，寫作者必定要提出一個相對圓滿完整的說法，更容易引出對當時政治問題的發掘。

其實「政治小說」的內核不見得是能夠發掘出一種政治未來，而是率先找到最緊迫政治問題的本身；而當小說能夠很自如地展示某種政治情境時，其實已用不著談論政治本身，也能在傳播過程中產生應有的效應。

《小說林》：文化生產與小說批評

近年來，學界對文化生產（當然跟流行意義上的「文化產業」並不完全一致）的研究多有碩果，無論是考察近現代出版機構與文學生產、思索教育體系變化的細緻入微、探究報章雜誌是在轉移一時風氣或形成一時文化風尚，都越來越清晰。文化生產自然是由有文化的人生產出來的（這雖然是廢話，但在「文化產業」中卻可能有必要區分），但文化淵源既有地域的差別，也可能有知識團體之間相趨的分野，這些都會造成最終表現形態和表現方式上的差異。如果從一個時間流程上看，文化生產其實應該涵蓋一個人一生習得文化的整個過程，自然會包括教育、閱讀以及生活品味的提升，或者更進一步，有為後人生產新文化成果的可能。這樣的一項「工程」自然龐大，但如果能找到一個結合點的話，上述各項都有可能被涵蓋。小說林社雖不能說完全與之若合符節，但《小說林》無疑是其在文化生產的各種嘗試中，最為人熟知的一個。

《小說林》創刊於光緒三十三年正月（公元一九〇七年三月）。它是由小說林總編輯所編輯，徐念慈、黃人任主編，小說林宏文館有限合資會社發行，月刊，延續至光緒三十四年九月（公元一九〇八年十月）出滿十二期（第九期附『新年大增刊』）後停刊。主要作譯者有徐念慈、黃人、曾樸、陳鴻璧等，所刊作品以著譯小說為主，兼及戲曲、詩詞、隨筆、文藝評論等，先後發表〈小說林發刊詞〉、〈丁未年小說界發行書目調查表〉等「論說」四篇；《孽海花》、《馬哥王后佚史》、《蘇格蘭獨立記》等著譯小說三十六種；《暖香樓傳奇》、《軒秋亭雜劇》等戲曲六種；《小說小話》、《奢摩他室曲話》等小說、戲曲、詩歌評論五種；《印雪簃麓屑》、《紫崖隨筆》等「叢錄」八種；小說家施葛德、橫濱郵政局、徐念慈先生遺影等中外人物風景畫四十七幅；詩詞一百餘首，燈謎、雜記以及人物小傳若干種。每期正文二百頁左右，約五、六萬字，售價四角（第九期附『新年大增刊』，售價五角）。

在《小說林》出現時，鼓噪一時的《新小說》和有著宏大抱負的《繡像小說》早已停刊，而《月月小說》已逐步形成了其強調短篇、重視偵探小說

等鮮明的特色，《小說林》在問世之初，其實面臨著很大的先在壓力。在阿英看來，《小說林》的更大成就是在雜著和小說理論上，而小說本身倒並非其優長所在：「《小說林》除《孽海花》外，如其說是以小說勝，實不如說以其他雜著勝。《小說小話》、《奢靡他室曲話》可稱兩絕，數傳奇亦不差，但無特殊建樹。」

黃摩西的《小說林發刊詞》和東海覺我（徐念慈）的《小說林緣起》也倍受阿英稱道，他認為「兩文說明當時中國文藝界對於小說的認識，較之十年前夏穗卿、康有為、梁啟超輩，有了較深刻進一步的理解。」嗣後的一些學者指出了《小說林》在小說理論外，以刊載翻譯小說為主也是其最有特點和成就的地方，對小說理論的進一步深入探討，以及對小說翻譯的特別重視，構成了《小說林》的明顯特徵；但在這兩者之外，其實更不能忽略的是「小說林」這一特殊的同人群體。他們不僅有著地域上的認同感（核心人物都來自江蘇常熟）、類似的求學經歷（尤其是對西洋文學都有一定的瞭解），而且還有一個可供依託的出版機構「小說林社」。這些條件都使得《小說林》一出現便顯得非常成熟，在短短的十二期內便給清末小說界帶來了巨大衝擊。

█小說林社

在《小說林》創辦的前三年，小說林社就已存在。公元一九〇三年曾樸在上海經營絲業失敗，雖然虧損很大，但對上海市場有了直接接觸的經驗，而這便引發了曾樸經辦另一項產業的決心。早在公元一八九五年，曾樸就進入過同文館學習法語，並在此期間結識了著名的陳季同。曾樸深受陳季同影響，變成一個法國文學的熱愛者，尤其著迷於十九世紀的法國小說。到了公元一九〇四年，便「糾集同志，創立了一家書店，專以發行小說為目的，就命名為小說林。」曾虛白也強調過，曾樸創辦小說林的動機是「先生真切地認識了小說在文學上的特殊地位，因此想要打破當時一般學者輕視小說的心理。」但此時曾樸的思路與「小說界革命」並無必然的連繫，也並不能說他受梁啟超的影響。曾樸認識到小說的特殊地位是對十九世紀歐洲文學的認識結果，而主要不是從小說與社會的關係上考慮。

　　小說林初創時規模不大，由曾樸擔任總理，主要參與者是其同鄉的丁祖蔭、徐念慈及朱遠生等人。最初主要是向社會廣泛徵集創作小說及東西洋小說的譯本，然後再出售。小說林在此時主要扮演小說市場的中介者，從公元一九○四年二月首次出版的《福爾摩斯再生案》來看，小說林很能看準圖書市場上的賣點，其時偵探小說正在上海等都市中流行，而小說林也能適時製作、生產出一些暢銷書。在經營一年之後，果然提高了社會大眾對欣賞小說的興趣，於是重新集股，擴大組織，在棋盤街設發行所，收買派克路、福海里、吳斯千所創辦的東亞印書館為印刷所，並另於對門賃屋，闢為編輯部，廣羅人才，作大量小說的生產。增資後的小說林在經營規模上得到大大擴充，並開始對外承接業務。小說林逐步形成了以徵集為主、創作為輔的小說生產運營機構，此時的生產主體自然是小說。

　　到了公元一九○七年初，小說林增設宏文館，並成立了小說林宏文館有限合資會社，目的是為了出版各種學校的參考書：「時商務出小說，復以教科書為營業中心，徐念慈見而起競爭之心，以為彼可以教科書為號召，我曷不以參考書為貢獻？於是在股東會提議擴大俱樂部增出參考書；時先生（按：指曾樸）尚慮此舉所含冒險性太大，然股東會一致贊成徐君的提議，於是其議遂決。」

　　於是在公元一九○七年起，小說林增設宏文館，專任發刊學校參考書，並設美術館，專任批售學校用具及兒童恩物（按：應為讀物）。論理這種組織是近代書店應有的營業分配，不能說不合理，然而在那時卻已超過了時代的需要，因此大量資本所編印的《博物辭典》等巨大參考書，都無法推銷，而小說林於公元一九○八年亦因資金不能流轉而告收歇。

　　小說林模仿商務印書館的失敗至少會引發三個有趣的相關問題：其一便可能是經濟學中的「衍生性需求」。按傅利曼的價格理論，最終產品與生產要素之間存在著不同的價格機制，只有當生產要素與最終產品產生一種最直接的技術關聯時，它們之間的價格調節才會更緊密。商務印書館所生產的教科書就相當於最終產品，隨著科舉制度的變化而使生產者利潤激增；但小說林投資生產的參考書卻多少有點像生產要素，而在這兩者之間，考試制度其

實是最重要的調節槓桿。晚清的考試制度雖發生了一些變化，但在二十世紀初仍沿襲著科舉考試中的很多特點，考試中的答題形式仍比內容重要得多，故此時的參考書對教科書尚不能構成最有益的補充，至少當時的考生不會由此受惠太多。徐念慈過度估算了考試制度的變化幅度，將教育體制的變化完全置於產業背景下考慮，以致為這一筆投資埋下了敗筆。

當然如從生產、利潤和價格以外的因素說，重視對新知識的推廣其實也跟曾樸等人的教育理念有關。曾樸雖然從營利風險的角度反對生產參考書，但早期他其實與丁祖蔭在常熟老家進行過辦學活動。據曾虛白的回憶，曾樸在公元一九〇〇年前後，曾與丁祖蔭、徐念慈等人「計劃著創辦小學，以為初步建樹民眾教育的基礎，然而邑中老輩，眼看著這班新進青年，開口科學，閉口科學的論調，以為背道非聖，流毒至深，於是群起反對，因此，由先生的策動，常熟教育界頓時激起了新舊兩派的鬥爭。」曾樸等人多少都有一些新學背景，也就難免他們會以知識（尤其是科學知識）的普及作為辦學的要務；新舊兩派的鬥爭又多少類似於 C・P・斯諾所說的「兩種文化」之爭，但在當時曾樸的鄉里顯然是人文文化更占上風。

但他們的理想也在小說林社創辦後得到進一步的延續，這也是他們費時費力製作「吃力不討好」的「帝國最新拾大辭典」的真正動因。這部浩瀚的大辭典其實只出版了《博物大辭典》，號稱「凡植物學、動物學、礦物學、生物學所用之名詞、學語一一加以註釋，而於植物、動物之分科生態及礦物之成分應用，與生理之組織攝養，尤加一層注意。更附理解必用之精製銅圖四十餘幅，木刻圖一百數拾幅。全書洋裝五百餘頁，都凡二十餘萬言，編輯閱時一年有餘，始得告成。」而該書的定價為「皮製大洋二元八角，布製大洋二元五角；洋裝大洋二元二角。」

雖然價格昂貴，但一般辭書的價格普遍都不菲，而且製作辭書並非一定會虧本，點石齋就曾經靠石印《康熙字典》而大獲其利。小說林所經辦的業務其實與當時逐漸盛行的「科學話語」緊密相連，但對於書籍的出版來說，它與刊物的發行存在著語境上的差別。汪暉曾細緻闡述過晚清逐步形成的「科學話語共同體」，勾勒出一個社會群體：

　　「他們使用與人們的日常語言不同的科學語言，並相互交流，進而形成一種話語共同體。這個話語共同體起初以科學社團和科學刊物為中心，而其外延卻不斷擴大，最終透過印刷文化、教育體制和其他傳播網路，把自己的影響伸展至全社會，以至科學話語與日常話語的邊界重新變得模糊。這是一個雙向的過程：一方面，科學家群體的科學思想包含著重要的社會文化內含，他們對一系列問題——如科學與道德、科學與社會政治、科學與人生觀、科學思想中的進化論，以及科學的知識分類等逐一的闡釋，是對當時文化論戰的直接參與；另一方面，越來越多不屬於這個共同體的人也開始使用科學家的語言，並將這些語言用於描述與科學無關的社會、政治和文化問題，產生了極為深遠的歷史後果。」

　　汪暉的描繪實際是以「啟蒙」及「現代性」為預設，自然要以科學話語的運動、發展為突破。但我們不妨反問，在科學社團和科學刊物之外，是否也存在著對科學普及，乃至科學教育同樣熱心的群體，他們並不專門對人文文化者強調科學，也不故意使用日常語言來闡釋科學。小說林社的部分人士或許就是如此情況，他們在社團和刊物方面是會被歸到「人文文化」一邊，但在出版和教育方面也有被劃為「科學文化」的可能。對待如此複合型的群體，其話語似乎既不能納為「科學話語共同體」，也很難一統於「小說界革命」的旗下，儘管它與《新小說》並稱，並也同樣顯出許多新特點。

　　小說林社提供了難得一見的典範，它給「啟蒙」或「現代性」等話題帶來某種新的闡釋可能。小說林社同樣也強調「啟蒙」，但絕非「群治」意義上的啟蒙。自梁啟超的名文〈論小說與群治之關係〉一出，「群治」幾乎成了啟蒙的必然嚮導，而後宗教、科學等，都因被納入「群治」的範疇方顯出其重要性，雜誌在一定程度上也成為「群治」觀念中某一領域的縮影。如此泛「群治」的思路，實際上制約著現代中國的「兩種文化」，因此在「兩種文化」的交流互動過程中，「兩種文化」的資本持有者最先都是將對方作為啟蒙的對象，即「科學文化」的群體首先將「人文文化」的群體作為自己啟蒙的對象，而非寫在書面上的「群」，反之亦然。

但由於「人文文化」在最初時明顯的優勢，至少在清末，「科學文化」群體尚未能坦然將「人文文化」群體作為啟蒙對象。更多的情形是許多宣傳「科學文化」的先驅披著「人文文化」者的外套，典型者如嚴復。但在小說林這裡，「兩種文化」顯現出一種有意味的分離，曾樸、徐念慈等人自然可算做「人文文化」者，但他們對「科學文化」也略有瞭解，這從他們早期興辦教育和出版科普書籍等都可看出來，但他們並沒有將科學與「群治」放在一起，也沒有把小說與「群治」放在一起，反而是突顯其獨特性。缺乏了「群治」這一大而泛的連接點後，小說林的出版經營似乎很難與它小說雜誌的運作連繫在一起。

但也正是去掉了「群治」這一關鍵詞，小說林社的書籍出版與雜誌運作更顯出一種「群」的氛圍。小說林社沒有將小說與「群治」連繫在一起，因為它欲先提供給讀者閱讀上的愉快；小說林社雖然重視科學的功用，但切近的科普書籍和科學辭典卻並非為了推廣「科學話語」。而當「兩種文化」被不分軒輊地置於小說林背景下時，一種普遍意義上的文化啟蒙觀念便出現了。

小說理論

在清末的小說雜誌中，只有《小說林》對小說理論的自覺與重視堪與《新小說》相提並論。《小說林》自然深受《新小說》理論動力的影響，或者進一步說，《小說林》正是對《新小說》引發出的小說理論問題加以反思或反駁。在探討兩者的論爭前，需要對小說（尤其是白話小說）的地位認定這一問題略作回顧。

在《新小說》問世之前，尤其是在〈論小說與群治之關係〉發表之前，小說的地位雖不能用「低下」來一言以蔽之，但至少是被有界限地討論。從明代中晚期開始，已經有部分文人、士大夫對其時的白話小說進行過新的價值評估。雖然公安袁氏兄弟對《金瓶梅》的傳鈔可能有標榜「性情」的嫌疑，但金聖嘆確實已用「才子書」的框架來打破文體之間的界限：《莊子》、杜詩、《水滸傳》以及《西廂記》等，都被列在「才子書」的系列當中。這其實是對精緻文學的一項重組，表明的是一種具有共性的文章審美標準。金聖嘆固

然沒有歧視小說和戲曲，客觀上甚至可能有消滅文體等級的效果，但其意圖恐怕仍在其「共性」，他的眼光也是從「千古文章之共性」中來選擇。繼他之後，李漁、張竹坡、毛宗崗等人分別從自身的美學眼光出發，為明代小說提出了自己獨特的註解和闡釋，這也真正成全了當時已流傳開來的「四大奇書」，若沒有上述諸人的闡釋，「四大奇書」的名頭最多不過是書商操作的結果而已。由於新鑑賞標準的滲入，遂使「奇書傳統」開始邁入到文人文學或精緻文學中，而當胡適等人開始尋找白話文學資源時，白話小說自然是不容忽略的一環。

在胡適、錢玄同、顧頡剛等人的考證發掘工作中，也對《醒世姻緣傳》等白話小說提出了重要見解，但學界中的激烈爭論仍圍繞著《水滸傳》、《紅樓夢》等著名作品的研究，因為只有這些接近、或者早被看作精緻文學的作品，才會被胡適的反對派們重視，故在此時他們才真正進入一種對話的過程、才會產生一種價值標準上的交集。而當胡適在談論寒山、拾得等人的詩歌藝術時，那些精緻文學的認同者們基本不會去理會，也不會去爭論，頂多將其當作野狐禪。

隨著白話文在教育中的普及、白話文學在社會上的日益盛行，胡適的白話文學觀念也逐步滲透到接受新教育的人群當中。這一觀念幾乎是一種用語上的鑑定，由於對作品在當時文人心目中的具體高度不做詳查，最終導致了一種無差別的抹平。當這些新的受教育者成為文學研究者後，很容易率先認可了文言與白話在傳統中的勢不兩立，而較少考慮兩者之間的縫隙和轉化。似乎在傳統文學中，只要是白話作品，其地位一定低下，一定是受壓抑的族群，這其實是延續著五四與傳統對抗的邏輯，自然會將精緻文學對應於古典文學，進而對應於文言中的典雅文體。這也給後來浦安迪等人提出的「奇書傳統」埋下了伏筆，但「奇書傳統」似乎又有點矯枉過正，固然那四部奇書都有其獨特性和重要價值，但畢竟還是白話小說，它們與白話小說的連繫可能要比那些細心發現的寓言、象數等的關聯多得多。

但在先前梁啟超、黃人等發表小說論述時，他們比較清楚精緻文學的一些內涵，也對白話小說的重要作品多有提及，儘管批評態度可能不一，但所

指作品卻大致類似。這說明在明清文學批評家中，對精緻文學的認定其實也薰陶了他們，而他們正是在此基礎上展開新小說理論的探討；但在胡適之後的白話小說研究者，可能就缺乏對此批評傳統的繼承，總容易在研究前就設定文體等級、白話文言這樣的框套，反而很難直指精緻文學或文人文學的核心。

早在〈譯印政治小說序〉中，梁啟超便強調小說與社會的關係問題，儘管他看到了「述英雄則規畫《水滸》，道男女則步武《紅樓》」這樣的小說內部價值標準，但他並不願在此多作停留，而是直接強調其影響世道人心之大，並借用康有為的觀點明白說出：「故六經不能教，當以小說教之；正史不能入，當以小說入之；語錄不能諭，當以小說諭之；律例不能治，當以小說治之。」

康有為的教育觀念對梁啟超的小說觀念有著重要的影響：他一方面以萬木草堂為中心傳播著他的思想觀念，這主要是在學術層面上對新話語的建構；另一方面是希望推廣一種廣泛的教育，其對象是那些已經識字，但無法讀經史的人。康有為雖然最終並沒有在廣泛教育上有明確的實踐，但梁啟超的小說觀念無疑緣此而來。

梁啟超在確定了小說與社會的重要連繫後，自然能夠從社會的危機中推導出小說的危機。這一反向的推理，一方面為引入「政治小說」作好了鋪墊，也暗中捍衛了「經」、「史」的正統地位。在國事衰微之時，再像徐桐、王先謙等人那樣捍衛正統，非但無益，反而會讓人懷疑「經」、「史」的意義。可一旦將社會的積弱都推到小說身上，便可能將所有傳統的毒害都轉移到小說那裡，而改變小說的格局及對傳統小說的批判便順理成章。《水滸傳》和《紅樓夢》等作品因此被挑中，成為被批評的典型，而「政治小說」則由於歐美、日本國勢的轉盛顯現出不言自明的價值。梁啟超雖然多次強調小說對社會的影響之大，但他尋求的是一種結構上的對應，強調的是小說的用處，而對小說的整體定位跟此前的正統觀念沒有任何不同。相比之下，梁啟勳就略顯「拘泥」了，他將小說與社會的對應關係坐實後，進一步提出：「無論何種小說，其思想總不能出當時社會之範圍，此殆如形之於模，影之為物矣。

今之痛祖國社會之腐敗者，每歸罪於吾國無佳小說，其果今之惡社會為劣小說之果乎？抑劣社會為惡小說之因乎？」如此循環的問法其實已與梁啟超的提問方式迥不相侔，但小說林諸人沿此「誤解」更進一步指明，小說並非必然是為社會而存在，它作為文學之一種，有其「求美之天性」。

徐念慈和黃人等人同樣認為小說與社會之間關係密切。黃人在〈小說林發刊詞〉中，先對當時小說風行的情況進行了一串鋪排，而後開始勾勒小說的現在，與社會的現在和未來：「則雖謂吾國今日之文明，為小說之文明可也；則雖謂吾國異日政界、學界、教育界、實業界之文明，即今日小說界之文明，亦無不可也。」

但他們緊接著便認為出現這種情況是不正常的，其原因是：「昔之視小說也太輕，而今之視小說又太重也。昔之於小說也，博弈視之，俳優視之，甚且鴆毒視之，妖孽視之；言不齒於縉紳，名不列於四部（古之所謂小說家，與今大異）。私衷愛好，則閱必背人；下筆誤徵，則群加嗤鄙。今也反是：出一小說，必自尸國民進化之功；評一小說，必大倡謠俗改良之旨。一若國家之法典，宗教之聖經，學校之科本，家庭社會之標準方式。」

將小說看得如此之重，是根源於小說能改變社會的觀念，這也是梁啟超引入「政治小說」的核心觀念，但徐念慈卻提出「小說固不足生社會，而唯有社會始成小說者也。」

表面上看，徐念慈似乎不再在意小說對社會的影響作用了，但其實不然。他在〈余之小說觀〉中提出的四種社會類型，是對小說改良社會的細緻構想。這四種類型分別涉及到學生、軍人、實業和女子，他們構成了一個潛在的小說讀者群，並分別對應著不同的消費類型。

徐念慈所說的學生主要是指高等小學以下者，這相當於兒童。對於這一特殊的群體，徐氏認為需要一種合適的小說作為輔助教育，此種小說的形式要「華而近樸，冠以木刻套印之花面，面積較尋常者較小」，其體裁「則若筆記，或短篇小說；或記一事，或兼數事」。另外還要輔以木刻圖畫，讓其更加通俗易懂，旨趣則是「以足鼓舞兒童之興趣，啟發兒童之智識，培養兒童之德性為主」。這其實是一種小說讀物的思路，為的是讓兒童能在知識習

得的過程中同時養成對學習的興趣，並在故事中受到教益。這一思路在盛行揭露的清末小說界可謂獨樹一幟，也與其後數年周氏兄弟所反覆強調的兒童教育形成有趣的呼應；故意提出軍人和實業兩個社會，其主要用意在利潤上。徐念慈等人自然知道，軍人和商人其實普遍不喜歡讀書，但可能會用小說作為消遣。他們卻有著相當強的購買力，雖然說在小說生產上可以「不拘鉛印石印」，但這兩個群體其實也是小說林非常重視的市場；而女子社會的情況可能與學生社會類似，針對這一社會群體，小說林試圖出版一些「合普通女子之心理，專供女子觀覽之小說」。這與當時的女學和婦女教育略有出入，在清末的女學興起過程中，中國婦女應該成為什麼樣的婦女，其實在很大程度上受男性話語的支配。而普通女子之心理，並不像秋瑾、惠興那樣的女子，其實所受關注並不多。小說林開始關注的正是那些普通女子的智識、情趣及教育。

這四個社會其實是被「小說界革命」所忽略的「普通社會」，如果他們也受到小說的影響，「則小說者，誠足占文學界之上乘」。梁啟超等人重視的小說啟蒙其實只是針對一小部分人，他們對社會危機感受強烈，也容易在「政治小說」的啟發中開始去改良現實，進而介入到大多數人的現實裡。小說林社諸人同樣提出了一種小說啟蒙的思路，但卻是一種漸進式、分散式的啟蒙，而非一種整體意義上的全面變化。

在小說啟蒙問題上的差異，也使小說林社更易在小說美學中尋找出路，而非在小說對社會影響上大做文章。梁啟超在〈論小說與群治之關係〉中提出了著名的「熏」、「浸」、「刺」和「提」四種力，其最關鍵處是在於「提」，是要將讀者至少提升到小說人物的高度。這便先在地決定了小說必須是好小說，或者說在道德倫理意義上具有提升作用的小說。但如此倚重於作品本身的價值屬性，卻將小說閱讀當成介入社會的途徑。這樣的讀者並非沒有，但很難說能代表全部讀者的共同心理。《小說林》力圖探討的是一種帶有普遍意義的小說觀念，自然更在意於對「刁」、「說」作為藝術的探討，也即對小說審美屬性的研究。黃人在〈小說林發刊詞〉中稱「小說者，文學之傾向於美的方面之一種也。」他把審美情操作為文學之高格，這很容易讓人聯想到王國維在《人間詞話》中的「有境界自成高格」。其實黃人所提出的「審

美情操」也正是要將文學同哲學、歷史、法律，乃至科學著作區分開來。他認為作為文學的小說，最重要的是給人予美感，至於「補史之闕」、「窮理之助」，乃至教導國民尚在其次。

徐念慈在〈《小說林》緣起〉中進一步將小說與審美之關係進行闡發，並從黑格爾等人的觀點裡概括出審美的五個特徵。他的概括自然是在「斷章取義」，但在他的分析和舉例過程中，卻透露出一種藉西方美學觀念來重新認知中國小說的努力。在徐念慈之前，王國維的《紅樓夢評論》早已開始借用叔本華的觀念，來給《紅樓夢》作新評價，但該文其實是對中國文學傑出者所作的全面闡發，對一般小說、戲曲則多抱貶抑態度。而徐念慈則一開始便對《白兔記》、《殺狗記》乃至《野叟曝言》中的大段結尾深表同情之理解，認為「大團圓」正是合於「理性之自然」，它符合黑格爾美學中的圓滿觀念。在《紅樓夢評論》中，王國維認為《紅樓夢》與《桃花扇》在美學上的價值正是擺脫了「大團圓」的心理定勢。兩者都是運用了西方的美學觀念。但王氏想要解決的可能是「天才的苦痛」，而徐念慈則認可小說在表達普遍人群上的「理性自然」。由此圓滿觀念出發，徐念慈提出了具象理想與抽象理想之別，他認為兩者的差別在於「事物現個性者」的豐富與否上，他認為小說，尤其是中國小說善於表達繁複的人物事件並引人入勝，並因而說「西國小說，多述一人一事；中國小說，多述數人數事。」這一判斷顯然是錯誤的，但其出錯的原因是在於對抽象理想在小說中蔓延的抵制，也是對政治小說的一種反駁。

徐念慈提出的圓滿觀和具象理想是對黑格爾美學的借用，而後三方面則是對齊美爾感情美學的展開。他強調「美的快感」是由「實體之形象」而起：「試睹吳用之智（《水滸》）、鐵丐之真（《野叟曝言》）、數奇若韋痴珠（《花月痕》）、弄權若曹阿瞞（《三國志》）、神通遊戲如孫行者（《西遊記》）、闡事燭理若福爾摩斯、馬丁休脫（《偵探案》），足令人快樂，令人輕蔑，令人苦痛尊敬，種種感情，莫不對小說而得之。」

徐氏所言的快感活動相當於「集合體」概念，按鮑桑葵的《美學史》，此概念其實是由赫爾巴特首創，也是形式美學中的重要概念。其意思是，簡

單的形象中帶有一些附屬和補充的感覺，能在觀眾或讀者心中引起不同的反應，但其本身很難說是屬於審美的範疇。上述例子中的智、真、奇等都不是美，但它們都憑藉與人物的複合而引起了讀者的審美判斷。這便是徐念慈所強調，小說本質是求美的，但可能附著一些與美不同的要素在其間，這些要素在特定時期確實能造成心理作用，正如當時的譴責小說與讀者的閱讀心情密切相聯，但如果超越時間的限制，某些小說提供的內容便會顯得荒誕無稽。徐氏由此引出了形象與實體的關係問題，他認為：「形象者，實體之模仿也。當未開化之社會，一切神仙佛鬼怪惡魔。莫不為社會所歡迎，而受其迷惑。及文化日進，而觀《長生術》、《海屋籌》之興味，不若《茶花女》、《迦茵小傳》之穠郁而親切矣。」

儘管此說可能忽略了象徵美學和寓言小說存在的意義，也簡單化了形象與實體之間的關係，但對於傳統小說的閱讀心理卻提出了一種有益的暗示。徐念慈故意將希臘神話、《聊齋》、《西遊記》等書放入一個文明不開化的氛圍中去，其實是想為其最後的落腳點——「理想化」來張本：「理想化者，由感興之實體，於藝術上除去無用分子，發揮其本性之謂也。小說之於日用瑣事，互數年間，未曾按日而書之，即所謂無用之分子則去之。而月球之環遊，世界之末日，地心海底之旅行，日新不已，皆本科學之理想，超越自然而促其進化者也。」

這其實是兩種小說理想的融合，其一是採用精簡的策略，將日常生活提煉為令人感動的藝術作品；另一種則是以發明家的眼光，重新審視處在進步或者進化的生活，這也可能是徐念慈對梁啟超小說理論的校正，他同樣希望小說讀者擁有一個進步的明天，但在現在與未來之間，一種「理想化」的小說不應該是一種理想化的政治小說。

當「理想化小說」成為徐念慈提出的一個新標準後，自然會對中國傳統小說重新進行價值評估，而這一次的評估又與梁啟超和王國維存在著明顯差異。梁啟超的基本思路是讚賞和感嘆小說的力量，但對中國傳統中的著名小說卻幾乎是毫無好感，認為正是它們導致了人心的昏瞶、影響了社會的發展。他欣賞和倡導的主要是政治小說，其次是富有教益的歷史小說，而對如偵探

小說等新興的小說類型多有微詞，又由於他這些明確的態度，許多論者都將其視為小說工具論者的最主要代表；與此相對的王國維，從藝術的宏觀角度來觀照小說，他論述中的《紅樓夢》其實已超越了一部單純的小說批評，而開始了對中國文學，乃至中國人心態的批評。儘管除《紅樓夢評論》外，很難看到王國維對其他小說的系統論述，但可以肯定的是，他對中國傳統小說的大部分是深表失望也並無更多興趣進行深究。梁啟超和王國維代表了兩種不同的思路，前者重視小說對社會大眾的影響，而後者更在於小說如何表達極少數人的理想與幻滅，但兩人有一點幾乎是類似的——就是完全站在中國小說的外圍來談論，兩人論述的目的可以分別歸化到政治意圖與個人審美中去。小說林社諸人也特別標舉小說的審美性，但更多是在中國小說的內部進行深入探討。

《小說林》上的理論文字都是刊登在「論說」和「評林」兩個欄目中。論說刊發了徐念慈和黃人三篇關於小說觀念的論述，同時還刊登了徐念慈所做的一項書業調查的結果——〈丁未年小說界書目調查表〉。這項調查以表格的形式，詳細列出了一九○七年上海各大書局、出版社編印的小說，它包括小說的發行單位、書名、原著者、譯編者、出版月及小說定價。據這份調查結果顯示，商務出四十六種，為該年度出版小說最多的機構，而小說林社緊隨其後，在該年出版四十種。這不僅給當時的書業市場提供了有意義的反饋，也為後來的小說史研究留下了寶貴的材料。

能開展如此具體而微的市場調查，正說明《小說林》已真正融入到小說生產的環節中，並進而將小說與社會的宏大關係落實到著譯、銷售以及實際的閱讀情況等環節上。如俞明震在《觚庵漫筆》中就說：

「吾聞西洋各國文化之盛，每年小說之出版，多者以千計，少者亦數百計。吾國近年之學風，以余所見，殊覺有異。教科書、政法、實業、科學專門各書，新譯者歲有增加，而購書者之總數，日益見絀，一異也。常購者，不論何種，購而庋之，兗之未曾一寓目，遑論其內容美惡，二異也。小說書歲亦出百餘種，而譯者居十之九，著者居十之一，抑以國中社會，無有供其材料者，三異也。譯者彼此重複，甚有此處出版已累月，而彼處又發行者，

名稱各異，黑白混淆，是真書之必須重譯，而後來者果居上乘乎？實則操筆政者，賣稿以金錢為主義，買稿以得貨盡義務；握財權者，類皆大腹賈人，更不問其中原委。曾無一有心者，顧及行銷之有窒礙否，四異也。彼此以市道相衡，而乃揭其假面具，日號於眾曰：『改良小說，改良社會』嗚呼！余欲無言。」

這些分析雖略顯零碎，但它擺脫了印象式的批評，以一種條分縷析的方式來闡明小說行銷的現狀。以此種方式來探討小說界，自然會引發一系列相關問題，譬如「對於具體的小說文本，讀者實際的瞭解情況」等問題。

應該說，這一問題在籠統的價值判斷下很難有深入的可能。雖然傳統文人多喜歡在筆記中，記載小說家及有關小說的軼事，例如洪邁的《容齋隨筆》與俞曲園的《春在堂隨筆》，許多重要的史料、有趣的掌故都能在這些漂亮的筆記中得以發現。可是這些筆記畢竟屬「記者無心，閱者有意」，大部分筆記並非針對特定問題所做的解答，而一般是興之所至的結果。但在「小說界革命」後，許多與小說相關的新概念的引入，尤其是小說類型被津津樂道，這便產生了許多相關的問題。《小說林》上刊載的許多論述雖還保留著筆記的做法，也沒有完全拋開隨筆式的寫法，其問題意識卻更加明顯：他們之所以要談論歷史小說在民間大盛的原因，是因為吳趼人等人正在倡導歷史小說；之所以要探討地域對小說接受的影響，是要對小說影響社會的含糊性做出澄清；對偵探小說的大量介紹和評論，也回應了其時最為熱銷的小說類型。小說林社固然對中國小說有種種不滿意之處，但總體上他們的批評已具備一種小說史的意識——既能對傳統小說抱有基本的尊重，又能對新出小說進行甄別的批評，並對小說引發出的諸多問題做出理論性的回應。

身處晚清的小說讀者既幸福又困惑，他們能看到西洋小說東漸的空前盛況，也能購買到由鉛印和石印製作的廉價古本小說，但同時他們也是困惑的。從前作為消閒的小說，現在一躍成為拯救國民的重要文體，內中精粗美惡又有多種批評標準在相互作用，如何判斷一部小說的價值高低，已不是細讀所能解決的問題，而面對傳統小說與西洋小說截然不同的表達方式時，「何為小說」都可能成其為問題。

　　「小說界革命」的主旨是倡導一種新小說，一種與「群治」形成良性循環的小說，又由於「眾所周知」的社會腐敗，也決定了傳統小說危害甚大的角色，而再進一步，便是要將傳統小說像贅疣一樣從讀者意識中割去。儘管「小說界革命」主要提倡的是「政治小說」等有限的西洋小說類型，但它客觀上放大了中國小說與西洋小說的差異，受此思路影響的讀者，可能就會從總體上認定西洋小說與中國小說的價值差別，進而將傳統小說完全作為「舊小說」來看待；當然也可能存在著像王國維那樣，以美學闡釋來融合中西的嘗試，將小說當作藝術來看待。但王國維的論文可能只在批評史，或在事後的回顧中才有參照意義，它在當時並不像「小說界革命」那般成為一個很有影響的思潮，也不具備同人雜誌將此理念傳播的可能，僅僅是「一家之言」。

　　《小說林》雜誌對於傳統小說有著更多的同情。在《小說小話》上，黃人曾開列了一個中國歷史小說的書目，計七十八種。儘管是對現實問題的回應，但客觀上也造成了編排小說目錄的作用，此書目後來也被小說史家魯迅收錄在《小說舊聞鈔》中；而其對《紅樓夢》的看重，也可能是在新小說雜誌中最為特出者，甚至在第十一期曾專門刊出徵文廣告〈敬告愛讀〈紅樓夢〉諸君〉：

　　「中國舊小說以《紅樓夢》為第一。其中深文奧義，命名記時，甚至單詞片語，篇章句讀，每每人執一詞，家騰一說，津津樂道之。然未有輯成專書者。本社敬告愛讀諸君，苟有發明之新考據、新議論、新批評、新理想，不論長篇短札，以及單詞隻義，請寄交本社發行所。《小說林報》中專設『《紅樓夢》叢話』一門，擇優登載之。」

　　由於雜誌的傳播特性以及某種交流的氛圍，使得《紅樓夢》爭論中「幾揮老拳」的有趣情形，從生活中轉移到了報刊交鋒中，可能也為十多年後「紅學」的論爭提供了一次預演。當然其意義遠非僅止於此，更在於小說林社將傳統小說的價值評估，轉向到一種「時尚哲學」的借用上。

　　黃人在〈《小說林》發刊詞〉裡曾說：「雖如《水滸傳》、《石頭記》之創社會主義，闡色情哲學，托草澤以下民賊奴隸之砭（龔自珍之〈尊隱〉，

施耐庵註腳），假蘭芍以塞黍離荊棘之悲者（《石頭記》成於先朝遺老之手，非曹作），亦科以誨淫誨盜之罪。」

　　像「社會主義」、「色情哲學」這樣的新鮮詞彙自然有鮮明的「時代特色」，若非西學東漸的歷史背景，是絕難出現在小說批評中。從嚴復、梁啟超等人的小說論述開始，新學詞彙不僅具備了重新整合知識的可能，同時還為小說的趣味和標準提供了一定的參照。在此背景下，「與時代接軌」似乎是所有新小說批評家都要面對的事，但在實際的批評過程中，由於批評者的角度不同，不僅導致了批評結果的巨大差異，也提供了不少耐人深思的批評模式。

　　梁啟超寫於二十世紀初的幾篇小說批評文章，基本是循著小說與社會的互動關係展開。最先提出〈論小說與群治關係〉作為一極為密切的大前提，再透過「西洋、日本因受惠於小說使得國富民強」這樣一個實際的例子作小前提，最終得出「中國超越日本、西洋的方式應該是改良小說」的結論。此種思路在此後百年間屢有回應，小說也常常成為社會運動、思潮的風向標。

　　小說林社諸人重視小說的內涵和深度，但沒有像王國維那樣，將小說當成藝術看待；他們也強調小說的社會關聯性，甚至會對一些傳統小說進行一些大膽的嘗試，但沒有將小說與社會完全放在因果關係上衡量；《小說林》並沒有完全迴避新鮮的批評術語，而是將它們作為「時尚哲學」來附加到傳統「刁」、「說」中，其用心自然是藉全新的闡釋來維護中國小說的傳統。《小說林》試圖採用當代的眼光來容納傳統小說，但此種方法最大的危機，是可能會使歷史與理論產生嚴重的脫節。

　　最典型的例子莫過於蔡元培的《石頭記索隱》，此書常被視作「紅學」索隱派的代表作。其最受人非議的莫過於猜謎般的殫盡心機，但可能很多論者都忽略了，該著的開頭就強調「《紅樓夢》是一部政治小說」這樣的說法。儘管這一前提被全書的細密的考證所淹沒，但蔡元培將《紅樓夢》說成是「政治小說」顯然是受了時風的濡染。不過略顯遺憾的是，在蔡元培先生匆匆說明這一假定後，便沉迷到《紅樓夢》細枝末節的考辯當中，以致該文的主幹部分完全成為一部小說內部的閱讀日誌。《石頭記索隱》的理論基礎是緣於

對一種「時尚哲學」的借用，但其方法的內核仍是「微言大義」的解經閱讀，因此它本身是一種衛護傳統的做法，而此方法正是《小說林》雜誌在「新」與「舊」之間進行折中的一項嘗試。

　　《小說林》雜誌展示的小說理論略顯駁雜，既有對新小說的展望與批評，也存在對傳統小說的衛護。這種種見解可能不及梁啟超小說理論的影響力大，也不及王國維論述小說的深度和前瞻性，但小說林社諸人可能才是真正的展現出了晚清小說理論的高度。

後記

　　此書的完成是在一種奇異的心態下，算是對往事的追憶，也算是對一個研究階段的總結。如果說追憶也是探索真相的一種方式，那有關清末小說的一切似乎就是二十歲階段下自我瞭解（人生的初夏）的一些符號。儘管心情有些茫然、沉重和百感交集，但將它們變成文字就像舉行一場「祕密婚禮」一樣：如釋重負。不被認可的感覺已經在我的內心盤桓了三四年了，雖然有時候自己「嘴硬」，但某種漸漸被遺忘，慢慢老去的感覺時常如海水捲過沙灘。

　　這部書的第一篇有關石印小說的文章，最早構思已是在五六年前，那時候還不知愁滋味，每天早上奔向北大圖書館，像《城堡》裡那個土地測量員一樣，測量著我石印小說的寬度和高度，一共翻完了館藏的一百六十七本石印小說後，也受到若干冷眼以及若干蚊蟲的叮咬。有時爬到五樓房頂的時候，常常浩瀚地想像那些遺落在文明世界的散珠，是如何聚沙成塔，構成我們今天的文化信念。儘管沒有體會到方鴻漸式的「畢業即失業」，但畢業之後，我的生活和研究都發生了翻天覆地的變化，當然並非都是好的方面。當時一個人在南城寫那本稀奇古怪的文學史，到某個定點時候會到某個地方去領點經費，就像二戰時的一些學者靠奇怪的項目維持生計一樣。當然我當時對學術的迷夢並沒有完全破碎，還是期望在某個正式的場合裡，能戰戰兢兢地宣讀我那些不成熟的論文，然而，這些畢竟都不能夠。

　　很早的時候，經常會聽到一些學者注定寂寞的話題，那種「老生常談」十足是自我安慰和麻醉之詞，真相往往是因為寂寞，才研究；因為研究，益發寂寞。我浪費或者揮霍了很多青春，也並沒有寫出過自己滿意的東西，當然更沒有過所謂的快樂時光或者「高峰體驗」。

　　很多很多的興趣都在沙礫般的歲月裡流逝了，有時在電腦的反光裡無意瞥見自己日益衰老的面容和無限疲憊的心。那些追求漸漸只是自我封閉的理由，其實沒有需要的探索是不可取的。人會物化，雖然我不會將自我的消亡

當作審美的一種，但支撐生命的那些激動不只是來自堅守，還來自汩汩流淌的記憶之泉。

　　當我完成小說《濕疹》之後，自覺擺脫了一個附庸風雅或者文學愛好者的可憐角色，當我為本書寫後記時，雖然知道幾乎沒有人會讀它，但至少還知道清醒的真實含義。這本書有範圍，有主題，但薈萃的性質較為明顯，衡之著述，則未免有辱師教。

　　最後應該感謝所有對此書形成有幫助和啟發的人，也感謝生活本身的種種不可預知性。

國家圖書館出版品預行編目（CIP）資料

清末小說的生產與傳播：激昂沉潛的時代悲歌 / 李彥東 著 .-- 第一版 .
-- 臺北市：崧燁文化，2019.11
　　面；　公分
POD 版

ISBN 978-986-516-088-3（平裝）

1. 晚清小說 2. 文學評論 3. 中國文學史

820.9707　　　　　　　　　　　　　　　　108018210

書　　名：清末小說的生產與傳播：激昂沉潛的時代悲歌
作　　者：李彥東 著
發 行 人：黃振庭
出 版 者：崧燁文化事業有限公司
發 行 者：崧燁文化事業有限公司
E - m a i l：sonbookservice@gmail.com
粉 絲 頁：　　　　　　網 址：
地　　址：台北市中正區重慶南路一段六十一號八樓 815 室
8F.-815, No.61, Sec. 1, Chongqing S. Rd., Zhongzheng
Dist., Taipei City 100, Taiwan (R.O.C.)
電　　話：(02)2370-3310 傳　真：(02) 2388-1990
總 經 銷：紅螞蟻圖書有限公司
地　　址: 台北市內湖區舊宗路二段 121 巷 19 號
電　　話:02-2795-3656 傳真 :02-2795-4100　　網址：
印　　刷：京峯彩色印刷有限公司（京峰數位）

　　本書版權為千華駐科技出版社所有授權崧博出版事業有限公司獨家發行電子書
及繁體書繁體字版。若有其他相關權利及授權需求請與本公司聯繫。

定　　價：350 元
發行日期：2019 年 11 月第一版
◎ 本書以 POD 印製發行